普及类古籍整理图书专项资助项目

名家解读经典

周振甫 等
/译注

弘扬传统文化，彰显文化自信

一代宗师殷殷推荐

著名学者精心诠释

古代散文

周振甫 · 推荐

广陵书社

图书在版编目（ＣＩＰ）数据

周振甫推荐古代散文 / 周振甫等译注. -- 扬州 ：
广陵书社，2017.7
（名家解读经典）
ISBN 978-7-5554-0785-0

Ⅰ．①周… Ⅱ．①周… Ⅲ．①古典散文－散文集－中
国 Ⅳ．①I262

中国版本图书馆CIP数据核字(2017)第162508号

书 名	周振甫推荐古代散文
著 者	周振甫 冀 勤 赵伯陶 徐明羣 王伟民 译注
责任编辑	王志娟 李 佩
出 版 人	曾学文
出版发行	广陵书社 扬州市维扬路 349 号　　　邮编 225009 http://www.yzglpub.com　E－mail:yzglss@163.com
印 刷	三河市华东印刷有限公司
开 本	650 毫米 × 940 毫米 1/16
印 张	18.75
字 数	210 千字
版 次	2017 年 7 月第 1 版第 1 次印刷
标准书号	ISBN 978－7－5554－0785－0
定 价	57.00 元

目　录

清　代

古代散文的特点与演变

周振甫

　　这部古代散文选，所选的古代散文，相当于清姚鼐的《古文辞类纂》与清吴楚材、吴调侯的《古文观止》。不过他们叫"古文辞"或"古文"，我们叫"古代散文"。姚鼐的"古文辞"，包括散文、骈文、辞赋三类，如选邹阳《狱中上梁王书》就是骈文，但对主要的魏晋六朝骈文反而不选，因此李兆洛选了《骈体文抄》来补其不足；辞赋选了屈原的《离骚》、司马相如的《子虚赋》、《上林赋》等。《古文观止》的"古文"，选了散文、骈文、四六文，如王勃《滕王阁序》，也选了辞赋，如陶渊明《归去来辞》、杜牧《阿房宫赋》等。那么古人的所谓"古文"，实际上是包括散文、骈文和后来的四六文及辞赋。我们这套书，已另有辞赋选和小品文选，所以辞赋和明人著名的小品文都不选了。这个选本，以古代散文为主，也选些骈文和四六文，只是用来说明古文中有这种体裁罢了。姚鼐是分文体选的，因为古代的有些文体已不适用，可以不选，所以本书采用《古文观止》的按时代选。

　　这个选本为了帮助读者阅读，加题解、注释、今译。题解只扼要地讲每篇的题旨和写作技巧，今译帮助读者理解原文。

一

　　以下对各个时期的选文略加说明。本书分先秦、两汉、魏晋南北朝、唐、宋、金元明、清七个时期来选。

　　先说先秦。先秦散文，主要是历史散文与诸子散文两类。历史散文分以记言为主和以记事为主两类，当然这两者往往是结合的。这里先选了《尚书》中的《汤誓》，这篇全是记言，从记言中可以看出这篇的写作特点。它先针对部队的思想说话，解释了部队的疑虑。再表达了必胜的信心。再用比喻和对照的手法来写。虽是商朝初年的散文，已有了相当的写作技巧。再像《左传》的《曹刿论战》，是记言和记事的结合。写曹刿在战前考虑到政治准备，在战时考虑到作战时机，在战胜后考虑到追击时机。通过这些记言与记事，突出地塑造了一位战略家的形象，通过记言与记事来塑造人物形象，成了这篇的特点。再像《左传》的《烛之武退秦师》，也是记事和记言的结合，全篇通过记事记言，塑造了烛之武这位具有智慧、学识和辩才的人物，再像郑文公的知人与能说服人，秦穆公的只图秦国私利，晋文公的能作多方考虑，也都得到了表现。一篇中写出四个人的不同性格来，这是本篇的特点。

再看《国语》的《王孙圉论楚宝》，重在记言，把楚宝与非宝作了对照，再加发挥，说明"国之宝，六而已"。把对照、发挥与具体说明相结合，是一种写法。再像《战国策》的《邹忌讽齐王纳谏》，也是记事与记言的结合，但又有新的写法，先细致地写一些琐事，从平凡的琐事中，即小见大，悟出一个治理国家的大道理来，启发人主。从平凡的琐事里，体会出其中所含蕴的道理来，是又一种写法。

再看先秦的诸子散文。诸子散文主要是说理的，但是通过各种手法来说理。像《老子》的《天道犹张弓》说，就是一个比喻，即把天道与人道作出对比。还用有道者来作证。这样通过比喻、对比、引证来说明"天之道损有余以补不足"，是一种写法。再看《论语》的《子路曾皙冉有公西华侍坐》，通过各人的言志和孔子的表态来写，写出各人的志向各有不同，从神情语言表态和孔子的表示里，反映出各人不同的性格来，不光是讲道理，还有形象性。但就表达儒家的思想说，还是表达了儒家主张治国从政与从事教育的思想，不过表达方法又各不

同。再看兵家《孙子》的《谋攻》，它的特点可从各个不同方面来作考虑：有从利害方面来考虑的，"百战百胜"，不如"不战而屈人之兵"；有从谋攻方面来考虑的，有"伐谋"、"伐交"、"伐兵"、"伐城"；有从敌我的众寡、将帅的能否、君主的是否"縻军"、"乱军"来考虑的。这就决定文章的写法，层层深入，多用排比句，加强了文章的气势和说服力，最后归纳出作战的规律，风格峻洁，又有它的特点。

再看《墨子》的《公输》，宣传非攻思想，结合墨子止楚攻宋的故事来写。用类推方法。墨子根据公输"义不杀一人"，说他造云梯来攻宋是杀众人，杀一人不义，不知杀众人是更大的不义，称他为"不知类"，用类推方法来说服公输盘。墨子又去说服楚王，说有富人去偷穷人的破东西，用来比楚国去攻宋国，在道理上使楚王无话可说。再通过攻守器械的较量，墨子也胜过公输盘。这样，从类推、比喻到实际的攻守上，来宣传他的非攻思想，又是一种写法，从中塑造了墨子的人物形象。

再看《孟子》的《寡人之于国也》，用了"弃甲曳兵而走，以五十步笑百步"的比喻来说服梁惠王。又用"刺人而杀之，曰'非我也，兵也'"的比喻，再作说明。这样善用比喻，来进行开导。等到对方认识自己错误之后，再给以具体指导，这又是一种写法。《荀子》的《劝学》也用比喻，但又有它的特点。孟子是用一个比喻来说明一个道理，荀子是用好多比喻来说明一个道理，像用青出于蓝、冰寒于水、木直中绳、木曲中规、金就砺则利，用五个比喻来比学习的好处，这是博喻，不同于用一个比喻。他的比喻，还有类似寓言的，像说小鸟蒙鸠，以羽为巢，编之以发，系于苇苕。风至苕折，卵破子死。用这样的寓言来作比。除了用比喻以外，还引诗作证，加强说服力。这又是一种写法。《庄子》的《逍遥游》也用寓言作比，写鹏的飞上九万里，与蝉与斑鸠的飞上榆树作比。以冥灵的"以八千岁为春，八千岁为秋"，与朝菌的不知晦朔来比。庄子的寓言更富有想象力，还加上对比，又有他的特点。再看《韩非子》的《难一》，认为儒家以尧为天子是以圣人治天下；又称舜的个人德化，从而抓住其中的矛盾，加以驳击。引出楚人誉矛誉盾的矛盾来作比，进而批评德化说的不如实行法治，即抓住儒家学说中的矛盾来立论，是又一种写法。

李斯的《谏逐客书》又有它的特点，他引了大量的历史事实来说明客卿对秦国作出了极大的贡献。再讲到秦王爱好的色、乐、珠、玉，皆不产于秦，说明驱逐客卿是重物轻人，不是"跨海内、制诸侯"之术，击中了秦王的要害。这篇文章在文体的演变上又有它的特色，即运用丰富的辞藻，多用排比对偶句法，成为骈体文的创始者之一。

两汉散文，主要是先秦历史散文和诸子散文的发展。就历史散文说，先秦以记事记言为主，到西汉的司马迁，创立传记。司马迁的传记文学，有了超越先秦历史散文的发展。这里限于篇幅，只能从《项羽本纪》的名篇中选出《钜鹿之战》一节，在《廉颇蔺相如列传》中选出《将相和》一节。就钜鹿之战看，是起义军成败的关键。当时章邯率领的秦军主力，先击破了陈胜起义军，再击败了项梁起义军，再围攻赵国，起义军会被各个击破。所以钜鹿之战，是起义军取得胜利的关键，这里正显出领导这一战役的主将项羽的英雄来。钱锺书先生《管锥编》在谈到"诸将皆从壁上观"一段中的"楚战士无不一以当十"，"诸侯军无不人人惴恐"，"诸侯将入辕门，无不膝行而前"时，钱先生引《考证》："陈仁锡曰：'叠用三无不字，有精神；《汉书》去其二，遂乏气魄。'按陈氏说是，数语有如火如荼之观。"钱先生推重这里的重复写法。这里还通过诸侯军壁上观的衬托，突出楚军的英雄，也就是突出主将项羽的英雄；再用诸侯将来衬托，更突出项羽的英雄。从这一节里写项羽极为精彩。一般说来，《汉书》的传记不如《史记》。但

《汉书》也有胜过《史记》的，像《邹阳计救梁王》，这篇选自《邹阳传》，把邹阳上书梁王以后事都作了交代，《史记·邹阳传》里对此不作交代，就不如《汉书》了。

再看贾谊的《过秦论》，钱先生《管锥编》称："按项安世《项氏家说》卷八：'贾谊之《过秦》、陆机之《辩亡》，皆赋体也。'洵识曲听真之言也。"按赋体用铺叙手法来写，如司马相如的《上林赋》，先叙水，作了种种描绘；再叙山，又作了种种描绘等等。《过秦论》的写法，先叙秦孝公的种种作为，再叙惠文王、武王、昭王的种种作为，再叙当此之时，六国的种种作为，再叙始皇的种种作为，陈涉的种种作为，这种铺叙手法，就同于赋体，这是一个特点。再看邹阳《狱中上梁王书》，多用典故排偶，成为骈文，比李斯《谏逐客书》更趋向骈俪化了。《谏逐客书》还是排偶与散体结合，为骈体的开端，邹阳这篇，排偶句多，散行句少，才真成为骈体了。

二

魏晋南北朝时代的散文有了变化，即趋于骈俪化。三国初期的散文，骈散结合，骈偶的句子还比较少。如孔融与曹操《论盛孝章书》，其中像"身不免于幽絷，命不期于旦夕"，"驰一介之使，加咫尺之书"，"孝章可致，友道可弘"，"倒悬而王不解，临难而王不拯"，这些句子都是对偶句，在全篇中还是少数。又这些对偶句，句中的字不避重复，这是早期的对偶句。再看诸葛亮的《出师表》，归有光《文章指南》称它"沛然从肺腑中流出，不期文而自文，谓非正气之所发乎？"这样的文章当然以散文为主，但也有少数骈偶句，所以清李兆洛《骈体文抄》里也收了这篇文章。如"侍卫之臣不懈于内，忠志之士忘身于外"；"亲贤臣，远小人，此先汉所以兴隆也；亲小人，远贤臣，此后汉所以倾颓也"，"苟全性命于乱世，不求闻达于诸侯"; "受任于败军之际，奉命于危难之间"；
"咨诹善道，察纳雅言"。《出师表》里也有这些骈偶的句子，
说明文章的骈散，也不免受时代的影响，但还不是有意写骈偶
句。

到曹植的《与杨德祖书》，虽也是骈散结合，但其中已有
意写骈俪句了。如"仲宣独步于汉南，孔璋鹰扬于河朔，伟长
擅名于青土，公幹振藻于海隅，德琏发迹于此魏，足下高视于
上京"；"人人自谓握灵蛇之珠，家家自谓抱荆山之玉"；"设
天网以该之，顿八纮以掩之"；"有南威之容，乃可以论其淑
媛；有龙泉之利，乃可以议其断割"；"诋诃文章，掎摭利
病"；"兰茝荪蕙之芳，众人所好，而海畔有逐臭之夫；
《咸池》《六茎》之发，众人所共乐，而墨翟有非之之论"等，
这篇里的骈偶句还不止这些。再说像"人人"、"家家"两句，
"设天网"、"顿八纮"两句，"有南威"、"有龙泉"四句等，
都是对偶。这些对偶的句子，上联与下联是同一个意思，可见
是作者有意作出的对偶句，这就使文章趋向骈偶化，形成骈文
了。

到了晋代陆机的《吊魏武帝文序》不再是骈散结合，是以
骈偶为主，散句只是作些交代了，如开头："元康八年"六
句，只是交代看到曹操遗令，才用散行。下面写这篇序，就用
骈文。

再看东晋王羲之《兰亭集序》是抒情文，还是骈散结合，
以散行为主，也有骈偶句。如"群贤毕至，少长咸集"；"崇
山峻岭，茂林修竹"；"仰观宇宙之大，俯察品类之盛"；"或
取诸怀抱，晤言一室之内；或因寄所托，放浪形骸之外"；
"取舍万殊，静躁不同"；"一死生为虚诞，齐彭殇为妄作"。
陶渊明的《桃花源记》，是散文，骈偶句极少，如"芳草鲜美，
落英缤纷"，"阡陌交通，鸡犬相闻"。这篇文章文辞精美自
然，工于写景，如"土地平旷，屋舍俨然"；工于语言，如

"不知有汉，无论魏、晋。此人一一为具言所闻"。"此中人语云：'不足为外人道也。'"此文又写出一种理想境界，极为突出。

这时期有写山水之美的，钱锺书先生《管锥编》称写山水之美，"殆在晋乎？袁崧《宜都记》一篇，足供标识。"《宜都记》写那里山川景物之美，与后来郦道元著名的《三峡》相应。记里写的："其水十丈见底，视鱼游如乘空，浅处多五色石。"与吴均《与宋元思书》里写水的"千丈见底"，唐柳宗元《小石潭记》里写鱼的"皆若空游无所依"有一致处，都说明这篇山水记成就的突出。

写山水之美的，在梁代，有吴均《与宋元思书》、陶弘景《答谢中书书》，都是用骈文来写的。陶弘景的一篇，主要用骈偶句，也有少数散行，这是六朝骈文。吴均的一篇，如"风烟俱净，天山共色"；"从流飘荡，任意东西"，"飘荡"对"东西"是各自为对。"急湍甚箭，猛浪若奔"以下，"泉水"四句，"蝉则"两句，"鸢飞"四句，"横柯"四句都对。再看陶弘景的一篇，也是骈散结合。如"高峰"两句对，"晓雾"四句对。又如"山川"两句，"两岸"四句，都是四字句，与对偶句配合，音调和谐。再有平仄调配的，如"急湍甚箭，猛浪若奔"，即"仄平仄仄，仄仄仄平"，"急湍"为仄平，即平音步，"甚箭"为仄仄，即仄音步，这句的两个音步一平一仄。下句"猛浪"仄仄，为仄音步；"若奔"仄平，为平音步，两个音步一仄一平，正好与上句相反，所以协调。不过在六朝时的骈文，还不讲究音节的协调。再看写景，《宜都记》里写"其水十丈见底，视鱼游如乘空，浅处多五色石"。这里作"水皆缥碧，千丈见底。游鱼细石，直视无碍。"这里的水深，所以称"千丈"，所以写水色"缥碧"。看深水中的鱼，所以称"直视"。《宜都记》里写水较浅，所以看"游鱼如乘空"，各自从实地观察，写出所见，所以写得不同。再说这里描写山水景物是分开来写的："水皆缥碧"六句都写水，"夹岸高山"六句都写山，"泉水激石"六句，都写声音，有泉声、鸟声、蝉鸣声、猿叫声。这样就所见景物，分类来写，是一种写法。陶弘景的一篇先写山川之美，再写早晚景色的变化，归结到自己的感受，是另一种写法。同样写景，各有不同。

三

唐代散文，在韩愈发动古文运动以前，受六朝骈文影响。如王维《山中与裴迪秀才书》，工于写景，如"寒山远火"与"深巷寒犬"相对，"轻鲦出水，白鸥矫翼"相对。多用四字句，有诗情画意，有些《答谢中书书》的意味。另一方面，唐人把六朝骈文发展为四六文，多用四字六字句，更讲究音节协调，如李白《春夜宴从弟桃李园序》："况阳春召我以烟景，大块假我以文章。会桃李之芳园，序天伦之乐事。群季俊秀，皆为惠连。吾人咏歌，独惭康乐。幽赏未已，高谈转清。开琼筵以坐花，飞羽觞而醉月。"这里共有五联，四联是句和句相对，一联是两句和两句相对，一联内部，句末的平音步对仄音步。如第一联，上句是"烟景"是平仄，为仄音步，下句的"文章"是平平，为平音步，一平一仄相反。第一联的"文章"是平音步，与第二联的"芳园"的平音步相承。再像第三联，上句的"俊秀"，是仄仄，为仄音步，下句的"惠连"，是仄平，为平音步，上联内一仄一平相反，下联的上句"咏歌"，是仄平，为平音步，跟上联第二句"惠连"的平音步相承。跟下联第二句的"康乐"的平仄，为仄音步相反。这就音律都协调了。

到了韩愈反对骈偶，发动古文运动。因为六朝的骈文，讲究辞藻、对偶、音律，不免有忽略内容的毛病，所以韩愈提倡

用散文来写作，回到先秦两汉的散文上。他又强调"惟陈言之务去"（《答李翊书》），这就使他的古文运动，不是去模仿先秦两汉的古文，用适合于唐代的文言来创造一种新型的散文，成为文学语言的革新运动。他要用这种散文来宣扬儒家孔孟之道，来反对当时盛行的佛教和道教。但在散文创作上，他不是用孔孟之道来说教。他是结合生活中的具体情况，根据自己的体会来发议论的。如《上张仆射第二书》，劝张建封骑马打毬对他的身体不利。信中没有引圣贤的话，是观察到"驰毬于场，荡摇其心腑，振挠其骨筋"，认为对有年纪的人不利。他的论说，还是从生活实践中来的。

他的《师说》，是结合当时人的耻学于师的风气来的，他认为"师者，所以传道受业解惑也"，这是他反对当时以从师为耻的风气的独特见解。因此认为不论贵贱长少，只要"道之所存，师之所存也"。这也是他的独特见解。所以他的论说，不仅务去陈言，还有新的创见。他在《答李翊书》里还讲气："气盛则言之短长与声之高下者皆宜。"这种气是跟他的正确认识与强烈感情结合的，这就使他迫切地需要发言，使得言之短长与声之高下皆宜，不同于骈文的要讲究对偶声律了。他的《杂说四》，反复感叹，借千里马的不幸遭遇来为人才的埋没发出强烈的感叹，就是这样气盛言宜的表现。他的散文，有多种多样的表达手法。

柳宗元是古文运动的积极支持者。他论文也讲明道。他在《报崔黯秀才论为文书》里说："道之及，及乎物而已耳，斯取道之内者也。"从哪里去取道呢？从事物中去取道，这是取道之内。因此他写《段太尉逸事状》，"游边上，问故老卒吏，得段太尉事最详。今所趋走州刺史崔公，时赐言事，又具得太尉实迹，参校备具。"（《与史官韩愈书》）柳宗元写段秀实的逸事，是亲自去实地调查，再作访问对证，这样来求得认识的。再说他的立场，要求站在人民利益一边。因此，他写《捕蛇者说》，即是从实地调查得来的，又是站在人民的立场上说话的，所以证实"苛政猛于虎"的说法。韩愈也讲《原道》，却认为官是要民"出粟米麻丝""以事其上"的，即站在统治者的立场上说话，这篇对道的认识与柳文不同。柳宗元又写了寓言《三戒》，反对"依势以干非其类"，"窃时以肆暴"，都有深刻寓意。他贬官到永州，写了著名的"永州八记"的山水记。他的写法，不同于吴均记山水的分类来写，像《至小丘西小石潭记》，采用了移步换形的写法，写鱼的空游和石上的鱼影画，有新的创见。

这里又选了李商隐的《上河东公启》，说明在古文运动以后，唐代的四六文的成就。这篇在开头作交代，用散行。以下正式叙述，用四字句或六字句。如"梧桐半死"四字四句，两两相对，像"检庾信"七字四字四句，两两相对，倘不算开头的"检""咏"两字，正合六字四字句。以下各句，或四字句，或六字句。下段"南国妖姬"以下四句，是两个四字，两个六字句。说明四六文的安排是错综复杂的，不限于两个四字句和六字句的相对。这篇对李商隐为人的认识，与研究他的《无题》诗都很重要，也说明四六文的重要性。

四

宋代散文又有它的特色，像王禹偁的记竹楼，范仲淹的记岳阳楼，描写景物，不受古文运动反对骈偶的影响。写竹楼，作："远吞山光，平挹江濑"；"夏宜急雨，有瀑布声；冬宜密雪，有碎玉声"；"宜鼓琴，琴调虚畅；宜咏诗，诗韵清绝"；"宜围棋，子声丁丁然；宜投壶，矢声铮铮然"；都是骈偶句。写岳阳楼，作："衔远山，吞长江"；"北通巫峡，南极潇湘"；"阴风怒号，浊浪排空，日星隐耀，山岳潜形"；"沙鸥翔集，锦鳞游泳"；"浮光跃金，静影沉璧"；"居庙堂

之高，则忧其民；处江湖之远，则忧其君"，都是骈偶句。再看写景物，王禹偁、柳宗元都不光在描写景物，《黄州新建小竹楼记》重在写贬居的生活与感慨，《岳阳楼记》重在写古仁人的用心，"不以物喜，不以己悲"，要"先天下之忧而忧，后天下之乐而乐"。写出自己崇高的志愿，超出于对景物的描写。从这里看到唐人写山水不屑模仿六朝人，宋人写山水，不屑模仿唐人，各有他们的创造。

到欧阳修继承韩愈的古文运动，反对唐末五代浮艳纤涩的文风，提倡一种平实朴素的散文。对于骈偶句，他有时有意改成散行，有时也不避，听其自然。像《醉翁亭记》，写四时的景色，作："野芳发而幽香，佳木秀而繁阴，风霜高洁，水落而石出者，山间之四时也。"写春夏的景物，就用骈偶句。写秋冬的景物，本可作"风高霜洁，水落石出"的对偶，却改成"风霜高洁"避免与"水落石出"相对。但像"日出而林霏开，云归而岩穴暝"；"临溪而渔，溪深而鱼肥；酿泉为酒，泉香而酒冽"，还是骈偶句。可见他对于骈偶句还是听它自然，不一定要避免了。欧阳修也讲道，他认为"大抵道胜者文不难而自至也"。但他认为文人"一有工焉，则曰：吾学足矣。甚者，至弃百事，不关于心，曰：吾文士也，职于文而已。此其所以至之鲜也。"（《答吴充秀才书》）欧阳修的求道，在关心百事，从百事中求道。因此，他研究《五代史》，感叹唐庄宗的兴亡，写了《伶官传序》，是有所感触的。他被贬官到滁州，有所感触，写了《醉翁亭记》，也是他关心朝政，有所谏诤的结果，跟他关心百事有关。欧阳修的古文革新运动，除了从关心百事中去认识道以外，更重要的是建立了一种平易流畅的文风，使宋代的散文不同于唐代。唐代韩愈、柳宗元的散文，还有用艰深的词语的，如韩愈的《蓝田县丞厅壁记》里的"水瀺瀺循除鸣"，"瀺瀺"二字就比较艰深。柳宗元《小石潭记》的"卷石底以出","卷石"本于《中庸》:"今夫山,一卷石之多。"注:"卷,区也。""四升为豆,四豆为区。"这样解的"卷"也比较古。说明韩柳文中还不免用艰深的字。到欧阳修作文,主要用平易的词语,文从字顺,使宋代的散文不同于唐代。他的散文,还有委曲婉转的风格。曾巩的散文,深受欧阳修的影响,说理透辟,层层深入,像他的《寄欧阳舍人书》,茅坤在《唐宋八大家文抄》里称它为:"此书纡徐百折,而感慨呜咽之气,博大幽深之识,溢于言外。"正说它情深理足,具有委曲婉转的风格。王安石的散文,在《上人书》里强调"务为有补于世。"他的《答司马谏议书》,理足气盛,笔力刚健,具有峭刻劲悍的风格,与欧阳修的委婉曲折的风格不同。

宋代散文的杰出成就当推苏轼。他在《答谢民师书》里称:"求物之妙,如系风捕影,能使是物了然于心者,盖千万人而不一遇也,而况能使了然于口与手者乎?"他善于求物之妙,具有系风捕影的本领,能够看到千万人看不到的事物的妙处,又能使这种妙处了然于手。所以他的散文,"文理自然,姿态横生"。正如他的《文说》说的:"吾文如万斛泉源,不择地而出,在平地滔滔汩汩,虽一日千里无难,及其与山石曲折、随物赋形而不可知也。所可知者,常行于所当行,常止于不可不止。"他的观物之妙,如《文与可画筼筜谷偃竹记》里说,从竹的"一寸之萌",到它的"剑拔十寻",看到它的"生而有之"的生机。画的时候,抓住它的生机,表现他以艺术家的心眼,能看到千万人看不到的美妙,又善用艺术家的手,把它捕捉下来,成为杰出的散文家和诗人。

南宋的散文,突出的是发扬爱国主义精神。像陆游的《跋傅给事帖》,写他成童时看到士大夫言及国事的,"或裂眦嚼齿,或流涕痛哭"。都有杀身报国的精神,极为感人。像文天祥的《正气歌序》,用浩然的正气,来抵制一切邪秽之气,发扬了强烈的爱国主义精神。

顺便提及，韩愈提倡古文运动以后，唐代还有四六文。欧阳修提倡古文运动以后，宋代还有四六文。宋代四六文的特点，就是趋向散文化，散文化的四六文，当为宋代四六文的特色。

五

金元的散文，这里选了金代元好问的《送秦中诸人引》，这是一篇在秦中送别的序言。元好问本有志于用世，但在这篇里却写了隐退的心情，这跟当时的时势有关，是一种含蓄的写法，可供体味。谢翱的《登西台恸哭记》，继承南宋的爱国主义精神，因为写在元代，所以选在这里。虞集的《南昌刘应文文稿序》，论文推重欧阳修、王安石、曾巩三位，是比较正确的。这样看来，金元的散文，还是宋代散文的继承。

明代散文，初期有成就的，当推宋濂、刘基。宋濂的《送东阳马生序》，是一篇劝学的文章。通过切身体会，亲切感人。刘基的《郁离子》通过寓言来针砭时弊，有思想性，与柳宗元的寓言比，具有不同的特色。

明代唐宋派的散文，推重归有光。归有光的散文，方苞《书归震川文集后》，称："其发于亲旧，及人微而语无忌者，盖多近古之文。至事关天属，其尤善者，不事修饰而情辞并得，使览者恻然有隐，其气韵盖得之子长，故能取法于欧曾，而少变其形貌耳。"如归有光的《项脊轩志》，姚鼐《古文辞类纂》评此文称："震川之老妪语，至琐细，至无关紧要，然自少无母之儿读之，匪不流涕矣。由其情景逼真，人人以为决有此状。"认为他写琐碎的事，都表达出极其真挚的感情，有感动人的力量。认为这种写法，从司马迁《史记》写人物通过细节描写来传达人物的神情中来，改变欧阳修、曾巩写人物的形貌，另有写法。明代唐宋派的散文，像唐顺之《答茅鹿门知县二》值得称道。他提出文章要有"一段精神命脉骨髓，则非洗涤心源，独立物表，具古今只眼者，不足以与此"。这是极精辟之论。

明代复古派的散文，就缺乏这种精神。其中有这种精神的推宗臣的《报刘一丈书》。刻画迎逢权贵严嵩的丑态，为前古所未有，最为突出。夏完淳的《狱中上母书》表达了强烈的反民族压迫的精神，极为感人。

清代初期的散文，像黄宗羲的《原君》，抨击君主的罪恶，极为深刻。在封建社会里能写出这样的文章是极为难得的。像顾炎武的《广宋遗民录序》，抨击士大夫的变节，也有教育意义。侯方域的《马伶传》是刻画人物的，当时的士大夫是轻视伶人的，侯方域能替伶人作传，写他在演技上的争胜精神，是难得的。方苞的《左忠毅公逸事》，也是写人物的，刻画左光斗的精神，光彩照人，在桐城派散文中，是杰出之作。写狱中一段，描写生动形象，极为感人。全祖望的《梅花岭记》，表扬史可法的反民族压迫的精神的。袁枚的《书鲁亮侪》，写人物的，写鲁亮侪去摘中牟李令印事，通过他的微行察访，通过他的思想斗争，通过他的无畏精神，敢于跟威严的总督顶撞，突出他的为人。这样写，既有事件，又有细节描写，在塑造人物上是成功的。

桐城派散文，这里又选了姚鼐的《登泰山记》。姚鼐论文，主张义理、考据、辞章的结合。《登泰山记》是游记，谈不上什么义理。假使把说明事理也作为说理，那末这篇里有说明、考据和词章。如说"泰山正南面有三谷。中谷绕泰安城下，郦道元所谓环水也"。下文又讲到西谷、东谷，这是说明。讲到中谷即古环水，这是考证。下面写泰山日出，有色彩变化，有形象比喻，有环境描绘，极为精彩，这是词章。三者结合，不同于空论，确为佳作。

这时期在散文创作上最有成就的是龚自珍，他反映先进思

想，反对封建束缚，坚持个性解放的要求。这里选了他的《病梅馆记》，借病梅来抨击封建专制压抑人才，束缚个性，禁锢思想的罪行，发誓要疗梅救梅，风格劲悍犀利，含义深刻。

这里还选了汪中的《经旧苑吊马守真文序》，主要是看看清代的骈文。像这篇不再按照四六文的格式，上溯到六朝的骈文。叙事用散行，开头四句就是。下接"寒流清泚，秋菰满田，室庐皆尽"，用四字句，工于写景。下接"古柏半生，风烟掩抑，怪石数峰，支离草际"，情见乎辞，不求对仗工整。再像"婉娈倚门之笑，绸缪鼓瑟之娱"；"婕妤悼伤，文姬悲愤"；"俯仰异趣，哀乐由人"；"如黄祖之腹中，在本初之弦上"。四字句、六字句对仗极工。可见作者有意避免用四六句，要上追六朝骈文了。

以上对历代散文的演变，结合选文，略作说明。总之，可以看到散文的创作，既以情意为主，景物为辅，情景不同，写法各异，又由于时代不同，又有新变。这里只能作为管中窥豹，略见一斑罢了。

先 秦

汤 誓[1]

《尚 书》[2]

　　王曰："格，尔众庶[3]，悉听朕言[4]。非台小子[5]，敢行称乱。有夏多罪[6]，天命殛之[7]。今尔有众，汝曰：'我后不恤我众[8]，舍我穑事而割正夏[9]。'予惟闻汝众言。夏氏有罪，予畏上帝，不敢不正。今汝其曰：'夏罪其如台[10]？'夏王率遏众力[11]，率割夏邑[12]，有众率怠弗协[13]，曰'时日曷丧[14]，予及汝皆亡[15]！'夏德若兹。今朕必往。尔尚辅予一人，致天之罚。予其大赉汝[16]。尔无不信，朕不食言。尔不从誓言，予则孥戮汝[17]，罔有攸赦[18]。"

【题解】

　　《汤誓》是商朝开国的君主商汤起兵讨伐夏王桀的誓师宣言。这篇宣言的好处，先对自己的部队做好工作，再讲夏桀方面的情况，知己知彼。他是臣，桀是君，他去攻桀，不成为作乱吗？他说：桀多罪，上天命令我去讨伐。他的部队认为他不去收获庄稼，却去讨伐桀，桀的罪跟我们无关。他说这是上帝的命令，他不敢不听。这是对自己部队做工作。提出上帝来，使大家不敢不听。再说夏桀方面，夏桀的百姓，都咒骂夏桀，快些灭亡。因此去讨伐夏桀，是顺应那里的民心，一定胜利。最后再下严厉的命令。这样考虑周到。这里还用了比喻："时日曷丧！"这个太阳什么时候灭亡呀！用比喻来表达强烈的感情，是比较突出的。最后称"不失信"为"不食言"，是形象的说法。又提到"大赉汝"的厚赏，与"孥戮汝"的严刑，构成对照，极有力量。

【注释】

〔1〕汤：商王的号，姓子，名履，是商代开国的君主。

〔2〕《尚书》：上古的书，把上古的文献资料编成的书。孔子用来教学生，为儒家经典之一。经秦焚书后，汉朝伏生传二十九篇，用隶书来写的，称《今文尚书》。这文即是其中一篇。

〔3〕格：来。　众庶：众民。

〔4〕朕：我。

〔5〕台（yí怡）：我。

〔6〕有夏：有，助词，无义；夏，指夏代的王桀。

〔7〕殛（jí急）：杀死。

〔8〕恤：体贴。

〔9〕穑事：收获庄稼的事。　　割正夏：下决心去申讨夏朝。割，决断。正，纠正。

〔10〕其如台：其如我何，他对我又怎样，指无关。

〔11〕率遏众力：率领臣子用尽众民的力量。遏，用尽。指桀要人民服劳役。

〔12〕率割夏邑：率领臣子剥削夏邑人民，指赋税重。

〔13〕有众率怠弗协：有，助词。众，群众。率怠，相率怠惰。弗协，不同心协力。

〔14〕时日曷丧：时，是，这。曷，何不。这太阳为何不灭亡！

〔15〕偕：偕，共同。

〔16〕赉（lài赖）：赏赐。

〔17〕孥戮汝：杀你的儿子和你。

〔18〕罔：无。　攸：所。

【译文】

商王汤说："来，你们众民，都来听我讲。不是我小子，敢做叛乱。夏王桀多罪，上天命令我杀死他。现在你们众人，你们说：'我们的君主不体贴我们众人，放弃我们收获庄稼的事，却决心去申讨夏朝。'我只听你们大家说。其实夏桀有罪，上帝命我去杀他，我怕上帝，不敢不去申讨。现在你们说：'夏桀的罪它对我们怎么样？'其实夏桀率领臣子用尽众民的力

量，率领臣子剥削夏邑人民，夏邑众民相率怠惰，不同心协力，说：'这个太阳怎么不灭亡，我要同你一起灭亡！'夏桀的行为坏到这样。现在我一定去。你们还要辅佐我一个人，实现上天的讨伐。我将大赏赐你们。你们不要不相信，我不失信。你们不听从我的誓师宣言，我就杀你的儿子和你，没有赦免。"

（周振甫）

鸣 鹤 在 阴[1]

《周 易》[2]

"鸣鹤在阴，其子和之。我有好爵，吾与尔靡之。"[3]子曰[4]："君子居其室，出其言善，则千里之外应之，况其迩者乎？居其室，出其言不善，则千里之外违之，况其迩者乎？言出乎身，加乎民；行发乎迩，见乎远。言行，君子之枢机[5]。枢机之发，荣辱之主也[6]。言行，君子之所以动天地也[7]，可不慎乎！"

【题解】
　　"鸣鹤在阴"，是《周易·系辞上传》中的一节。这一节先引了《周易》中的一段话，再引了"子曰"来加以议论。这是一种写法，即引了前人的话，再加发挥。就这篇看，引"子曰"来发议论。这篇议论属于借题发挥一类。借前人的话，来发挥我的意见。这些发挥的意见，与引文的原意并不相关。作文中有这一种写法。
　　再看这篇里引"子曰"的话，借鹤的鸣声来比君子的发言，引出言善和言不善来，分开来说。从发言连带引出行动，把"言行"并列。从

"言行"又引出"荣辱"来，归结到言行要谨慎。再就这里的议论看，先分两方面说，言善怎样，言不善怎样，这就看得全面。再就推进一层说，说到言和行的影响，"出乎身，加乎民"，影响到人民。再推进一层，从影响引出"荣辱"来。这样立论，既全面，又深入，再归结到"可不慎乎"，就有说服力。

【注释】

〔1〕鸣鹤在阴：这篇引自《周易·系辞上传》第八章中的一节。这一节先引《中孚》卦中的一段话，再引"子曰"来发挥。

〔2〕《周易》：周朝的《易经》。《易经》分两部分，一部分是六十四卦的卦辞和爻辞，一个卦有六个爻，如中孚（☲）卦，有六爻，一为阳爻，称九；-- 为阴爻，称六。这卦倒数第二是阳爻（一）称九二。《系辞》里引了《中孚》卦的九二爻辞来作解释。

〔3〕"鸣鹤"四句，即中孚卦的九二爻辞。 阴：树荫。 和：和鸣。爵：古代像雀形的酒杯。 靡：共享。

〔4〕子曰：作《系辞》的人，托名孔子说。

〔5〕枢机：关键。本指弩弓的机械，发动机械射箭，比喻言或行的关键。

〔6〕枢机之发，荣辱之主：指发言或行动得当，则荣；发言或行动不得当，则辱。关键全在发言。

〔7〕动天地：君子指贵族有权势的人，他的言论或行动，影响社会，所以称"动天地"。

【译文】

"鸣叫的鹤在树荫里叫，它的小鹤应和着它。我有杯好酒，我跟你共同享受它。"夫子说："君子住在室内，说的话好，千里外的人就响应他，何况他近处的人呢。住在室内，说的话不好，千里外的人就反对他，何况他近处的人呢。话从他自己说出，影响到人民；行动从近处发出，远处也看见。言语和行动，君子造成影响的关键。关键的发动，或好或坏，是荣誉或耻辱的主宰。言语行动，君子以此来影响整个社会的，可以不谨慎吗！"

（周振甫）

曹 刿 论 战^[1]

《左 传》^[2]

十年春^[3]，齐师伐我^[4]。公将战。曹刿请见。其乡人曰：
"肉食者谋之^[5]，又何间焉^[6]？"刿曰："肉食者鄙，未能远
谋。"乃入见。

问何以战^[7]，公曰："衣食所安^[8]，弗敢专也^[9]，必以
分人。"对曰："小惠未遍，民弗从也。"公曰："牺牲玉
帛^[10]，弗敢加也^[11]，必以信。"对曰："小信未孚^[12]，神弗
福也。"公曰："小大之狱，虽不能察，必以情。"对曰："忠
之属也，可以一战。战则请从。"

公与之乘^[13]。战于长勺^[14]。公将鼓之^[15]，刿曰："未
可。"齐人三鼓，刿曰："可矣。"齐师败绩^[16]。公将驰
之^[17]，刿曰："未可。"下视其辙^[18]，登轼而望之^[19]，曰：
"可矣。"遂逐齐师。

既克^[20]，公问其故。对曰："夫战，勇气也。一鼓作
气^[21]，再而衰，三而竭^[22]。彼竭我盈^[23]，故克之。夫大国，
难测也，惧有伏焉。吾视其辙乱，望其旗靡^[24]，故逐之。"

【题解】

这篇讲曹刿议论一次战争。曹刿在战前考虑到政治准备，认为鲁庄
公在办理诉讼案件上，能注意真情实况，得到人民拥护。又考虑作战阵
地，长勺是鲁国地名，认为齐军已进入鲁国国境，可以在那里作战。又
考虑作战时机，在敌方士气低落我方士气旺盛时作战。再考虑追击时
机，在敌人溃败时追击。这篇说了战略防御的原则。

这篇结合曹刿论战，塑造了一位战略家的人物形象。从曹刿担心当权者眼光短浅，恐他误事，敢于挺身而出，为国家效力，显示他的忠心为国。他认为小恩小惠和求神保佑都不可靠，显示他的卓识。他能经受敌人二次挑战而不动，显出他的镇定。他看到敌人旗子倒、兵车轮迹乱才追击，显出他观察仔细、考虑周到。一位爱国的、有识见的、深谋远虑的战略家的形象就突现出来了。

【注释】

〔1〕本篇选自《左传》鲁庄公十年。　曹刿（guì桂）：鲁国人。

〔2〕《左传》：相传春秋末鲁国人左丘明著作。也有说是战国人著作。原称《左氏春秋》，亦称《春秋左氏传》。记从鲁隐公元年到鲁悼公四年间二百六十年的历史，是编年体的春秋时代史。

〔3〕十年：鲁庄公十年，公元前684年。

〔4〕齐师伐我：上一年，齐国发生内乱。齐国的公子纠住在鲁国，鲁庄公派兵送公子纠回去。那时公子小白已经做了齐国国君，即齐桓公，起兵迎击，击败了鲁庄公。这年，齐桓公又起兵来攻。我，我国，指鲁国。

〔5〕肉食者：吃肉的人，当时指做官的人。

〔6〕何间（jiàn剑）：即间何，参预什么。问话用"何"的倒装。　焉：助词。

〔7〕何以：以何，拿什么。

〔8〕所安：安身的东西。

〔9〕专：独享。

〔10〕牺牲：祭神用的牛羊猪。

〔11〕加：夸大。

〔12〕孚：信任。

〔13〕公与之乘：庄公和曹刿同坐在一辆兵车上。

〔14〕长勺：鲁国地名。

〔15〕鼓之：击鼓进军。

〔16〕败绩：大败。

〔17〕驰之：追逐敌人。

〔18〕辙（zhé哲）：车轮在泥地上辗出的痕迹。

〔19〕轼（shì式）：车前扶手横木。

〔20〕克：胜。

〔21〕作气：鼓起勇气。

〔22〕三而竭：第三次击鼓就泄气了。

〔23〕盈：饱满，旺盛。

〔24〕靡：倒下。

【译文】

鲁庄公十年春天，齐国军队来攻打我国。庄公将要作战。曹刿请求进见。他的同乡人说："做官的人在谋划，你又去参加什么呢？"曹刿说："做官的人见识浅陋，不能作深远打算。"就进去求见。

曹刿问庄公凭什么来作战，庄公说："衣着和食品养生的东西，我不敢独自享用，一定拿来分给别人。"曹刿答道："小恩小惠没有普遍，人民是不会听从的。"庄公说："祭神的三牲、玉器、绸缎，祷告时不敢虚报，一定说老实话。"曹刿答道："小的诚信没有得到神的信任，神不会保佑的。"庄公说："大的小的诉讼案件，虽然不能查清楚，一定照真实情况办理。"曹刿对答道："这是尽心办事之类，可以凭它打一仗。打起来就请跟去。"

鲁庄公同他坐在一辆战车里。在长勺地方作战。庄公将要击鼓进军，曹刿说："不行。"齐国军队三次击鼓进军，曹刿说："可以击鼓进攻了。"齐国军队大败。庄公将要追赶，曹刿说："不行。"他从车上下来察看齐国兵车的轮迹，登上车前扶手横木瞭望齐国军队，说："可以追赶了。"便追赶齐国军队。

已经打了胜仗，庄公问他打胜的原因。曹刿答道："战争靠勇气。第一次击鼓鼓足了士气，第二次击鼓士气开始衰落，第三次击鼓就泄气了。敌军已经泄气，我军士气正旺盛，所以能够打败敌人。大国是难以测度的，怕它打埋伏。我观察到它兵车的轮迹乱了，瞭望到它的旗子倒了，所以去追赶它。"

（周振甫）

烛之武退秦师[1]

《左传》

九月甲午[2]，晋侯、秦伯围郑，以其无礼于晋[3]，且贰于楚也[4]。晋军函陵[5]，秦军氾南[6]。

佚之狐言于郑伯曰："国危矣，若使烛之武见秦君，师必退。"公从之。辞曰："臣之壮也，犹不如人；今老矣，无能为也已。"公曰："吾不能早用子，今急而求子，是寡人之过也[7]。然郑亡，子亦有不利焉。"许之。

夜缒而出[8]。见秦伯曰："秦、晋围郑，郑既知亡矣。若亡郑而有益于君，敢以烦执事[9]。越国以鄙远[10]，君知其难也，焉用亡郑以陪邻[11]。邻之厚，君之薄也。若舍郑以为东道主[12]，行李之往来[13]，共其乏困[14]，君亦无所害。且君尝为晋君赐矣[15]，许君焦、瑕[16]，朝济而夕设版焉[17]，君之所知也。夫晋，何厌之有[18]？既东封郑[19]，又欲肆其西封。若不阙秦[20]，将焉取之？阙秦以利晋，惟君图之。"秦伯说[21]，与郑人盟，使杞子、逢孙、杨孙戍之[22]，乃还。

子犯请击之[23]。公曰："不可。微夫人之力不及此[24]。因人之力而敝之[25]，不仁；失其所与，不知[26]；以乱易整[27]，不武。吾其还也。"亦去之。

【题解】

这篇讲晋国和秦国两军围攻郑国，郑国派烛之武去说服秦穆公退

兵。这篇里主要写烛之武这个人。其次也写了郑文公、秦穆公、晋文公三个人，都写得栩栩如生。先看郑文公，郑文公听了佚之狐的话，要烛之武去劝秦穆公退兵。郑文公相信烛之武有这本领，是有知人之明。烛之武因郑文公不重用他，所以推辞。郑文公承认自己不能早早任用他，是自己的过错。再说郑亡，对他也不利。肯承认错，再激发烛之武的爱国心，写郑文公比较明智。烛之武听了这话，就去了，写他的爱国心。他去劝秦穆公，从灭亡郑国，对晋国有利、对秦国不利着眼。再进一步，讲晋国的没有信义，不可靠。这样从利害关系来打动秦穆公，显出他的智慧学识和辩才。写秦穆公只为自己的利益考虑，没有远见。写晋文公不肯去攻击秦军，作了多方面的考虑，是有识见的君主。在这篇里，写出四个不同的人物来。

【注释】

〔1〕本篇选自《左传》僖公三十年。

〔2〕甲午：十三日。

〔3〕无礼于晋：晋文公重耳流亡过郑国，郑文公不接待他。

〔4〕贰于楚：对晋国有二心，亲近楚国。晋楚在城濮之战时，郑军帮助楚国作战。

〔5〕军：驻军。 函陵：在今河南新郑北。

〔6〕氾（fàn范）南：在今河南中牟南。

〔7〕寡人：诸侯自称的谦词。

〔8〕缒（zhuì坠）：用绳子吊下。

〔9〕执事：办事人，对秦君的婉转称呼。

〔10〕越国：越过晋国，秦和郑中间隔着晋国。 以鄙远：以遥远的郑国作为秦国的边邑。鄙，边邑。

〔11〕焉用：何必用。 陪：增益。

〔12〕东道主：东方路上的主人。秦国派人到东方来，郑国可以担任招待。

〔13〕行李：使臣。

〔14〕共：同"供"，供给。

〔15〕为晋君赐：有赐于晋君，对晋惠公有恩，秦送晋惠公夷吾回国做君。

〔16〕焦、瑕：两个晋邑，在河南陕县附近。

〔17〕设版：筑城。版，打土墙的夹版。

〔18〕何厌之有：有何厌，有什么满足。厌，同"餍"。

〔19〕东封郑：东向以郑为封疆。

〔20〕阙（què却）：损害。

〔21〕说：同"悦"。

〔22〕戍之：派兵驻守郑国。

〔23〕子犯：狐偃字，晋文公舅，为晋文公谋臣。

〔24〕微：非。　夫人：那个人。

〔25〕敝：败坏。

〔26〕所与：与国，盟国，指秦。　知：同"智"。

〔27〕以乱易整：晋攻秦为乱，秦晋和为整。

【译文】

九月十三日，晋文公、秦穆公领兵围困郑国，因为它对晋文公没有礼貌，并且有二心去亲近楚国。晋军驻扎在函陵，秦军驻扎在氾南。

佚之狐对郑文公说："国家危险了，如果派烛之武去见秦穆公，秦军一定退去。"郑文公听从他。烛之武推辞道："臣在壮年，还不及别人；现在老了，没有能力办事了。"郑文公说："我不能及早任用您，现在危急来求您，是我的过错。然而郑国灭亡了，您也有不利的。"烛之武答应了。

烛之武夜里用绳子从城上吊下来，进见秦穆公，说："秦国、晋国围困郑国，郑国已经知道要灭亡了。如果灭亡郑国对君侯有好处，敢来烦劳您？越过别国，把远处的地方作为边邑，君侯知道是困难的，怎么用得着灭亡郑国来增加邻国的土地？邻国的加强，就是君侯的削弱。如果赦免郑国让它做东方路上的主人，使人的往来，供应他休息的地方和缺少的东西，对君侯也没有害处。况且君侯曾经给过晋君好处了，晋君答应给君侯焦、瑕两地，早晨渡过黄河回国，晚上就设夹版筑土城，这是君侯所知道的。晋国哪有满足？已经向东方以郑国为

封疆，又要放肆地向西方扩展封疆。如果不损害秦国，到哪里去取得土地？损害秦国来使晋国得利，只请君侯考虑它。"秦穆公很高兴，跟郑人结盟，派杞子、逢孙、杨孙在郑国驻守，就回去了。

子犯请求攻击秦军，晋文公说："不行。不是那个人的力量我们到不了这个地位，靠了那人的力量反而败坏他，这是不仁；失掉了同盟国，这是不智；用战乱来改变严整，这是不武。我们还是回去吧。"也回去了。

（周振甫）

王孙圉论楚宝[1]

《国 语》[2]

王孙圉聘于晋，定公飨之[3]。赵简子鸣玉以相[4]，问于王孙圉曰："楚之白珩犹在乎[5]？"对曰："然。"简子曰："其为宝也几何矣？"曰："未尝为宝。

"楚之所宝者，曰观射父[6]，能作训辞，以行事于诸侯，使无以寡君为口实[7]。又有左史倚相[8]，能道训典，以叙百物，以朝夕献善败于寡君，使寡君无忘先王之业。又能上下说（悦）乎鬼神，顺道其欲恶，使神无有怨痛于楚国。又有薮曰云连徒州[9]，金、木、竹、箭之所生也，龟、珠、角、齿、皮、革、羽、毛，所以备赋，以戒不虞者也[10]，所以共币帛，以宾享于诸侯者也[11]。若诸侯之好币具[12]，而导之以训辞，有不虞之备，而皇神相之[13]，寡君其可以免罪于诸侯，而国民保焉。此楚国之宝也。若夫白珩，先王之玩也，何宝焉？

"圉闻国之宝，六而已：圣能制议百物，以辅相国家，则宝之。玉足以庇荫嘉谷，使无水旱之灾 〔14〕，则宝之。龟足以宪臧否 〔15〕，则宝之；珠足以御火灾 〔16〕，则宝之。金足以御兵乱 〔17〕，则宝之。山林薮泽，足以备财用，则宝之。若夫哗嚣之美，楚虽蛮夷 〔18〕，不能宝也。"

【题解】

　　这篇讲楚国宝贵的是贤人，是实用的东西，用来跟玩好的东西构成对照。再说明贤人为什么宝贵，作了具体说明。实用的东西为什么宝贵，也作了具体说明。至于玩好的东西，没有多少用处，所以不值得宝贵。这样作了对照以后，就国家所宝贵的来说，还嫌不够，因此再作了总结，认为"国之宝，六而已"。有六样。其实这六样，仍旧是上文所讲的两类：一类是贤人，不过这里称为"圣"；一类是有实用价值的东西，这里分为玉、龟、珠、金、山林薮泽。两类合成为六，再说明这六为什么为国宝，与上文呼应。

　　这篇的开头结尾紧密呼应。开头写赵简子"鸣玉"，称白珩为宝，王孙圉认为不是宝；结尾讲佩玉行动时发声的"哗嚣之美"不是宝，与"鸣玉"相应，也与白珩非宝相应。

【注释】

　　〔1〕本篇选自《国语·楚语下》。　王孙圉（yǔ语）：楚国大夫，到晋国去访问，跟晋国大夫赵简子讲起楚国的宝贝。

　　〔2〕国语：分国记事的春秋时代史，分周、鲁、齐、晋、郑、楚、吴、越八国，相传为左丘明作。

　　〔3〕定公：春秋晋国国君，姓姬，名午，在位三十七年。　飨：设宴款待人。

　　〔4〕赵简子：名鞅，晋国大夫。　鸣玉：使身上挂的玉佩相撞发声。　相：赞礼。

　　〔5〕白珩（héng横）：挂在上身的横玉，外形像有缺的环。

　　〔6〕观射父：楚国大夫，善于外交辞令。

　　〔7〕寡君：在外宾前对君主的谦称。　口实：话柄。

〔8〕左史倚相：古代史官分左史、右史。　倚相：楚国左史官，熟悉古代史书。

〔9〕薮：有水草的湖。　云连徒州：云梦泽连接徒州。云梦泽，约在今湖南湘阴以北到湖北安陆以南的大泽。徒州，与云梦泽相连的州。

〔10〕箭：小竹。　革：去毛的皮。　赋：税。　不虞：意外的事变。

〔11〕共：同"供"，供给。　宾享：给宾客享受。

〔12〕好：交好。

〔13〕皇神：大神。　相：辅佑。

〔14〕玉：祭神用的玉，古代用来求神保佑丰年。

〔15〕龟：龟甲，古代用火炙来看裂纹卜吉凶。　宪臧否（pǐ痞）：定好坏，定吉凶。

〔16〕珠足以御火灾：《太平御览》卷八〇三《珠下》：《管子》曰："珠者阴之阳也，故胜火。"

〔17〕金足以御兵乱：金指金属，金属如铜铁，可制兵器用以平定战乱。

〔18〕哗嚣之美：指赵简子使佩玉相撞发声。　蛮夷：跟中原的华夏不同，楚在南方，被称南蛮。

【译文】

王孙圉到晋国去访问，晋定公设宴款待他。赵简子使身上的佩玉相撞发声来赞礼，问王孙圉道："楚国的白珩玉还在吗？"回答道："是还在。"简子说："它作为宝贝，价值多少了？"答道："不曾作为宝贝。

"楚国所宝贵的，叫观射父，他能作外交辞令，用来对诸侯国办外交，使他们不拿我君做话柄。又有左史官倚相，能讲给人提供教训的古书，用来讲多种事物，在早晚向我君讲好坏得失，使我君不忘记先王的事业。他又能够讨好天上的神、地下的鬼，顺着他们所要的和不要的来讲，使鬼神对楚国没有怨恨。又有水草地，叫云梦泽连接徒州，是金属、树木、大竹、小竹的出产地，龟甲、珠子、兽角、兽齿、兽皮、兽革、鸟羽、鸟毛的出产地，拿来充当赋税，用来防备意外的变故的，用来对诸侯宾客作为奉献的缯帛。如果与诸侯交好，备了缯帛，用外交辞令来引导他，有意外变故的可戒备，加上大神辅助他，我君对诸侯可以避免得罪，保国安民，这是楚国的宝贝。像白横玉，是先王的玩物，算什么宝贝呢？

"圉听说国家的宝贝，六样罢了。明智的人能够制定议论多种事物，用来辅助国家，就把他当作宝。玉用来祭神，能够保护好的谷场，使没有水灾旱灾，就把它当宝贝。龟甲能够用来卜吉凶，就当它为宝贝。珠能够用来防备火灾，就拿它当宝贝。金属制成兵器能够用来抵御战乱，就当它为宝贝。山林水草地所出产的财物，能够用来供财用，就当它为宝贝。像发出喧哗声音的美玉，楚国虽是南蛮，也不能把它当作宝贝。"

（周振甫）

邹忌讽齐王纳谏[1]

《战国策》 [2]

邹忌修八尺有余 [3]，而形貌昳丽 [4]。朝服衣冠 [5]，窥镜，谓其妻曰："我孰与城北徐公美？"其妻曰："君美甚，徐公何能及君也！"城北徐公，齐国之美丽者也。忌不自信，而复问其妾曰："吾孰与徐公美？"妾曰："徐公何能及君也！"旦日 [6]，客从外来，与坐谈，问之客曰："吾与徐公孰美？"客曰："徐公不若君之美也。"

明日，徐公来，孰视之 [7]，自以为不如；窥镜而自视，又弗如远甚。暮寝而思之，曰："吾妻之美我者，私我也；妾之美我者，畏我也；客之美我者，欲有求于我也。"

于是入朝见威王，曰："臣诚知不如徐公美。臣之妻私臣，臣之妾畏臣，臣之客欲有求于臣，皆以美于徐公。今齐地方千里，百二十城，宫妇左右莫不私王，朝廷之臣莫不畏王，四境之内莫不有求于王。由此观之，王之蔽甚矣！"

王曰："善。"乃下令："群臣吏民，能面刺寡人之过者，受上赏；上书谏寡人者，受中赏；能谤议于市朝〔8〕，闻寡人之耳者，受下赏。"令初下，群臣进谏，门庭若市；数月之后，时时而间进〔9〕；期年之后〔10〕，虽欲言，无可进者。

燕、赵、韩、魏闻之，皆朝于齐。此所谓战胜于朝廷。

【题解】

这篇细致地记载邹忌生活中的一些琐事，来说明他从中得到一种启发，悟出一个道理，运用到治理国家方面，收到很好的效果。这篇文章的好处，就在启发读者，从日常平凡的事情里，注意其中包含的道理，悟出这种道理，即小见大，发人深思。

从写作的技巧说，先写琐事，围绕着一个中心写，即我与徐公孰美，针对这一点，写邹忌"朝服衣冠，窥镜"，写他问妻，问妾，问客，再熟视徐公，再窥镜而自视，作了这样细致的描写，才确定自己不如徐公美。然后"暮寝而思之"，才得到启发。其次写邹忌能够即小见大。从自己的启发中，推想到齐王所受的蒙蔽，运用到革新政治上来。先写琐事极细致，次写推想，运用比喻，从"私臣"、"畏臣"、"有求于臣"来比，具体贴切，有说服力。其三写纳谏，从下令赏谏者，到进谏者从多到少，到收到政治上的效果，叙述概括而含蓄。三段叙述各有特色。

【注释】

〔1〕本篇选自《战国策·齐策一》。 邹忌：齐国人，曾为齐相。 讽：委婉地劝说。 齐王：齐威王，姓田，名因齐，是田齐的第三代君主。

〔2〕《战国策》：记载战国时期的历史书，包括东周、西周、秦、齐、楚、赵、魏、韩、燕、宋、卫、中山。着重记录谋臣策士的活动，写他们的言论谋划。汉朝刘向把它编辑成书。

〔3〕修：长。　八尺：战国时一尺等于0.23米，八尺，高1.84米。

〔4〕昳（yì易）丽：光艳。

〔5〕朝（zhāo招）服：早晨穿着。

〔6〕旦日：明天。

〔7〕孰视：同"熟视"，仔细看。

〔8〕谤议：指责议论缺点。

〔9〕时时：指有时。　间：间或，偶然。

〔10〕期（jī基）年：满一年。

【译文】

　　邹忌身高八尺多，容光焕发美丽。早晨穿衣戴帽，照镜子，对他的妻说："我跟城北徐公比，哪个美？"他的妻说："您美极，徐公怎能比得上您呢！"城北徐公，是齐国的美男子。邹忌自己不信，又问他的妾道："我跟徐公谁美？"妾说："徐公怎能及得到您呢？"明天，有客人从外边来，同他坐下谈话，问客人道："我同徐公谁美？"客人说："徐公不及您的美丽。"

　　明天，徐公来了，仔细看他，自己认为不及他美；照着镜子自己观察，又觉得不及他，差得很多。夜里睡觉，想着这事，说："我的妻说我美，是偏爱我；妾说我美，是怕我；客人说我美，是对我有所要求。"

　　因此上朝见齐威王，说："我确实知道不及徐公美。我的妻偏爱我，我的妾怕我，我的客人有求于我，都认为我比徐公美。现在齐国有千里见方的土地，一百二十个城，宫女近臣没有不偏爱大王的，朝廷上的臣子没有不怕大王的，国内的人没有不想有求于大王的。从这看来，大王所受的蒙蔽很厉害了！"

　　齐威王说："好。"于是发布命令："众官吏人民，能够当面指责我的过失的，接受上等赏赐；写信来规劝我的，接受

中等赏赐；能够在市集上或朝廷内指责我，传到我的耳里的，接受下等赏赐。"命令开始传下去，众官进谏，门口和院子里挤得像市集；几个月以后，有时候间或有进言的；一年以后，虽有要进言的，却没有可说的。

燕国、赵国、韩国、魏国听到这件事，都来齐国朝拜。这就是在朝廷上修明政治，取得胜利的说法。

（周振甫）

天道犹张弓[1]

《老　子》[2]

天之道其犹张弓与[3]，高者抑之，下者举之[4]，有余者损之，不足者补之[5]。天之道损有余而补不足。人之道则不然，损不足以奉有余。孰能有余以奉天下，唯有道者。是以圣人为而不恃，功成而不处[6]，其不欲见贤[7]。

【题解】

这节讲天道和人道的不同，天道指自然，人道指当时统治阶级的所作为。老子主张效法自然。他认为自然界有"高岸为谷，深谷为陵"，即高的抑下，下的举上。所以说"天之道损有余而补不足"。"人之道""损不足以奉有余"，这是他反对统治阶级进行的剥削，所以"圣人为而不恃，功成而不处"，圣人也有所作为，所作为也有成功，但不以为己利，所以不靠它来满足私欲、不居功、不自以为贤，这就合于天道。这一节用张弓的比喻来说，张弓有张有弛，好比天道损有补。又用对比来说，天道与人道构成对比，来说明天道胜过人道，加强说服力。更举出有道者的圣人来作证。用比喻、对照、引证来构成这节的写作技巧。

【注释】

〔1〕本节选自《老子》七十七章，题为新加。

〔2〕《老子》：即老聃，春秋时楚苦县（今河南鹿邑东）人。曾为周藏书室史官。著书五千余言，称《老子》。

〔3〕张弓：拉开弓。拉弓一张一弛，互相转化，好比高下的互相转化。

〔4〕高者抑之，下者举之：《老子》认为高下是相反的，相反的东西会互相转化，所以高的要抑它使下，下的要举它使上，这是自然之道。所以二章说："高下相倾"，即此意。

〔5〕有余者损之，不足者补之：有余与不足相反，要互相转化，所以有余的要损，不足的要补。

〔6〕为而不恃，功成而不处：圣人无私心，有所作为是顺着自然，所以不靠它谋私利，有所成功，不居功。

〔7〕见贤：显示自己的贤能。

【译文】

天的道好比拉弓，一张一弛的互相转化，像高的抑它下，下的举它上，有余的减损它，不足的增补它。天的道减损有余来补充不足。人的道就不这样，是减损不足来供给有余。谁能用有余来供给天下的不足，只有有道的人。因此圣人有所作为不靠它谋私，成功而不居功，他不要显示自己贤能。

（周振甫）

子路曾皙冉有公西华侍坐 [1]

《论　语》[2]

子路、曾皙、冉有、公西华侍坐。子曰："以吾一日长乎尔，毋吾以也 [3]。居则曰：'不吾知也 [4]！'如或知尔，则何以哉？"

子路率尔而对曰 [5]："千乘之国，摄乎大国之间 [6]，加

之以师旅，因之以饥馑 [7]。由也为之，比及三年 [8]，可使有勇，且知方也 [9]。"夫子哂之 [10]。

"求！尔何如？"对曰："方六七十，如五六十 [11]。求也为之，比及三年，可使足民。如其礼乐，以俟君子。"

"赤！尔何如？"对曰："非曰能之，愿学焉。宗庙之事，如会同，端章甫，愿为小相焉 [12]。"

"点！尔何如？"鼓瑟希，铿尔，舍瑟而作 [13]，对曰："异乎三子者之撰 [14]。"子曰："何伤乎？亦各言其志也。"曰："莫春者，春服既成，冠者五六人 [15]，童子六七人，浴乎沂 [16]，风乎舞雩 [17]，咏而归。"夫子喟然叹曰："吾与点也 [18]！"

三子者出，曾皙后。曾皙曰："夫三子者之言何如？"子曰："亦各言其志也已矣。"曰："夫子何哂由也？"曰："为国以礼，其言不让，是故哂之。""唯求则非邦也与？""安见方六七十如五六十而非邦也者？""唯赤则非邦也与？""宗庙、会同，非诸侯而何？赤也为之小，孰能为之大？"

【题解】

这篇写孔子与学生各人讲自己的志愿，通过各人举止神态的描写，结合各人的言志，刻画出各人的性格，也反映孔门师生间的亲善和蔼气氛，和孔子善于启发教导的教育家形象。

孔子先启发学生言志，接着写子路"率尔而对"，显出他直率的性格。从他的言志看，又显出他的雄心壮志。冉有的话比较谦让，他只要求"足民"，不敢讲礼乐。公西华更为谦虚，只愿做个赞礼官。这里也看出子路跟其他三位学生不同，其他三位要孔子点了名才发言，子路不等点名就发言。曾皙在孔子点名后，才停止弹瑟，说明在三人发言时，他在弹瑟，这也说明孔门的和睦气象。他不讲做官从政，却讲和青少年进行礼乐教育。这使孔子感叹地赞许他。这里反映孔子从政的失败，只好用礼乐来从事教育了。最后写曾皙虽在弹瑟，还观察得很仔细，看到孔子对子路微笑。这样细致描绘，才能把人物形象刻画出来。

【注释】

〔1〕本篇选自《论语·先进》。 子路：姓仲，名由，字子路。 曾皙(xī息)：名点，字皙。 冉（rǎn染）有：名求，字子有。 公西华：姓公西，名赤，字子华。

〔2〕《论语》：记录孔子和他的弟子的言行的书，是孔子弟子和再传弟子所记。

〔3〕毋吾以：毋以吾，不要因为我（而不言）。

〔4〕居：闲居。 不吾知：不知我。

〔5〕率尔：轻率地，不加思索地。

〔6〕千乘之国：有一千辆兵车的国家。乘（shèng盛），量词，指四匹马拉的兵车。 摄乎：夹处于。

〔7〕饥馑（jǐn仅）：饥荒，谷不熟曰饥，菜不熟曰馑。

〔8〕比及：等到。

〔9〕知方：知道方向。方，礼义。

〔10〕哂（shěn沈）：微笑。

〔11〕方六七十：六七十平方里的小国。 如：或者。

〔12〕宗庙之事：在祖庙里管祭祀的事。 会同：和诸侯国会合结盟。端：礼服，穿礼服。 章甫：礼帽，戴礼帽。 小相：小的赞礼官。

〔13〕希：通"稀"，稀疏。 铿（kēng坑）尔：状声词，指弹瑟结束的一声高音。 作：站起。

〔14〕撰：陈述。

〔15〕莫春：暮春，阴历三月。 冠者：二十岁的人，古代二十岁行冠礼。

〔16〕浴乎沂（yí移）：有几种解释：一、在沂水中洗澡。但阴历三月，水还凉，不适于洗澡。二、朱熹《论语集注》："沂，水名，在鲁城南。地志以为有温泉焉，理或然也。"这是说，照道理讲，或者是有温泉的，只是猜想。三、王充《论衡·明雩》："'浴乎沂'，涉沂水也。"按"浴"字不能解作涉水，不确。四、刘宝楠《论语正义》："'浴乎沂'，今三月上巳，被濯于水滨。"阴历三月，第一个巳日，在水边用水洗沐，除去不祥。浴当指洗沐（洗头）说。这一说似合。

〔17〕风乎舞雩（yú鱼）：在舞雩台上吹风，洗沐后吹干头发。舞雩台，求雨的地方。

〔18〕喟（kuì愧）然：状叹息声。　与：赞许，同意。

【译文】

　　子路、曾皙、冉有、公西华，陪孔子坐着。孔子说："因为我比你们年纪大一点，不要因此拘束。你们闲居就说：'人家不知道我呀！'如果有人知道你们，那你们怎么办呢？"

　　子路不加思索地对答道："有一千辆兵车的国家，夹在几个大国的中间，加上她要对付战争，接着她要对付饥荒。我去治理，等到三年，可以使人人有勇气，并且懂得礼仪。"孔夫子对他微微一笑。

　　又问："冉求，你怎么样？"对答道："六七十里正方或者五六十里正方的小国，我去治理，等到三年，可以使人民富足。至于制礼作乐，只有等待贤人了。"

　　又问："公西赤！你怎么样？"对答道："不是说我已经能够做了，只是愿意学习。在宗庙里办祭祀，或者同诸侯国盟会，穿着礼服，戴着礼帽，愿意做个小司仪。"

　　又问："曾点！你怎么样？"他弹瑟的声音疏稀了，铿的一声停了，把瑟放下，站起来答道："我和他们三位讲的不一样。"孔子说："那有什么妨碍呢？也是各人说自己的志向呵。"对答道："暮春三月，春装已经制定了。陪着五六位成年人，六七个童子，在沂水边洗沐，在舞雩台上吹风，唱着歌回来。"孔子长叹一声道："我同意曾点的主张呀！"

　　三位学生出去了，曾皙后走。曾皙问道："三位同学的话怎样？"孔子道："也不过各人说自己的志向罢了。"又问："老师为什么笑仲由呢？"孔子答道："治理国家应该讲礼让，可是他的话不谦让，所以笑他。"又问："难道冉求讲的就不是治理国家吗?"(曾皙误会孔子笑子路讲治理国家的事。)孔子道:"怎么见得方六七十里或方五六十里就不是国家呢?"曾皙又问:"难道公西赤所讲的不是国家的事吗?"孔子答道:"在宗庙里祭祀,在诸侯国会盟上司仪,不是诸侯国的事是什么?(我笑仲由,不是笑他说治理国家,是笑他说话不够谦虚。譬如公西赤,谦虚地说做个小司仪。)如果公西赤只做个小司仪,谁能够做个大司仪呢?"

(周振甫)

谋　攻 [1]

《孙子》[2]

　　孙子曰:"凡用兵之法,全国为上,破国次之;全军为上,破军次之;全旅为上,破旅次之;全卒为上,破卒次之;全伍为上,破伍次之 [3]。是故百战百胜,非善之善者也;不战而屈人之兵,善之善者也。

　　故上兵伐谋,其次伐交 [4],其次伐兵,其下攻城。攻城之法,为不得已。修橹、轒辒 [5],具器械,三月而后成;距闉 [6],又三月而后已。将不胜其忿,而蚁附之,杀士三分之一,而城不拔者,此攻之灾也。故善用兵者,屈人之兵,而非战也;拔人之城,而非攻也;毁人之国,而非久也。必以全争于天下,故兵不顿而利可全 [7]。此谋攻之法也。

　　故用兵之法:十则围之,五则攻之,倍则分之,敌则能战之,少则能逃之,不若则能避之。故小敌之坚 [8],大敌之擒也。

夫将者，国之辅也。辅周则国必强，辅隙则国必弱。

故君之所以患于军者三：不知军之不可以进，而谓之进；不知军之不可以退，而谓之退：是谓縻军[9]。不知三军之事，而同三军之政者，则军士惑矣。不知三军之权，而同三军之任，则军士疑矣。三军既惑且疑，则诸侯之难至矣，是谓乱军引胜[10]。

故知胜有五：知可以战与不可以战者胜，识众寡之用者胜，上下同欲者胜，以虞待不虞者胜[11]，将能而君不御者胜[12]。此五者，知胜之道也。

故曰：知彼知己者，百战不殆；不知彼而知己，一胜一负；不知彼不知己，每战必殆。

【题解】

《孙子》兵法的《谋攻》篇，在写作上有它的特点。它的考虑极为周密，先从战争的利害方面来考虑："全国为上，破国次之"，所以"百战百胜"，还不如"不战而屈人之兵"。再从谋攻的各方面来考虑："上兵伐谋，其次伐交，其次伐兵，其下攻城。"再从敌我众寡方面来考虑："十则围之，五则攻之。"再从将帅方面来考虑："辅周则国必强，辅隙则国必弱。"再从君主方面来考虑，又有"縻军"、"乱军"。再从取胜方面来考虑，有"知胜有五"。最后归结到战争胜败的规律。

它从每一方面的考虑，又分成几点。如从战争的利害方面考虑，分成"全国"、"破国"、"全军"、"破军"、"全旅"、"破旅"等；如从谋攻方面来考虑，分成"伐谋"、"伐交""伐兵"、"伐城"来考虑，这就构成排比句，加强了说服力；运用归纳法，得出规律性的结论。多用判断句，风格峻洁。

【注释】

〔1〕本篇选自《孙子》。

〔2〕《孙子》：共十三篇，讲兵法的书。春秋时孙武撰。孙武，齐国人。为

吴王阖闾将，西破楚国。

　　〔3〕军、旅、卒、伍：一万二千五百人为军，五百人为旅，一百人为卒，五人为伍。

　　〔4〕上兵伐谋：最好的兵法是破坏敌人的计策。　伐交：破坏敌人的外交。

　　〔5〕橹（lǔ鲁）：望楼。　轒辒（fén wēn坟温）：攻城用的战车。

　　〔6〕距闉（yīn音）：筑起高出敌城的土山。

　　〔7〕不顿：不久驻。

　　〔8〕小敌之坚：弱小敌人坚持作战。

　　〔9〕縻（mí迷）：牵制。

　　〔10〕乱军引胜：扰乱军心，使敌人得胜。

　　〔11〕虞：预料。

　　〔12〕御：驾驭，指牵制。

【译文】

　　孙子说：凡是用兵的方法，保全国家是主要的，攻破国家是次要的；保全一个军是主要的，破坏一个军是次要的；保全一个旅是主要的，破坏一个旅是次要的；保全一个卒是主要的，破坏一个卒是次要的；保全一个伍是主要的，破坏一个伍是次要的。因此百战百胜，不是完善中的最完善的，不战而使敌人的军队屈服，是完善中的最完善的。

　　所以好的兵法是破坏敌人的策略，次一点的破坏敌人的外交；次一点的以武器打败敌人，再下的是攻城。攻城的办法，是不得已。筑望楼、造兵车，整备攻城器械，要三个月才做成；筑土山，又三个月而后成。将军愤怒不堪，士兵像蚂蚁爬上城墙，杀死士兵三分之一，城还攻不下的，这是攻城的灾难。所以善于用兵的，使敌人的军队屈服，却不用战争；占领敌人的城池，却不是攻打的；灭亡敌人的国家，却不需经久的战争。一定用完善的策略在天下争夺，所以用兵不必久驻于坚城之下而可以得到完全的利益。这是用谋划来进攻的方法。

所以对敌用兵的方法：兵力十倍于敌人就包围他们，五倍于敌人就攻击他们，一倍于敌人就分散敌人的兵力，兵力与敌人匹敌就能够攻击他们，兵力比敌人少就能够逃走，不及敌人就能够避开他们。所以力量小于敌人而坚持作战，会被强大的敌人所俘虏。

将军是国家的辅佐。辅佐考虑周密国家一定强盛，辅佐考虑有缺陷国家一定衰弱。

所以国君给军队造成危害的有三种：不懂得军队不可以进攻，却命令军队进攻；不懂得军队不可以后退，却命令军队后退；这叫做牵制军队。不懂得全军的事，却参与全军的军政事务的，就使军士迷惑了；不懂得全军的权柄，却参与全军的任务，那军士就怀疑了。全军既经迷惑并且怀疑，那诸侯国所造成的患难就来了，这叫做自己搞乱自己的军队招致敌人得胜。

所以，懂得取胜的有五种：懂得可以作战与不可以作战的得胜，懂得兵力众寡的不同作用的得胜，上级和下级同心同德的得胜，用有预料来对付没有预料的得胜，将军有才能而君主不加牵制的得胜，这五种是懂得取胜的道理。

所以说：知彼知己，百战不败；不知彼而知己，一胜一败；不知彼不知己，每战必败。

（周振甫）

公 输 [1]

《墨 子》[2]

公输盘为楚造云梯之械 [3]，成，将以攻宋。子墨子闻之〔4〕，起于鲁，行十日十夜而至于郢〔5〕，见公输盘。公输盘曰："夫子何命焉为〔6〕？"子墨子曰："北方有侮臣者，愿藉子杀之。"公输盘不说〔7〕。子墨子曰："请献十金。"公输盘曰："吾义固不杀人。"子墨子起，再拜，曰："请说之。吾从北方闻子为梯，将以攻宋。宋何罪之有〔8〕？荆国有余于地而不足于民〔9〕。杀所不足而争所有余，不可谓智。宋无罪而攻之，不可谓仁。知而不争，不可谓忠。争而不得，不可谓强。义不杀少而杀众，不可谓知类。"公输盘服。

子墨子曰："然，胡不已乎〔10〕？"公输盘曰："不可，吾既已言之王矣。"子墨子曰："胡不见我于王〔11〕？"公输盘曰："诺。"子墨子见王，曰："今有人于此，舍其文轩〔12〕，邻有敝舆而欲窃之；舍其锦绣，邻有短褐〔13〕而欲窃之；舍其梁肉，邻有糠糟而欲窃之。此为何若人？"王曰："必为有窃疾矣。"子墨子曰："荆之地，方五千里，宋之地，方五百里。此犹文轩之与敝舆也。荆有云梦〔14〕，犀兕麋鹿满之〔15〕，江汉之鱼鳖鼋鼍为天下富〔16〕；宋，所谓无雉兔鲋鱼者也〔17〕。此犹梁肉之与糠糟也。荆有长松文梓楩枏豫章〔18〕，宋无长木。此犹锦绣之与短褐也。臣以王之攻宋也，为与此同类。"王曰："善哉！虽然，公输盘为我为云梯，必取宋。"

于是见公输盘。子墨子解带为城，以牒为械〔19〕。公输盘九设攻城之机变，子墨子九距之〔20〕。公输盘之攻械尽，子墨子之守圉有余〔21〕。公输盘诎〔22〕，而曰："吾知所以距子矣，吾不言。"子墨子亦曰："吾知子之所以距我，吾不言。"楚王问其故。子墨子曰："公输子之意，不过欲杀臣。杀臣，宋莫能守，乃可攻也。然臣之弟子禽滑厘等三百人，已持臣守圉之器，在宋城上而待楚寇矣。虽杀臣，不能绝也。"楚王曰：

"善哉，吾请无攻宋矣。"

　　子墨子归，过宋，天雨，庇其闾中〔23〕，守闾者不内也〔24〕。故曰："治于神者〔25〕，众人不知其功；争于明者〔26〕，众人知之。"

【题解】

　　这篇讲墨子制止楚国去攻打宋国。公输盘替楚国造了云梯，要攻宋，墨子先去说服公输盘。请他去杀人，让他说："吾义固不杀人。"墨子因此指出攻宋是杀众人，义不杀一人而杀众人，这是不知类。同时提出攻宋是不智、不仁、不忠、不强，把公输盘说服了。

　　墨子再去说服楚王，说有富人去偷穷人的破东西，让楚王说出这人害了偷窃病。然后用楚的富有对宋的贫困，说明攻宋等于害偷窃病。这样先用讲道理来说服公输盘，再用比喻来劝说楚王，措辞婉转。对不同的对象，运用不同说法，是好的。

　　但光靠说服还不够，还要较量实力。公输盘用攻城的模型跟墨子守城的模型斗，斗不过。墨子又指出他的学生三百人已拿了守城的器械守在城上，这才使楚王停止攻宋。这篇开头叙墨子赶到楚都的辛苦，结尾叙墨子回来所受到的冷遇，前后呼应，很有意味。

【注释】

　　〔1〕本篇选自《墨子》。　公输：公输盘，也作公输班，战国时期鲁国人，也称鲁班，善于制造各种器械。

　　〔2〕墨子：名翟，战国时期鲁国人，作过宋国大夫。他是墨家学派的创始人，主张兼爱、非攻，反对不义战争。

　　〔3〕云梯：攻城时用来登城的器械。

　　〔4〕子墨子：子，夫子，学生称老师为夫子，即墨子。

　　〔5〕郢（yǐng影）：楚国都城，在湖北江陵东南。

　　〔6〕焉为：表疑问词。

　　〔7〕说：同"悦"。

　　〔8〕何罪之有：有何罪，疑问句动词移后。

　　〔9〕荆国：楚国，初建国在荆山一带（今湖北西部），故称。

〔10〕胡：何。　已：止。

〔11〕见（xiàn现）：引见。

〔12〕文轩：有文彩和遮蔽的车子。

〔13〕褐（hè赫）：粗布衣服。

〔14〕云梦：见《王孙圉论楚宝》注〔9〕。

〔15〕犀兕（xī sì西寺）：像牛一样的大兽，雄的叫犀，雌的叫兕。皮坚厚，可制甲。　麋（mí迷）：鹿的一种。

〔16〕鳖（biē瘪）：甲鱼。　鼋（yuán元）：瘌头鼋。　鼍（tuó驼）：鳄鱼的一种。

〔17〕鲋（fù付）鱼：鲫鱼。

〔18〕文梓（zǐ子）：文理细密的梓树。　梗（pián便）：黄楩木。　柟：同"楠"，楠木。　豫章：樟树。

〔19〕牒（dié蝶）：木片。

〔20〕距：同"拒"，抵抗。

〔21〕守圉：同"守御"。

〔22〕诎：同"屈"，屈服。

〔23〕庇：蔽。　闾：里巷大门。

〔24〕内：同"纳"。

〔25〕治于神：指在暗中把祸害消除。

〔26〕争于明：在明处争辩。

【译文】

公输盘替楚国制造云梯这种器械，成功了，要用来攻打宋国。墨子先生听到了，从鲁国动身，走了十天十夜到达郢都，去见公输盘。公输盘说："先生有什么见教呢？"墨子先生说："北方有欺侮我的，愿借重你去杀他。"公输盘不高兴。墨子先生说："愿送上十金。"公输盘说："我讲正义，决不杀人。"墨子先生站起来，拜了又拜，说："让我说说，我在北方听说你造云梯，要用来攻宋国。宋国有什么罪？楚国多余的是土地，缺少的是百姓，杀害缺少的百姓，去争夺多余的土地，不能说是聪明。宋国没有罪，却去攻打它，不能说是仁慈。懂得

这个道理，不去向楚王力争，不能说是忠诚。向楚王争而不达目的，不能说坚强。讲正义不杀一人，却去杀多人，不能说懂得类推的道理。"公输盘被说服。

墨子先生说："是啊，为什么不停止呢？"公输盘说："不行，我已经对楚王说了。"墨子先生说："为什么不向楚王引见我呢？"公输盘说："好吧。"墨子先生见了楚王，说："现在有个人在这里，放弃他的彩饰的车子，邻居有辆破车，却要去偷它；放弃他的绣花绸缎衣裳，邻居有粗布短袄，就想去偷它；放弃他的好米饭和肉，邻居有糟糠，却要去偷它。这是怎么样的人呢？"楚王说："这一定是害了偷窃病了。"墨子先生说："楚国的土地有五千里见方，宋国的土地仅五百里见方。这就像彩车跟破车那样。楚国有云梦水草地，犀牛兕牛麋鹿布满在那里，长江汉水里的鱼、甲鱼、癞头鼋、鳄鱼是天下最多的；宋国，被称做没有野鸡兔子鲫鱼的地方，这就像米饭和肉跟糟糠那样。楚国有长松、文梓、黄楩、楠木、樟树，宋国没有大树。这就好像绣花绸缎衣裳跟粗布短袄那样。我以为大王的攻打宋国，是跟这个害偷窃病的人同类。"楚王说："是呀！不过公输盘替我造了云梯，一定要攻打宋国。"

于是去见公输盘。墨子先生解下腰带圈起来作为城墙，用木片当机械。公输盘九次运用不同变化的攻城方法，墨子先生九次抵御他。公输盘攻城的器械用完了，墨子先生守御的器械还有多余。公输盘屈服了，却说："我知道怎样对付您了，我不说。"墨子先生也说："我知道您怎样对付我，我不说。"楚王问他怎么回事。墨子先生说："公输先生的意思，不过要杀我。杀了我，宋国没有人能够防守，就可以攻下了。可是我的学生禽滑厘等三百人，已经拿了我的防守器械，在宋国城上等待楚兵了。即使杀了我，不会没有防守的人。"楚王说："好呀！我不攻打宋国了。"

墨子先生回来，经过宋国，天下雨，进里巷大门避雨，管大门的不接纳。所以说："在暗中消除祸患的，众人不知道他的功绩；公开争名的人，大家反倒知道他了。"

（周振甫）

寡人之于国也[1]

《孟 子》[2]

梁惠王曰[3]："寡人之于国也，尽心焉耳矣。河内凶，则移其民于河东，移其粟于河内[4]；河东凶亦然。察邻国之政，无如寡人之用心者。邻国之民不加少[5]，寡人之民不加多，何也？"

孟子对曰："王好战，请以战喻[6]。填然鼓之[7]，兵刃既接[8]，弃甲曳兵而走[9]，或百步而后止，或五十步而后止。以五十步笑百步，则何如？"曰："不可，直不百步耳[10]，是亦走也。"曰："王如知此，则无望民之多于邻国也。

"不违农时，谷不可胜食也[11]。数罟不入洿池[12]，鱼鳖不可胜食也。斧斤以时入山林[13]，材木不可胜用也。谷与鱼鳖不可胜食，材木不可胜用，是使民养生送死无憾也。养生送死无憾，王道之始也。

"五亩之宅[14]，树之以桑[15]，五十者可以衣帛矣[16]。鸡豚狗彘之畜[17]，无失其时，七十者可以食肉矣。百亩之田[18]，无夺其时，数口之家，可以无饥矣。谨庠序之教[19]，申

之以孝悌之义 [20]，颁白者不负戴于道路矣 [21]。七十者衣帛食肉，黎民不饥不寒 [22]，然而不王者 [23]，未之有也。

"狗彘食人食而不知检 [24]，途有饿莩而不知发 [25]；人死，则曰：'非我也，岁也 [26]。'是何异于刺人而杀之，曰：'非我也，兵也。'王无罪岁，斯天下之民至焉。"

【题解】

这篇通过比喻来说理，先举出一个战喻，战争中逃跑，跑五十步的笑跑一百步的，可以吗？使梁惠王说"不可。"然后指出梁惠王的作为，跟邻国君主的作为比起来，好比五十步比百步，让梁惠王自己得出自己的要求是不对的结论。再举一个比喻，"刺人而杀之，曰：'非我也，兵也。'"这当然是错的。从而指出："人死，则曰：'非我也，岁也'"同样是荒谬的。孟子就是善用这样的比喻，使对方不得不承认自己的错误。

孟子讲他的政治主张，简单明了，强调它的效果，很有说服力。像说"不违农时"、"数罟不入洿池"等很简单明白，但可收到"谷不可胜食"、"鱼鳖不可胜食"的效果，这就动人。这样连用排比句法，来加强文章的气势，更见力量。他又用前面的"使民养生送死无憾"，"黎民不饥不寒"，跟后面的"狗彘食人食而不知检，途有饿莩而不知发"构成强烈对照，更有力量。

【注释】

〔1〕本篇选自《孟子·梁惠王上》。　寡人：古代君主对自己的谦称。

〔2〕《孟子》：战国时代孟轲（kē科，前372—前289）和他的弟子合著的书，共七篇。孟子是儒家学派的大师，主张仁义和性善，提倡仁政。

〔3〕梁惠王：即魏惠王，姓魏，名罃（yīng英）。他从安邑（今山西运城）迁都大梁（今河南开封），故称梁惠王。

〔4〕河内：约在河南济源县一带。　河东：约在山西安邑一带。　粟：小米。

〔5〕加少：增加减数，即减少。

〔6〕请：表敬意，无义。

〔7〕填然：状声词。　鼓之：击鼓（含有进军意），"之"是衬字。

〔8〕兵：武器。　刃：刀锋。

〔9〕甲：铠甲。　曳（yè夜）：拖着。　走：跑，指逃跑。

〔10〕直：只是，不过。

〔11〕胜（shēng升）：犹尽。

〔12〕数罟（cù gǔ醋古）：细密的网。　洿（wū乌）池：大池。

〔13〕斤：斧。　以时：按一定时期，即在树叶零落时砍树。

〔14〕五亩之宅：五亩约合今一亩二分多，相传当时一家可分五亩地作住宅和场院。

〔15〕树：栽。

〔16〕衣（yì意）：穿。　帛：丝绵。

〔17〕豚（tún屯）：小猪。　彘（zhì致）：猪。　畜：饲养。

〔18〕百亩之田：相传上古一个男劳动力可以分到百亩耕地，约合今二十余亩。

〔19〕庠（xiáng祥）序：古代地方办的学校。

〔20〕申：反复训导。　悌：敬爱兄长。

〔21〕颁（bān班）白者：头发花白的老人。　负：背着。　戴：用头顶着。

〔22〕黎民：老百姓。

〔23〕王（wàng旺）：天下归向。

〔24〕检：制止。

〔25〕莩（piǎo票的上声）：饿死的人。　发：打开粮库。

〔26〕岁：年成。

【译文】

梁惠王说："我对于国家，费尽心力了。河内荒年，就把那里的百姓一部分迁移到河东，把河东的粮食部分运到河内。河东荒年也这样。考察邻国的政治，没有像我这样的用心的。邻国的百姓不减少，我的百姓不增多，为什么？"

孟子答道："大王喜欢战争，就用战争来打比方吧。冬冬冬敲起战鼓，两军的枪尖刀锋一接触，就抛弃铠甲、拖着兵器逃跑，有的跑了一百步停下来，有的跑了五十步停下来。那些

跑五十步的耻笑那些跑一百步的，怎么样啊？"梁惠王说："不行。只不过没有跑一百步罢了，这也是逃跑啊。"孟子说："大王如果懂得这个道理，就不要希望您的百姓会比邻国多了。"

"不妨碍农业季节的生产，粮食就吃不完。细密的网不到大池塘里去捕捞，鱼、甲鱼就吃不完。拿斧子在一定季节里进山林砍伐，木材就用不完。粮食与鱼、甲鱼吃不完，木材用不完，这是使百姓对生养死葬没有不满的，对生养死葬没有不满的，这就是王道的开端。"

"一家有五亩大的住宅场地，栽上桑树，来养蚕，五十岁的人可以穿丝绵袄了。鸡狗猪的饲养，不错过繁殖时机，七十岁的人可以吃肉了。一个男劳力种一百亩田，不剥夺他去按时耕种，几口人的家庭可以不挨饿了。办好学校教育，反复讲明孝父母、敬兄长的道理，头发花白的老人不背着顶着东西在路上走了。七十岁的人可穿上丝绵袄，能吃上肉，老百姓不挨饿不受冻，像这样不能使天下人归服的，是不曾有过的。"

"猪狗吃掉人的粮食不加制止，路上有饿死人不知道开粮库赈济，百姓饿死，就说：'不关我事，是年成不好。'这同拿刀把人杀死，说：'这不是我杀的，是刀杀的。'有什么不同？大王倘不去归罪于年成，这样，天下的老百姓会来投奔了。"

（周振甫）

逍 遥 游 (节选) [1]

《庄 子》 [2]

北冥有鱼 [3]，其名为鲲 [4]。鲲之大，不知其几千里也。化而为鸟，其名为鹏 [5]。鹏之背，不知其几千里也。怒而飞，其翼若垂天之云 [6]。是鸟也，海运则将徙于南冥。南冥者，天池也 [7]。

《齐谐》者 [8]，志怪者也。《谐》之言曰："鹏之徙于南冥也，水击三千里 [9]，抟扶摇而上者九万里 [10]，去以六月息者也 [11]。"野马也，尘埃也，生物之以息相吹也 [12]。天之苍苍，其正色邪 [13]？其远而无所至极邪 [14]？其视下也，亦若是则已矣。

且夫水之积也不厚，则其负大舟也无力 [15]。覆杯水于坳堂之上 [16]，则芥为之舟 [17]；置杯焉则胶，水浅而舟大也。风之积也不厚，则其负大翼也无力。故九万里，则风斯在下矣，而后乃今培风 [18]；背负青天而莫之夭阏者 [19]，而后乃今将图南。

蜩与学鸠笑之曰 [20]："我决起而飞 [21]，枪榆枋 [22]，时则不至，而控于地而已矣 [23]，奚以之九万里而南为 [24]？"适莽苍者三餐而反 [25]，腹犹果然 [26]，适百里者宿舂粮 [27]，适千里者三月聚粮。之二虫又何知 [28]！

小知不及大知 [29]，小年不及大年 [30]。奚以知其然也？朝菌不知晦朔 [31]，蟪蛄不知春秋 [32]，此小年也。楚之南有冥灵者 [33]，以五百岁为春，五百岁为秋；上古有大椿者 [34]，以八

千岁为春，八千岁为秋，此大年也。而彭祖乃今以久特闻[35]，众人匹之[36]，不亦悲乎！

汤之问棘也是已[37]。穷发之北有冥海者[38]，天池也。有鱼焉，其广数千里，未有知其修者也[39]，其名为鲲。有鸟也，其名为鹏，背若太山，翼若垂天之云，抟扶摇羊角而上者九万里[40]，绝云气[41]，负青天，然后图南，且适南冥也。斥鴳笑之曰[42]："彼且奚适也？我腾跃而上，不过数仞而下[43]，翱翔蓬蒿之间，此亦飞之至也。而彼且奚适也？"此小大之辩也[44]。

故夫知效一官[45]，行比一乡[46]，德合一君[47]，而征一国者[48]，其自视也，亦若此矣。而宋荣子犹然笑之[49]。且举世而誉之而不加劝[50]，举世而非之而不加沮[51]，定乎内外之分[52]，辩乎荣辱之境，斯已矣。彼其于世，未数数然也[53]。虽然，犹有未树也[54]。夫列子御风而行[55]，泠然善也[56]，旬有五日而后反[57]。彼于致福者[58]，未数数然也。此虽免乎行，犹有所待者也[59]。若夫乘天地之正[60]，而御六气之辩[61]，以游无穷者[62]，彼且恶乎待哉！故曰：至人无己，神人无功，圣人无名[63]。

【题解】

这篇《逍遥游》，是庄子讲精神上的绝对自由，这是庄子的一种空想。他要破除一切条件，做到没有自己，没有功绩，没有名声，达到在精神上绝对自由的境界，这是不可能的。

但这篇又很有名。它富于想象，想象大鹏鸟的起飞，要"水击三千里"，靠着飓风飞上九万里，从北海飞到南海。这样丰富的想象，触发了大诗人李白，写了《大鹏赋》，称赞大鹏"跨蹑地络，周旋天纲"。即把大地和上天的一切都包括进去的伟大志愿。

再像"小知不及大知"，"小年不及大年"，说明大鹏的飞腾自然超越蝉与斑鸠的冲上榆树。冥灵树的年岁，自然超过朝生暮死的朝菌。人也这样，有智慧才能的大小。再像这篇里善于即小见大，也是好的。如"覆杯水于坳堂之上，则芥为之舟，置杯焉则胶"。即小比大，是很贴切的。

【注释】

〔1〕本篇选自《庄子》。　《逍遥游》：讲精神上的绝对自由。

〔2〕《庄子》：庄周和他的门人后学所著的一部哲学著作。庄周，战国时期宋蒙城（今河南商丘东北）人。相传曾做漆园吏。他的文章多用寓言，文笔汪洋恣肆，富于想象。

〔3〕北冥：北海，因海水深黑，称冥。下文"南冥"相类。

〔4〕鲲：本是鱼子或小鱼，庄子要齐大小，所以把极小的小鱼说成极大的大鱼。

〔5〕鹏：本为凤字，庄子借它来指极大的鸟。

〔6〕怒而飞：奋起飞腾。　垂天之云：天边的云。垂，通"陲"，边际。

〔7〕海运：海水波动。　南冥：南海。　天池：海是自然形成的，故称天池。

〔8〕《齐谐》：齐谐所著的书，记载怪异的事。

〔9〕水击三千里：鹏鸟起飞时，先在水面上拍击了三千里才起飞。

〔10〕抟：环绕。　扶摇：旋风。靠着旋风盘旋上去。

〔11〕六月息：经过六月才休息。

〔12〕野马：春天野地里有雾气上腾，像奔马。　尘埃：飘扬在空中的灰尘。　生物之以息相吹：此指云气和灰尘的飞动，由于生物气息的相吹，指小的吹动。大鹏凭旋风飞腾，指大的吹动。

〔13〕正色：本来的颜色。

〔14〕无所至极：无法达到尽头。

〔15〕负：承受。

〔16〕坳（ào澳）堂：堂中凹处。

〔17〕芥：小草。

〔18〕培：凭。

〔19〕夭阏（è饿）：阻碍。

〔20〕蜩（tiáo条）：蝉。　学鸠：斑鸠。

〔21〕决：迅速的样子。

〔22〕枪：冲上。　　榆：榆树。　　枋（fāng方）：檀树。

〔23〕控：投。

〔24〕奚以：何以。

〔25〕适：往。　　莽苍：郊野景色，指郊野。

〔26〕果然：饱饱的。

〔27〕宿舂粮：隔夜捣舂谷去壳取米。

〔28〕之二虫：这蜩与学鸠。虫，小动物。

〔29〕知：同"智"。

〔30〕年：寿命。

〔31〕朝菌：朝生暮死的菌类植物。　　晦：黑夜。　　朔：黎明。

〔32〕蟪蛄（huì gū惠姑）：寒蝉，春生夏死或夏生秋死。

〔33〕冥灵：树名。

〔34〕椿（chūn春）：香椿。

〔35〕彭祖：传说中活八百岁的人。

〔36〕匹之：比他。

〔37〕汤：商朝的汤王。　　棘：夏革，商朝大夫。

〔38〕穷发：不毛，不长草木的地方。

〔39〕修：长。

〔40〕羊角：指旋转。

〔41〕绝：超越。

〔42〕斥鴳（yàn燕）：小雀。

〔43〕仞：八尺或七尺为一仞。

〔44〕辩：区别。

〔45〕效：胜任。

〔46〕行：品行。　　比：近。　　一乡：一个乡的人。

〔47〕合：投合。

〔48〕而：通"能"，能力。　　征：信，取信。

〔49〕宋荣子：姓宋名荣。　　犹然：还是。

〔50〕举世：全社会。　　劝：勉力。

〔51〕非：非议。　　沮：沮丧。

〔52〕定：确定。　　内外：主观与客观。

〔53〕数（shuò朔）数：常常。

〔54〕未树：没有建立。

〔55〕列子：列御寇，春秋时期郑国人。　　御：乘。

〔56〕泠（líng铃）然：轻快的样子。

〔57〕有：又。　反：同"返"。

〔58〕致福：追求幸福。

〔59〕待：依赖。

〔60〕天地之正：自然的本性。

〔61〕御六气之辩：顺着阴、阳、风、雨、晦、明六种自然现象的变化。

〔62〕游无穷：在无限的宇宙中逍遥游，指精神上的绝对自由。

〔63〕至人：修养最高的人，能够一切顺着自然，忘掉自己，所以"无己"。神人：一切功绩归于自然，故自以为"无功"的人。　圣人：一切成就归于自然，故自以为"无名"的人。至人、神人、圣人，是就不同方面说的。

【译文】

　　北海有鱼，它的名叫鲲。鲲的大，不知道它有几千里。变做鸟，它的名叫鹏。鹏的背，不知它有几千里。奋起腾飞，它的翅膀像天边的一大片云。这个鸟，海动起风就要飞到南海。南海是天然的大池。

　　《齐谐》是记载怪事的。《齐谐》的话说："鹏飞到南海，在水上用翅膀扑击了三千里，靠着旋风盘旋上到九万里，飞去用六个月才歇息的。"像野马奔腾的雾气，像浮动的灰尘，是生物的气息在吹动。天的深青，难道是它的本来的颜色吗？还是遥远到没有尽头所造成的呢？鹏朝地下看，也像这样吧。

　　况且水的积蓄不深，它就无力承受大船。倒一杯水在堂中凹处，小草就做它的船，放个杯子就浮不起来，是水浅而船大。风的力量不大，它就无力承受鹏的大翅膀。所以高飞九万里，风就在它的下面了。这之后才凭着风，背对着青天，而没有受到阻碍的，然后将要计划向南飞去。

　　蝉和斑鸠笑它说："我很快地起飞，冲上榆树檀树，有时就飞不上去，投到地上罢了。为什么要高飞九万里到南面去

呢?"到郊野去的人,三顿饭后就回来,肚子还饱饱的;到百里外去的,前一夜就要捣谷备粮食;到千里外去的,要积聚三个月的粮食。这两个小动物又知道什么呢?

小智不及大智,短寿不及长寿。怎么知道这样呢?朝生暮死的菌类,不知道黑夜和黎明,寒蝉夏生秋死,不知道春和秋,这是短寿的。楚国的南方有冥灵树,把五百年作一春,五百年作一秋。上古有大椿树,用八千年作一春,八千年作一秋。可是彭祖于今因为活得久,特别著名,众人用他作比,不也可悲吗?

商汤问夏草,夏草是这样讲的:在不生草木之地的北面,有黑海的,是天然的大池。有鱼,它的宽几千里,没有知道它长度的,它名叫鲲。有鸟,它的名叫鹏,背像太山,翅膀像天边的云。趁旋风盘旋上去九万里,超越云气,背对青天,然后计划南去,并且到南海。小雀笑它道:"他将到哪里去?我飞腾上去,不过几丈就下来,在蓬蒿中飞翔,这也是飞的最高度。可是他将到哪儿去呢?"这是小和大的分别。

所以智力胜任一个官职,品行能亲近一乡的,道德能迎合一位君主,才能能取信于一国的,他们看自己也像这样了。可是宋荣子还是笑他们。况且全社会称赞他,他却不因此而更加自勉,全社会反对他,他不因此而沮丧,确定对内对外所掌握的分寸,分别光荣和耻辱的界限,仅此而已。他在世上,不是常常是这样的。然而还有未曾建立的。列子乘着风飞行,轻快美好,十五天回来。他对于得到无往不顺的,并不常常是这样的。这虽然免去走路,还有所依靠。至于凭着自然的正道,顺着阴阳风雨晦明六种自然的变化,在无限的宇宙中游行的,他又依靠什么啊!所以说:至人没有自己,神人没有功绩,圣人没有名声。

（周振甫）

劝　学 (节选) [1]

《荀　子》[2]

　　君子曰：学不可以已 [3]。青，取之于蓝 [4]，而青于蓝；冰，水为之，而寒于水。木直中绳，輮以为轮，其曲中规 [5]，虽有槁暴 [6]，不复挺者，輮使之然也。故木受绳则直，金就砺则利 [7]，君子博学而日三省乎己 [8]，则知明而行无过矣 [9]。

　　故不登高山，不知天之高也；不临深溪，不知地之厚也；不闻先王之遗言 [10]，不知学问之大也。干越夷貉之子 [11]，生而同声，长而异俗，教使之然也。《诗》曰 [12]："嗟尔君子，无恒安息 [13]。靖共尔位 [14]，好是正直。神之听之，介尔景福 [15]。"神莫大于化道 [16]，福莫长于无祸。

　　吾尝终日而思矣，不如须臾之所学也 [17]；吾尝跂而望矣 [18]，不如登高之博见也。登高而招，臂非加长也，而见者远；顺风而呼，声非加疾也，而闻者彰 [19]，假舆马者，非利足也 [20]，而致千里；假舟楫者，非能水也，而绝江河 [21]。君子生非异也 [22]，善假于物也。

　　南方有鸟焉，名曰蒙鸠 [23]，以羽为巢，而编之以发，系之苇苕 [24]。风至苕折，卵破子死。巢非不完也，所系者然也。西方有木焉，名曰射干 [25]，茎长四寸，生于高山之上，而临百仞之渊。木茎非能长也，所立者然也。蓬生麻中，不扶而直；白沙在涅 [26]，与之俱黑。兰槐之根是为芷 [27]，其渐

之潐^[28]，君子不近，庶人不服^[29]。其质非不美也，所渐者然也。故君子居必择乡，游必就士，所以防邪僻而近中正也。

物类之起，必有所始；荣辱之来，必象其德。肉腐出虫，鱼枯生蠹^[30]；怠慢忘身，祸灾乃作。强自取柱^[31]，柔自取束。邪秽在身，怨之所构。施薪若一^[32]，火就燥也；平地若一，水就湿也。草木畴生^[33]，禽兽群焉，物各从其类也。是故质的张而弓矢至焉^[34]，林木茂而斧斤至焉，树成荫而众鸟息焉，醯酸而蚋聚焉^[35]。故言有召祸也，行有招辱也，君子慎其所立乎！

积土成山，风雨兴焉；积水成渊，蛟龙生焉；积善成德，而神明自得^[36]，圣心备焉。故不积跬步^[37]，无以至千里；不积小流，无以成江海。骐骥一跃，不能十步；驽马十驾^[38]，功在不舍。锲而舍之，朽木不折；锲而不舍，金石可镂^[39]。蚓无爪牙之利^[40]，筋骨之强，上食埃土，下饮黄泉，用心一也。蟹八跪而二螯^[41]，非蛇鳝之穴无可寄托者，用心躁也。是故无冥冥之志者，无昭昭之明；无惛惛之事者^[42]，无赫赫之功。行衢道者不至^[43]，事两君者不容。目不能两视而明，耳不能两听而聪。螣蛇无足而飞^[44]，鼫鼠五技而穷^[45]。《诗》曰^[46]："尸鸠在桑，其子七兮^[47]。淑人君子，其仪一兮。其仪一兮，心如结兮^[48]。"故君子结于一也。

昔者瓠巴鼓瑟而沉鱼出听^[49]，伯牙鼓琴而六马仰秣^[50]。故声无小而不闻，行无隐而不形。玉在山而草木润，渊生珠而崖不枯，为善不积邪，安有不闻者乎？

【题解】

这篇是劝勉人们求学的。全文考虑极为周到，先考虑学习对知识和

　　行动的关系，是"知明而行无过"。再考虑学与思的关系，提出"善假于物"，即学习前人的知识和经验。但"假物"又和"知"与"行"结合，所以要加以选择，要"居必择乡，游必就士"。再讲学习的方法，提出"积"和"一"。"积"是长期积累，"一"是用心专一。

　　本篇写作的好处：一是善用博喻，博喻是连用好多个比喻。开头讲学的好处，举了青出于蓝，冰寒于水，木直受绳，金利就砺，用了四个比喻。再像"假物"，举了登高博见，顺风闻彰，假舆马致千里，假舟楫绝江湖，也用了四个比喻。二是同一比喻，从正反面说，如"积土成山"有什么好处；"不积跬步"有什么缺点。他还用对偶排比句法来加强说服力，构成这篇写作的特点。

【注释】

　　〔1〕本篇选自《荀子》。

　　〔2〕《荀子》：战国时期儒家大师荀况的著作。主张性恶，强调讲礼。荀况（前313？—前238），战国赵人。年五十始游学于齐国，后到楚国做兰陵令。

　　〔3〕已：止。

　　〔4〕青：靛青，青色颜料。　蓝：蓼蓝，草本植物，叶可提取靛青。

　　〔5〕中（zhòng众）：符合。　绳：木匠用的墨线。　輮：通"揉"，使弯曲。规：圆规。

　　〔6〕槁：干枯。　暴：同"曝"，晒干。

　　〔7〕砺：磨刀石。

　　〔8〕三省：三次反省。《论语·学而》："曾子曰：'吾日三省吾身：为人谋而不忠乎？与朋友交而不信乎？传（对经书的解释）不习乎'？"

　　〔9〕知：同"智"。　行：行为。　过：过失。

　　〔10〕先王：过去的明圣之王。指尧、舜、禹、汤、文王、武王等。

　　〔11〕干越：吴越。干，国名，为吴所灭，因称吴为干。　夷：东方少数民族。　貉（mò陌）：北方少数民族。

　　〔12〕《诗》：《诗经·小雅·小明》。

　　〔13〕无：毋。

　　〔14〕靖共：同"静恭"，犹敬慎。　位：职位。

　　〔15〕听：察。　介：助，佑。　景福：大福。

　　〔16〕神：人的修养达到"化道"的境界。　化道：即一言一动自然符合儒道，即符合礼法。

〔17〕须臾：一会儿。

〔18〕跂（qì气）：踮起脚跟。

〔19〕疾：猛，指声音加大。　彰：明显。

〔20〕假：借助，凭藉。

〔21〕绝：指横渡。

〔22〕生：性。

〔23〕蒙鸠：鹪鹩，黄雀，小鸟名。

〔24〕苇：芦苇。　苕（tiáo条）：新生的嫩苇条。

〔25〕射（yè夜）干：草本植物，白花长茎。

〔26〕蓬：草名，菊科植物。　涅（niè孽）：黑泥。

〔27〕兰槐：一种香草，它的根叫芷。

〔28〕渐（jiān尖）：浸。　滫（xiǔ朽）：臭水。

〔29〕服：佩带。

〔30〕蠹（dù杜）：蛀虫。

〔31〕柱：通"祝"，折断。

〔32〕施：铺陈，摆列。

〔33〕畴：同"俦"，同类。

〔34〕质：箭靶。　的：靶心。

〔35〕醯（xī希）：醋。　蚋（ruì锐）：蚊类昆虫。

〔36〕神明：指明智。

〔37〕跬（kuǐ傀）：半步。

〔38〕驽马：劣马。　十驾：十日的路程。

〔39〕锲（qiè切）：雕刻。　镂：雕刻。

〔40〕螾：同"蚓"。

〔41〕跪：足。　螯（áo敖）：蟹钳。

〔42〕冥冥：暗暗。　惛惛：昏昏，专心致志的样子。　昭昭：明白。　赫赫：显著。

〔43〕衢道：岐路。

〔44〕螣（téng腾）蛇：相传是龙类，可以兴云驾雾。

〔45〕鼫（shí石）鼠：形状似兔，有五技："能飞不能上屋，能缘（爬树）不能穷木（爬到树顶），能游不能渡谷，能穴（掘洞）不能掩身，能走（跑）不能先人。"

〔46〕《诗》：《诗经·曹风·尸鸠》。

〔47〕尸鸠：布谷鸟。　其子七兮：喂七个小鸟，平均如一。

〔48〕淑人：善人。　仪：仪表举止。　一：专一。　结：固结不散。

〔49〕瓠（hù户）巴：楚人，善于弹瑟。

〔50〕伯牙：楚人，善于弹琴。　仰秣：马正在吃草，一听琴声，抬头边听边嚼草。

【译文】

君子说：学习不可以停止。靛青，从蓼蓝草里提取的，却比蓼蓝草更青；冰是水凝结成的，却比水更冷。木料笔直合于匠人的墨线，弯曲它作为轮子，它的弯曲合于圆规，虽有火烘日晒，不再变直，弯曲使得它这样的。所以，木料照墨线砍削后就变直，刀剑在磨刀石上磨过后就锋利，君子广博地学习，每天三次反省自己，就智慧明通、行为无过错了。

所以不登上高山，不知道天的高；不到深的山谷，不知道地的厚；不听到过去圣王传下来的教训，不知道学问的广大。吴越夷貉的孩子，生下来同声啼哭，长大却有不同的习俗，教化使他们这样的。《诗经》里说："叹息你们君子，不要长久贪图安逸。敬慎你们的职位，爱好这个正直。神道在考察着，赐给你们大福。"神妙没有比言行与儒道融化为更大的，幸福没有比无灾祸更大的。

我曾经整天在思考，却不及学习一会儿。我曾经踮起脚来望，却不及登高看得广。登上高处招手，臂膀没有加长，但是看见的人看得更远；顺着风喊，声音没有加大，可是听见的人听得清楚。借用车马的，不是利于走路迅速，却到达千里路程；借用船和桨的，不是擅长游水，却能横渡江河。君子的本性没有什么不同，只是善于借用外物。

南方有鸟，名叫蒙鸠，用羽毛做巢，用头发编织成，把巢挂在芦苇的嫩条上。风吹嫩条断，蛋被打破，小鸟摔死。不是

巢编得不坚固，所挂的地方使它这样的。西方有种植物，名叫射干，茎长四寸，生在高山上，下面是百仞深渊。不是它的茎能够长高，它生长的地方是这样的。蓬草生长在大麻里，不用扶它自然挺直；白沙混在黑泥里，跟它一块儿黑。兰槐的根叫芷，把它浸在臭水里，君子不靠近它，百姓不佩挂它，它的本质并非不美，它所浸的水是这样的。所以君子居住一定要选择乡里，交游一定要选择士子，为了防止坏人而接近正派人。

物类的形成一定有个开头。光荣和耻辱的到来，一定像他品德的好坏。肉烂了生虫，鱼烂了生虫；怠惰疏慢忘掉自身的利害，灾祸才起来。刚强自取折断，柔弱自取约束。邪秽在身上，造成怨恨。摆开的柴薪像一样的，火从干燥的柴烧起；平地像一样的，水向低湿的地方流去。草木丛生，鸟兽成群聚集，万物各自与它相关的接近。因此设置了箭靶弓箭就来了，树林茂盛斧子来了，树木成荫众鸟来栖息了，醋酸蚊虫聚集了。所以言语有招致灾祸的，行动有招致耻辱的，君子要谨慎他的立身行事吧。

积累泥土成为山，风雨在那里兴起；积累水成为深渊，蛟龙在那里生长；积累善行成为道德，就自然得到明智，具备了圣人的心思。所以不从半步积累起，无从到达千里；不从细小的水流积累起，无从成为江海。千里马一跳，不能到十步；劣马跑十天的路程，功效在于不停。雕刻一下放弃了，朽木不断；雕刻不停，金属石器都可以雕刻。蚯蚓没有锋利的爪牙，坚强的筋骨，向上能吃尘土，向下能喝地下的水，是它用心专一。蟹八只脚两只钳子，不是蛇和鳝鱼的洞，无处可以托身的，是它用心浮躁。因此，没有视而不见的专心致志，不可能有明智的认识；没有埋头苦干的精神，不可能建立显著的功绩。在歧路上徘徊的人走不到目的地，侍奉两个君主的人不被容纳。眼睛不能同时看两处看得明白，耳朵不能同时听两处听得清楚。螣蛇没脚可以飞行，鼫鼠有五种技能反而陷于窘困。《诗经》里说："布谷鸟在桑树上，它的小鸟有七个，它的哺养是一样的。善人君子，他的仪表举止是统一的。他的仪表举止是统一的，他的心思总不分散。所以，君子学习能把精神集中起来。

从前瓠巴弹瑟，潜在深水里的鱼浮上来听，伯牙弹琴，六匹马边嚼草边抬头来听。所以没有因为声音轻而听不见，没有因为行为隐蔽而不显露。玉在山里草木就滋润，深水里产生珠子山崖就不干枯。做善事不肯积累罢了，哪有人家不知道的呢？

（周振甫）

难 一（节选）[1]

《韩非子》[2]

历山之农者侵畔[3]，舜往耕焉，期年，畎亩正[4]。河滨之渔者争坻[5]，舜往渔焉，期年，而让长。东夷之陶者器苦窳[6]，舜往陶焉，期年，而器牢。仲尼叹曰[7]："耕、渔与陶，非舜官也，而舜往为之者，所以救败也[8]。舜其信仁乎[9]！乃躬藉处苦[10]，而民从之。故曰，圣人之德化乎！"

或问儒者曰："方此时也，尧安在？"其人曰："尧为天子。"然则仲尼之圣尧奈何[11]？圣人明察在上位，将使天下无奸也。令耕渔不争，陶器不窳，舜又何德而化？舜之救败也，

则是尧有失也。贤舜[12]，则去尧之明察；圣尧，则去舜之德化；不可两得也。楚人有鬻盾与矛者[13]，誉之曰："吾盾之坚，物莫能陷也[14]。"又誉其矛曰："吾矛之利，于物无不陷也。"或曰："以子之矛，陷子之盾，何如？"其人弗能应也。夫不可陷之盾与无不陷之矛，不可同世而立。今尧舜之不可两誉，矛盾之说也。

且舜救败，期年已一过[15]，三年已三过。舜寿有尽，天下过无已者；以有尽逐无已，所止者寡矣。赏罚，使天下必行之。令曰："中程者赏[16]，弗中程者诛。"令朝至，暮变；暮至，朝变；十日而海内毕矣，奚待期年！舜犹不以此说尧令从己，乃躬亲，不亦无术乎！

且夫以身为苦而后化民者，尧舜之所难也；处势而骄下者[17]，庸主之所易也。将治天下，释庸主之所易，道尧舜之所难，未可与为政也。

【题解】

这篇是法家韩非主张法治，驳儒家德化的。法治，即建立法制，要人人守法。德化，用道德来进行教化。这两者都需要，并不矛盾。韩非主张法治，反对德化，有些片面。但他指出"圣尧"、"贤舜"的矛盾，他从儒家的传说中，看到其中所含有的矛盾，提出驳难。再用矛盾的比喻来作说明，更有说服力。

不仅这样，他再从德化的局限来说明德化的不可靠，说明法治的效果胜过德化。靠舜的德化，"舜寿有尽，天下过无已"，舜忙不过来。不如法治，"令朝至，暮变；暮至，朝变；十日而海内毕矣"，影响大，效果快。这样一比较，更有说服力。这里，他又提出"赏罚，使天下必行之"。德化只讲道德感化，不讲赏罚，它的效果就不如法治大了。因此，这篇的特点，就在于驳难，在于指出事件本身所存在的矛盾，指出事件本身所具有的局限性，指出影响和效果的大小，这样的驳难，才能使人信服。

【注释】

〔1〕本篇选自《韩非子》。 《难一》：《韩非子》有驳难四篇，这是其中第一篇。难，指驳斥。

〔2〕《韩非子》：法家韩非所著的书。韩非（前280—前233），战国时代韩国的贵族。他的著作受到秦始皇的推重，他因此到了秦国，被秦国大臣李斯害死。他是战国时期法家的代表人物，主张法治。

〔3〕历山：在今山东济南南郊。 侵畔：侵夺田界。

〔4〕期（jī基）：周年。 畎（quǎn犬）亩正：田界确定。畎，田沟。

〔5〕坻（chí迟）：水中高地。

〔6〕东夷：东方人。 陶者：制陶器的人。 窳（yǔ雨）：恶劣。

〔7〕仲尼：孔子字。

〔8〕救败：补救缺陷。

〔9〕信仁：确实是仁人。

〔10〕躬藉处苦：亲身实践，参加劳作。

〔11〕圣尧：以尧为圣人。

〔12〕贤舜：以舜为贤人。

〔13〕鬻（yù育）：卖。 盾：盾牌。 矛：长枪。

〔14〕陷：刺穿。

〔15〕已：防止，消除。

〔16〕中程：合于法律规定的。

〔17〕处势而骄下：处在有权势的地位，矫正人民的错误。 骄，同"矫"。

【译文】

历山的农民侵夺田界，舜去那里耕田，满一周年，田界确定。河边的捕鱼人争夺水中高地，舜到那里去捕鱼，满一周年，捕鱼人把高地让给年长的。东方制陶器的人苦于陶器恶劣，舜到那里去制陶器，满一周年，陶器都制得牢固。孔子赞美道："耕田、捕鱼和制陶器，不是属于舜的官职分内的事，而舜去做这些事，是为了补救缺陷。舜确实是仁人吧！是亲身实践参与劳作，百姓跟从他。所以说：是圣人的道德感化吧！"

有人问儒生道："当这时，尧在哪里？"那人说："尧在做天子。"那末孔子怎么把尧称做圣人呢！圣人在上位明察下情，要使天下没有坏人。使耕田、捕鱼的不争夺，陶器不恶劣，舜又用什么道德来感化人？舜的补救缺陷，就是尧有过失。认为舜有贤德，就去掉尧的明察下情；认为尧是圣人，就去掉舜的道德感化；这两者不能同时都得到。楚国人有卖盾牌和长矛的，称赞它们道："我的盾牌的坚固，没有东西能够刺穿它的。"又称赞它的长矛道："我的长矛的锋利，没有东西不能刺破的。"有人说："用你的长矛，来刺破你的盾牌，怎么样？"那人不能回答。不可刺破的盾牌与没有刺不破的长矛，不能同时存在。现在尧舜的不能两人都称赞，同矛盾的说法一样。

况且舜的补救缺陷，一周年消除一种过失，三年消除三种过失。舜的寿命有限，天下人的过失是无限的，用有限追逐无限，能够制止的是少了。赏和罚，使天下一定实行它。命令说："合乎规定的赏，不合乎规定的罚。"命令早上到达，晚上就改变了；命令晚上到达，第二天早上就改变了。有十天时间，全国都照办了，何必等到一周年！舜还不用这个办法来劝尧使他听从自己，都是亲自劳动，不也是没有办法吗？

况且靠亲自劳苦而后感化百姓的，是尧舜难以做到的，掌握权势来矫正下面的过失，平庸的君主容易做的。要治理天下，放弃平庸君主容易做到的办法，推行尧舜难以做到的办法，不可以参与办理政事的。

（周振甫）

谏逐客书 [1]

李 斯 [2]

臣闻吏议逐客，窃以为过矣 [3]。

昔穆公求士 [4]，西取由余于戎 [5]，东得百里奚于宛 [6]，迎蹇叔于宋 [7]，求丕豹、公孙支于晋 [8]。此五子者，不产于秦，而穆公用之，并国二十，遂霸西戎。孝公用商鞅之法 [9]，移风易俗，民以殷盛，国以富强，百姓乐用，诸侯亲服。获楚魏之师，举地千里 [10]，至今治强。惠王用张仪之计 [11]，拔三川之地 [12]，西并巴蜀，北收上郡，南取汉中 [13]，包九夷，制鄢郢 [14]，东据成皋之险 [15]，割膏腴之壤，遂散六国之从 [16]，使之西面事秦，功施到今。昭王得范雎 [17]，废穰侯，逐华阳 [18]，强公室，杜私门，蚕食诸侯，使秦成帝业。此四君者，皆以客之功。由此观之，客何负于秦哉？向使四君却客而不内，疏士而不用，是使国无富利之实，而秦无强大之名也。

今陛下致昆山之玉 [19]，有随和之宝 [20]，垂明月之珠，服太阿之剑 [21]，乘纤离之马，建翠凤之旗，树灵鼍之鼓 [22]，此数宝者，秦不生一焉，而陛下说（悦）之，何也？必秦国之所生然后可，则是夜光之璧不饰朝廷，犀象之器不为玩好 [23]，郑卫之女不充后宫，而骏良駃騠不实外厩 [24]，江南金锡不为用，西蜀丹青不为采 [25]。所以饰后宫、充下陈 [26]、娱心意、说（悦）耳目者，必出于秦然后可，则是宛珠之簪、傅玑之珥、阿缟之衣 [27]、锦绣之饰不进于前，而随俗雅化、佳冶窈窕赵女不立于侧也 [28]。夫击瓮叩缶、弹筝搏髀 [29]，而歌呼呜

鸣快耳目者，真秦之声也。《郑》、《卫》、《桑间》、《韶》、《虞》、《武》、《象》者[30]，异国之乐也。今弃击瓮叩缶而就《郑》、《卫》，退弹筝而取《韶》、《虞》，若是者何也？快意当前，适观而已矣。今取人则不然，不问可否，不论曲直，非秦者去，为客者逐。然则是所重者，在乎色、乐、珠、玉，而所轻者，在乎人民也。此非所以跨海内、制诸侯之术也。

臣闻地广者粟多，国大者人众，兵强则士勇。是以太山不让土壤，故能成其大；河海不择细流，故能就其深；王者不却众庶，故能明其德。是以地无四方，民无异国，四时充美，鬼神降福，此五帝三王之所以无敌也[31]。今乃弃黔首以资敌国[32]，却宾客以业诸侯，使天下之士退而不敢西向，裹足不入秦，此所谓藉寇兵而赍盗粮者也[33]。

夫物不产于秦，可宝者多；士不产于秦，而愿忠者众。今逐客以资敌国，损民以益仇，内自虚而外树怨于诸侯，求国无危，不可得也。

【题解】

这是李斯写给秦王，反对驱逐客卿的一个奏章。一开头提到"吏议逐客"，说明这只是一个"吏议"，不是秦王的主张，所以可加讨论。这个"吏议"，既不触犯秦王，也便于批判，认为错了。这个开头，既得体，又明确有力，以下就指出错在哪里。

先指出客卿对秦国的贡献。举出五位客卿，总说他们对秦国的贡献。再举出四位客卿，分别说出各人对秦国的贡献。归结到不用客卿的害处。进一步讲到秦王爱好的色、乐、珠、玉，皆不产于秦，对于客卿则非秦者逐，这是重物轻人，不是"跨海内、制诸侯"之术，这就击中了秦王的要害。最后指出这样做是帮助了敌人，损害了秦国，会造成危害，终于说服了秦王。

这篇运用了大量的例证，运用了丰富的辞藻，构成了排比对偶手法，构成了鲜明的对比，成为骈体文的创始者之一。文章又写得气势充沛，音调谐和，富有情韵之美。

【注释】

〔1〕本篇选自《史记·李斯传》，题目见姚鼐《古文辞类纂》。《史记》文中作"缪公"、"孝文"，今据《文选》作"穆公"、"孝公"。《李斯传》称韩国人叫郑国的来向秦国建议兴修水利，开渠，称郑国渠，长三百多里。原来韩国要借这条渠来阻碍秦国战车直攻韩国。因此秦国宗室大臣向秦王建议："诸侯人来事秦者，大抵为其主游间于秦耳。请一切逐客。"李斯亦在逐中，他因此写这封信。

〔2〕李斯（？—前208），战国末上蔡（今属河南）人。入秦，为客卿。劝秦王反对逐客。助秦王统一六国，为丞相，定郡县制。后赵高诬斯谋反，被杀。

〔3〕窃：私下，谦词。　过：错误。

〔4〕穆公：姓嬴，名任好。为春秋时期五霸之一。

〔5〕由余：晋国人，后入戎。穆公用他计谋伐戎，灭十二戎国，开地千里，戎为西方少数民族。

〔6〕百里奚：楚国宛（今河南南阳）人。穆公用他为相。

〔7〕蹇（jiǎn简）叔：岐（今陕西岐山）人，寓居于宋，由百里奚推荐，穆公用他为上大夫。

〔8〕丕豹：晋国人。穆公用为大将。　公孙支：晋国人，穆公用他为大夫。

〔9〕孝公：名渠梁，战国时期秦君。　商鞅：卫国公孙鞅，入秦，劝孝公变法。封于商（今属陕西），因称商君。

〔10〕获楚魏之师：秦孝公二十二年（前340），商鞅率秦军大败魏军，魏割河西地以和。又打败楚军。

〔11〕惠王：秦惠文王，名驷。　张仪：魏国人，为秦相。用连横计，联合东方侯国亲附秦国。

〔12〕三川之地：今河南西北部黄河、洛水、伊水地区。

〔13〕巴蜀：今四川东北部和西部。　上郡：陕西西北部一带地。　汉中：今陕西西南部和湖北西北部。

〔14〕九夷：指楚国境内少数民族地区。　鄢（yān烟）：今湖北宜城。郢（yǐng影）：楚都，今湖北江陵。

〔15〕成皋（gāo高）：今河南荥阳西北。

〔16〕散六国之从：解散六国联合抗秦的合纵。　从，同"纵"。

〔17〕昭王：秦昭襄王，名则。　范雎（jū居）：魏国人，为秦相，主张"远交近攻"，加强秦国权力。

〔18〕穰（rǎng壤）侯：即魏冉。　华阳：即芈（mǐ米）戎。皆秦昭王母宣太后弟，皆有权势。

〔19〕昆山：相传昆仑山北麓和田产美玉。

〔20〕随：春秋随国（今属湖北）君得美珠，称"随侯珠"。　和：春秋时楚人卞和得璞玉，献给楚王，剖璞得美玉，称"和氏璧"。

〔21〕明月珠：夜明珠。　太阿剑：春秋时欧冶子、干将合铸的宝剑。

〔22〕纤离马：千里马名。　翠凤旗：用翠凤羽毛装饰的旗。　鼍（tuó陀）：鳄鱼类，皮可制鼓。

〔23〕犀象之器：用犀牛角象牙制成的器物。

〔24〕駃騠（jué tí决提）：良马名。　厩：马棚。

〔25〕丹青：赤和青两种颜料。　采：彩色。

〔26〕下陈：排列在宫后的侍女。

〔27〕宛珠之簪：嵌有宛（今河南南阳）地出产珠子的簪子。　傅玑之珥：配有珠子的耳环，玑，不圆的珠，指珠。珥（ěr耳），耳环。　阿缟之衣：齐国东阿（在山东）产的白绢制的衣。缟（gǎo稿），白绢。

〔28〕佳冶：美丽。　窈窕（yǎo tiǎo咬挑）：优美。

〔29〕瓮（wèng翁去声）：口小腹大的陶器。　搏髀（bì币）：拍大腿打拍子。

〔30〕《郑》、《卫》：郑、卫两国的俗乐。　《桑间》：卫国的音乐，也属俗乐。　《韶》、《虞》：舜时雅乐。　《武》、《象》：周代雅乐。

〔31〕五帝三王：《史记》以黄帝、颛顼（zhuān xù专旭）、帝喾（kù库）、尧、舜为五帝，以夏、商、周三代开国之君为三王。

〔32〕黔（qián前）首：老百姓。

〔33〕赍（jī基）：送给。

【译文】

我听说官员商议赶走客卿，私下认为错了。

从前秦穆公求有才能的人，西面在西戎得到由余，东面在宛地得到百里奚，在宋国迎接蹇叔，在晋国求得丕豹、公孙支。这五位士人，不生在秦国，穆公任用他们，并吞了二十个西戎国，遂成了西戎地区的霸主。秦孝公用商鞅变法，移风易俗，民因此众多，国因此富强。百姓乐于效力，诸侯来亲近服从，打败俘虏了楚国魏国的军队，开拓千里的疆土，到现在安全强大。秦惠王用张仪的计策，攻下了三川的土地，向西吞并巴蜀，向北夺取上郡，南面取得汉中，包括南方的九夷，控制楚国都城鄢郢，向东占据成皋的险要地方，割取肥沃的土地，遂即解散六国的合纵，使六国向西面去服从秦国，功业延续到今天。秦昭王得到范雎，废去了专权的穰侯魏冉，赶走了强横的华阳君芈戎，加强公家，杜塞豪门，像蚕食桑叶般侵吞诸侯国，使秦国建立帝王的功业。这四位君主，都靠客卿的功绩。从此看来，客卿有什么对不起秦国啊！倘使四位君主辞去客卿不接纳，疏远才士不用，这是使国家没有富裕的实利，秦国没有强大的名声。

现在大王用昆山的美玉；有随珠和璧的珍宝，挂起夜光珠，佩上太阿剑，骑纤离马，竖翠凤旗，立灵鼍鼓，这几样宝物，秦国一样也不出产，大王却喜欢它们，为什么？一定要秦国出产的然后可用，就使夜光璧不能作朝廷的装饰，犀牛角象牙所制的器物不作为玩好东西，郑国卫国的美女不充满后宫，骏马駃騠不充实外面的马棚，江南金锡不作用品，西蜀的丹青不作彩色。用来装饰后宫、充当下边排列的侍女、使心意满足、耳目喜欢的，一定要产于秦国的然后可用，就使嵌宛珠的簪子、镶珠子的耳环，用东阿白绢做的衣服、锦绣的装饰不能送上来，那化俗为雅的艳丽美好的赵女不立在旁边。敲瓮击瓦、弹筝拍大腿；呜呜哇哇歌唱使听觉痛快的，真是秦国的音乐。《郑》、《卫》、《桑间》俗乐，《韶》、《虞》、《武》、《象》的雅乐，是别国的音乐。现在抛弃击瓮击瓦，却用《郑》、《卫》俗乐，去掉弹筝而采取《韶》、《虞》雅乐，这样做为什么？满足当前欲望，适于观赏吧了。现在取用人才就

　　不这样，不问可用不可用，不论是非，不是秦国人去掉，是客卿就赶走。那末所着重的是女色、音乐、珠、玉，所看轻的在于人民。这不是用来跨有海内、制服诸侯的方法。

　　我听说土地广大的粮食多，国土大的人多，军力强的战士勇敢。因此太山不推辞泥土，所以能够成就它的大；河海不会弃细小的流水，所以能够成就它的深；称王的不拒绝百姓，所以能够使他的德政显著。因此地不分四方，民不分别国，来归的都收，使一年四季都充实美好，鬼神赐福，这是五帝三王所以无敌的原因。现在是抛弃百姓来帮助敌国，辞却宾客来替诸侯建立功业，使天下的士子，后退停止而不敢朝西到秦国来，这是所说的供给寇盗兵器、送给寇盗粮食的事。

　　物品不产生于秦国，可以宝爱的多；士子不生在秦国，愿意效忠的多。现在赶走客卿来帮助敌国，减少人民来增加仇敌的力量，对内使自己空虚，对外在诸侯国树立怨恨，要想国家没有危害，是不能做到的。

（周振甫）

两 汉

过秦论上 [1]

贾 谊 [2]

秦孝公据殽函之固 [3]，拥雍州之地 [4]，君臣固守，以窥周室。有席卷天下、包举宇内、囊括四海之意，并吞八荒之心 [5]。当是时也，商君佐之，内立法度，务耕织，修守战之具，外连衡而斗诸侯 [6]。于是秦人拱手而取西河之外 [7]。

孝公既没，惠文、武、昭襄蒙故业，因遗策 [8]，南取汉中，西举巴蜀 [9]，东割膏腴之地，北收要害之郡。诸侯恐惧，会盟而谋弱秦。不爱珍器重宝肥饶之地，以致天下之士，合纵缔交 [10]，相与为一。

当此之时，齐有孟尝，赵有平原，楚有春申，魏有信陵 [11]。此四君者，皆明智而忠信，宽厚而爱人，尊贤而重士。约纵离横 [12]，兼韩、魏、燕、楚、齐、赵、宋、卫、中山之众。于是六国之士，有宁越、徐尚、苏秦、杜赫之属为之谋 [13]，齐明、周最、陈轸、召滑、楼缓、翟景、苏厉、乐毅之徒通其意 [14]，吴起、孙膑、带佗、倪良、王廖、田忌、廉颇、赵奢之伦制其兵 [15]。尝以十倍之地，百万之众，叩关而攻秦。秦人开关而延敌，九国之师，逡巡遁逃而不敢进 [16]。秦无亡矢遗镞之费 [17]，而天下诸侯已困矣。于是纵散约解，争割地而赂秦。秦有余力而制其弊，追亡逐北 [18]，伏尸百万，流血漂橹 [19]。因利乘便，宰割天下，分裂河山。强国请伏，弱国入朝。延及孝文王、庄襄王 [20]，享国之日浅，国家无事。

及至始皇[21]，奋六世之余烈[22]，振长策而御宇内，吞二周而亡诸侯[23]，履至尊而制六合[24]，执敲扑以鞭笞天下[25]，威振四海。南取百越之地，以为桂林、象郡[26]。百越之君，俯首系颈，委命下吏。乃使蒙恬北筑长城而守藩篱[27]，却匈奴七百余里，胡人不敢南下而牧马，士不敢弯弓而报怨。

于是废先王之道，燔百家之言，以愚黔首[28]。隳名城，杀豪俊，收天下之兵，聚之咸阳[29]，销锋镝，铸以为金人十二[30]，以弱天下之民。然后践华为城，因河为池[31]，据亿丈之城，临不测之溪以为固。良将劲弩，守要害之处；信臣精卒，陈利兵而谁何[32]。天下已定，始皇之心，自以为关中之固，金城千里[33]，子孙帝王万世之业也。

始皇既没，余威震于殊俗。然陈涉瓮牖绳枢之子[34]，氓隶之人，而迁徙之徒也[35]。才能不及中庸，非有仲尼、墨翟之贤，陶朱、猗顿之富[36]，蹑足行伍之间，而倔起阡陌之中[37]，率罢弊之卒，将数百之众，转而攻秦，斩木为兵，揭竿为旗，天下云集而响应，赢粮而景从[38]，山东豪俊，遂并起而亡秦族矣[39]。

且夫天下非小弱也，雍州之地，殽函之固，自若也。陈涉之位，非尊于齐、楚、燕、赵、韩、魏、宋、卫、中山之君也；锄耰棘矜[40]，非铦于钩戟长铩也[41]；谪戍之众，非抗于九国之师也；深谋远虑，行军用兵之道，非及曩时之士也。然而成败异变，功业相反也。试使山东之国，与陈涉度长絜大[42]，比权量力，则不可同年而语矣。然秦以区区之地，致万乘之权，招八州而朝同列[43]，百有余年矣。然后以六合为家，殽函为宫。一夫作难而七庙隳[44]，身死人手，为天下笑者，何也？仁义不施，而攻守之势异也。

【题解】

这篇是讲秦朝的错误，是汉朝初年的大文章。它提出了一个当时迫切要解决的问题，即以秦之强，并吞六国，建立王朝，怎么只有二世而亡？汉朝的建立，应该从中取得什么教训？贾谊推论秦所以强，由于秦孝公用商鞅变法，富国强兵。到了秦始皇，完成了统一大业。秦朝的二世而亡，由于始皇的"执敲扑以鞭笞天下"，结怨于民。"废先王之道"，不行仁政。加上"南取百越"，"北筑长城"，徭役过重，人民无法负担。始皇一死，陈涉起义，天下响应，就灭亡了秦朝。然后归结到秦朝的灭亡，由于"仁义不施，而攻守之势异也"。这就解决了汉朝怎样建国的大问题。

文中用秦和六国的对比写法，以显出秦的强盛；再用陈涉和六国的对比写法，以显出陈涉的弱小，从而说明天下人民群起亡秦。全文先铺叙秦国的强盛，再铺叙六国的联合抗秦，再铺叙始皇的功业，再铺叙陈涉的亡秦，工于铺陈，巧于属对，在古文中具有汉赋排比铺陈的体制。

【注释】

〔1〕本篇选自《贾谊新书》，有上、中、下三篇，以上篇为主。过秦论，论秦朝的错误。

〔2〕贾谊（前201—前169），西汉洛阳（今属河南）人。汉初杰出的政治家和文学家。汉文帝用为太中大夫，主张改革，被权贵排挤，贬为长沙王太傅，转为梁怀王太傅，悒郁死去。著有《新书》十卷。

〔3〕秦孝公：见前《谏逐客书》注〔9〕。　殽（yáo遥）：崤山，在今河南洛宁，在函谷关东。　函：函谷关，在今河南灵宝。

〔4〕拥：据有。　雍州：今陕西、甘肃、宁夏等地。

〔5〕包举：全部包起来。举，全。　宇内：上下四方的空间。　八荒：八方荒远的地方。

〔6〕商君：商鞅，见《谏逐客书》注〔9〕。　务：致力。　连衡：即连横，联合东方六国向西服从秦国的策略。

〔7〕西河：黄河以西的魏国土地，即今陕西大荔、宜川一带。

〔8〕惠文、武、昭：秦惠文王名驷，灭蜀，取汉中地。武王名荡，惠文王的儿子。昭襄王名稷，用白起为将，破诸侯军。秦孝公以后的秦国三代君主，称王。　因：继承。

〔9〕汉中，巴蜀：见《谏逐客书》注〔13〕。

〔10〕合纵：联合南北六国共同抵抗秦国的策略。

〔11〕孟尝：孟尝君田文，齐国贵族。　平原：平原君赵胜，赵惠王弟。春申：春申君黄歇，楚国贵族。　信陵：信陵君魏无忌，魏昭王少子。四人都大量养士。

〔12〕约纵离衡：相约合纵，离散连横，即合六国抗秦，破坏六国服从秦国。

〔13〕宁越：赵人。　徐尚：宋人。　苏秦：东周洛阳人，是当时的合纵之长。　杜赫：周人。

〔14〕齐明：东周臣。　周最：东周君的儿子。　陈轸（zhěn诊）：楚臣。召滑：楚臣。　楼缓：魏相。　翟（dí狄）景：魏人。　苏厉：苏秦弟。　乐毅：燕将。

〔15〕吴起：卫人。　孙膑：齐将。　带佗（tuó驼）：楚将。　倪良：越将。王廖、田忌：齐将。　廉颇、赵奢：赵将。

〔16〕九国：周慎靓王三年（前318）楚、赵、魏、韩、燕五国攻秦，至函谷关，秦出兵迎击，五国败走。这里承上文加上齐、宋、卫、中山，故称"九国"。　逡（qūn囷）巡：徘徊不进。

〔17〕镞（zú足）：箭头。

〔18〕亡：逃跑。　北：溃败。

〔19〕橹：大盾牌。

〔20〕孝文王：名柱。　庄襄王：名楚，是孝文王的儿子。孝文王在位三天，庄襄王在位三年。

〔21〕始皇：名政，庄襄王子，统一六国，自称始皇帝。在出巡途中病死在平台（今河北平乡县东北）

〔22〕六世：秦孝公、惠文王、武王、昭襄王、孝文王、庄襄王。　烈：功业。

〔23〕吞二周：秦昭襄王五十一年（前256）灭西周，秦庄襄王元年（前249）灭东周。这里强调始皇的功绩，写在始皇身上。

〔24〕履至尊：登上帝位。　六合：四方上下，指天下。

〔25〕敲扑：刑具，短的叫敲，长的叫扑。　鞭笞（chī痴）：鞭打。

〔26〕百越：越族居住地，在今浙、闽、粤、桂一带。　桂林：郡名，今广西北部。　象郡：今广西南部及广东西南部。

〔27〕蒙恬（tián田）：秦将。　藩篱：屏障，指边防。

〔28〕黔首：见《谏逐客书》注〔32〕。

〔29〕咸阳：秦朝国都，在今陕西。

〔30〕锋:兵器的刃。　镝(dí笛):箭头。　金:金属。

〔31〕华:华山。　河:黄河。

〔32〕谁何:谁呵,守兵呵问是谁。

〔33〕金城:坚固的城墙。

〔34〕陈涉:陈胜,字涉,阳城(今河南登封)人。秦二世元年(前209)秋天,他和吴广等农民九百人,奉调去渔阳(今北京市密云)守边。走到大泽乡(今安徽宿县),为大雨所阻,不能如期到达渔阳。按秦法要处死,因率部下起义,自立为王,号张楚。后战败被杀。　瓮牖绳枢:用破瓮口作窗,用绳子系门枢。

〔35〕氓隶:平民差役。　迁徙:被征发到外地。

〔36〕仲尼:孔子的字。　墨翟:战国时著名学者。　陶朱:陶朱公,春秋时越国范蠡,在陶(今山东定陶西北)地经商,成为富商。　猗(yī衣)顿:春秋时鲁国人。在猗氏(今山西临猗)养牛羊致富。

〔37〕蹑(niè聂)足:脚踏地,指奔走。　阡陌:田间小路。

〔38〕赢:担负。　景:同"影"。

〔39〕亡秦族:灭亡秦朝宗族。

〔40〕耰(yōu忧):碎土块的农具。　棘矜:棘木做的矛柄。

〔41〕铦(xiān先):锋利。　钩戟:有钩的戟。　长铩(shā杀):长矛。

〔42〕絜(xié协):度量。

〔43〕万乘:指天子,天子出兵车万辆。　招八州:招抚八州,当时分天下为九州,秦居雍州,六国居八州。　朝同列:使同等的六国诸侯来朝拜。

〔44〕七庙:天子有七庙,祭祀七代祖先。

【译文】

秦孝公占据崤山和函谷关的巩固地位,拥有雍州的土地,君臣们牢固防守,来偷测周朝。有像卷席般卷走天下,打包般包起大地,装袋般装走四海以内的区域,并吞八方荒远地区的心思。正当这个时候,商鞅辅佐他,对内建立法制,致力于耕田纺织,整顿攻守的武器;对外联络六国诸侯来归附秦国,使诸侯国互相斗争。因此秦国不费力地夺取了西河以外的土地。

孝公已死,惠文王、武王、昭襄王承受旧的事业,继承传

下来的政策，向南夺取汉中，向西吞并巴蜀，向东割据肥沃的土地，夺取冲要险阻的郡县。诸侯害怕，聚会结盟计划削弱秦国，不惜用珍贵的宝器和肥沃的土地，来招纳天下的人才，用合纵策略来结盟，联合为一体。

当这个时候，齐国有孟尝君，赵国有平原君，楚国有春申君，魏国有信陵君。这四位公子，都明智又忠信，宽厚又爱人，尊敬贤人，看重士人，相约联合抗秦，破坏联络归秦，兼有韩、魏、燕、楚、齐、赵、宋、卫、中山的多数。在这时六国的人才，有宁越、徐尚、苏秦、杜赫这类人替他们谋划；有齐明、周最、陈轸、召滑、楼缓、翟景、苏厉、乐毅这班人沟通他们的意见；有吴起、孙膑、带佗、倪良、王廖、田忌、廉颇、赵奢这类人统率他们的军队。曾经用比秦国大十倍的土地，百万的大军，进击函谷关，攻打秦国。秦军开关迎敌，九国的军队徘徊逃跑不敢前进。秦国没有耗费一支箭一个箭头，天下诸侯国已经疲惫了。因此合纵散了，盟约解了，争着割地来贿赂秦国。秦国有多余的力量来制裁疲弊的诸侯，追赶败逃的敌军，倒地的尸首有百万，流血把盾牌漂走。趁着这种便利，分割天下的土地山河。强国请求归顺，弱国前来入朝。延续到孝文王、庄襄王，在位的时间不久，国家没有事。

到了秦始皇，发扬六代传下来的功业，像挥动长鞭一般来控制天下，吞并东西周，灭掉诸侯，登上天子位统治天下，掌握刑具来鞭打全国臣民，声威振动全国。向南方夺取百越的土地，用来改做桂林郡、象郡，百越的君长，低头，用绳子套在颈上来投降，把生命交给秦朝下级官吏。于是派蒙恬到北方去筑长城，守卫边防，把匈奴赶跑了七百多里；匈奴人不敢到南边来放马，六国人不敢射箭来报仇。

于是废除先王的王道，焚烧百家的书，使人民愚蠢。毁坏名城，杀死豪杰；收集全国的兵器，聚集在咸阳，融化刀和箭头，铸成十二个金属人像，用来削弱全国人民的力量。然后踏上华山作为城墙，利用黄河作为城池，依靠亿丈高的华山，下临深不可测的黄河作为坚固。用良将强弩，守住要害的地方，亲信的大臣，领着精兵，排列着锋利的武器呵问来往者是谁。全国已安定，秦始皇的心，自以为关中的巩固，是千里的坚城，子子孙孙做帝王传万世的基业。

始皇已经死了，剩下的声威还震慑着异俗。然而陈涉是个用破瓮口做窗、用绳系门枢的穷人，是供人役使的人，是调往边境去守边的人。才能赶不上中等人，没有孔子、墨子的贤慧，陶朱公、猗顿的财富，奔走在部队中间，从农民中起来，率领疲劳困顿的士兵，带领几百个群众，反过来攻打秦朝，砍些树木做兵器，举起竹竿做旗子，全国人像云那样会合，像回响那样呼应，挑着粮食送来，像影子跟着形体般跟来。崤山以东的豪杰便都起来，推翻秦朝了。

况且秦朝统治力不是弱小的；雍州的土地，崤山函谷关的坚固，还是老样子。陈涉的地位，并不比齐、楚、燕、赵、韩、魏、宋、卫、中山的国君尊贵；锄耙矛柄并不比钩戟长矛锋利；征发去守边的众人，并不比九国的军队强大；深谋远虑、出兵打仗的本领，不及先前那些能人。但是成功与失败变个样子，功业相反。假使崤山以东各国跟陈涉较强弱，比大小，较量权势和力量，就不能够相提并论了。然而秦国以不大的领土，达到成为天子的权力，招抚其他八州，召集跟他地位相同的诸侯国来朝拜，已有一百多年了。然后以天下为国家，以崤山函谷关做宫墙。可是陈涉一人起义，秦朝七代宗庙就被

毁坏，秦王子婴死在别人手里，被天下人耻笑，为什么？这是不行仁义，而攻取和守成的形势已经不同了啊。

（周振甫）

狱中上梁王书（节选）[1]

邹　阳 [2]

臣闻"忠无不报，信不见疑"，臣常以为然，徒虚语耳。昔者荆轲慕燕丹之义，白虹贯日，太子畏之 [3]。卫先生为秦画长平之事，太白蚀昴，昭王疑之 [4]。夫精诚变天地，而信不喻两主，岂不哀哉？今臣尽忠竭诚，毕议愿知。左右不明，卒从吏讯 [5]，为世所疑。是使荆轲、卫先生复起，而燕秦不悟也。愿大王熟察之。

昔卞和献宝，楚王刖之 [6]；李斯竭忠，胡亥极刑 [7]。是以箕子佯狂 [8]，接舆避世 [9]，恐遭此患也。愿大王熟察卞和、李斯之意，而后楚王、胡亥之听，无使臣为箕子、接舆所笑。臣闻比干剖心 [10]、子胥鸱夷 [11]，臣始不信，乃今知之。愿大王熟察，少加怜焉。

谚曰："有白头如新，倾盖如故 [12]。"何则？知与不知也。故昔樊於期逃秦之燕，藉荆轲首以奉丹事 [13]；王奢去齐之魏，临城自刭，以却齐而存魏 [14]。夫王奢、樊於期，非新于齐秦而故于燕魏也，所以去二国、死二君者，行合于志，而慕义无穷也。是以苏秦不信于天下，而为燕尾生 [15]；白圭战亡六城，为魏取中山 [16]。何则？诚有以相知也。苏秦相燕，燕人恶之于燕王，燕王按剑而怒，食以駃騠 [17]；白圭显于中山，中山人恶之于魏文侯，文侯赐以夜光之璧[18]。何则？两主二臣，剖心析肝相信，岂移于浮辞哉！

故女无美恶，入宫见妒；士无贤不肖，入朝见嫉。……是以圣王觉寤，捐子之之心[19]，而能不说于田常之贤[20]，封比干之后，修孕妇之墓[21]，故功业复就于天下。何则？欲善无厌也[22]。夫晋文公亲其仇，而强霸诸侯[23]；齐桓公用其仇，而一匡天下[24]。何则？慈仁殷勤，诚加于心，不可以虚辞借也。……

臣闻明月之珠，夜光之璧，以暗投人于道路，人莫不按剑相眄者[25]。何则？无因而至前也。蟠木根柢，轮囷离奇，而为万乘器者[26]。何则？以左右先为之容也。故无因而至前，虽出随侯之珠[27]，夜光之璧，犹结怨而不见德。故有人先容，则以枯木朽株，树功而不忘……是以圣王制世御俗，独化于陶钧之上[28]，而不牵于卑辞之语，不夺乎众多之口。……

臣闻盛饰入朝者，不以私污义；砥厉名号者，不以利伤行。故里名胜母，而曾子不入；邑号朝歌，而墨子回车[29]。今欲使天下寥廓之士，摄于威重之权，胁于位势之贵，回面污行，以事谄谀之人，而求亲近于左右，则士有伏死窟穴岩薮之中耳[30]，安肯有尽忠信而趋阙下者哉！

【题解】

邹阳在梁国，当时汉文帝废掉栗太子，太后要立梁孝王做太子，爰盎等反对。梁孝王与羊胜、公孙诡阴谋，派刺客刺杀爰盎，邹阳反对，因此被下狱。邹阳在狱中上书梁孝王。书中对谋刺爰盎的错误不能提，提了就触犯梁王，就有杀身之祸。但不提又无法表明自己的冤屈。因此借用古代的历史，说明忠而获罪，信而见疑的种种事实，使梁孝王体会到邹阳的反对行刺，确实是忠于自己，因此释放了他，待为上客。

　　这篇的好处，就是借古讽今，多讲古事，实际上是针对当时的事。先举出忠而获罪，信而见疑的种种事实，再引证君主怎样认识臣下忠信的种种事实来做启发。再引出小人排挤陷害的种种事实，说明明君怎样避免偏听偏信的毛病。这篇的特点是大量引用典故，有正面引用，反面引用，用典来说理抒情，具有骈文的特色。

【注释】

　　〔1〕本篇选自《史记·邹阳传》，原作《狱中上书》，题从姚鼐《古文辞类纂》。

　　〔2〕邹阳：西汉初齐（今山东东部）人。初从吴王濞，吴王谋起兵，阳上书谏，不听。去投梁孝王。梁孝王求为太子，为爰盎所阻，谋刺爰盎。阳谏，下狱。从狱中上书自明，获释，孝王待为上客。

　　〔3〕荆轲：战国末期卫国人。　燕丹：燕太子丹。丹曾为质在秦国，秦王对他无礼，丹逃回。厚待荆轲，派荆轲去刺秦王，荆轲去时，相传有白虹穿入日中，太子丹认为不吉。

　　〔4〕卫先生：秦人。秦将白起在长平（今山西高平西北）大破赵军，使卫先生去见秦昭王，请求增兵，可一举灭赵。相传当时太白金星侵犯昴（mǎo卯）星，昴星在赵地，表示赵地有战争。昭王对卫先生产生怀疑，不发兵粮。

　　〔5〕卒：终于。　吏讯：法官审问加罪。

　　〔6〕卞和：春秋时期楚人，得璞（宝石），献给楚武王，武王命示玉工，说是石，被砍去左足。到楚文王时，和又献璞，再命示玉工，又说是石，再砍去右足。楚成王时，和抱璞大哭。王命玉工剖璞得宝玉，称和氏璧。　刖（yuè悦）：古代砍脚的酷刑。

　　〔7〕李斯：李斯辅佐秦始皇统一六国，位为丞相。二世胡亥即位，赵高陷害李斯，受酷刑处死。

　　〔8〕箕子：商纣王叔父，名胥余。纣王荒淫无道，箕子强谏被囚，假装疯狂。　佯：假装。

　　〔9〕接舆：春秋时楚国隐士陆通，字接舆，假装疯狂，称楚狂。

　　〔10〕比干：商纣王的贤臣，因谏纣王，被剖心而死。

　　〔11〕子胥：春秋时伍员，字子胥，为吴王夫差大臣。夫差起兵伐齐，子胥谏，不听。夫差迫子胥自杀，用皮袋盛尸体，投入江中。　鸱夷：作鸱鸟形的皮袋。

　　〔12〕白头如新：相交到老，如新朋友，指不相知。　倾盖如故：车盖倾

侧,指停车。两人停车交谈,即新交如老朋友,是相知。

〔13〕樊於期:秦将,因得罪逃到燕国。荆轲要借他的头来骗取秦王信任,好去刺秦王。

〔14〕王奢:齐臣,因得罪而逃到魏国。齐出兵攻魏,王奢登城对齐将自杀,来使齐国退兵,保全魏国。

〔15〕苏秦:战国时洛阳人,主张合纵,联合六国抗秦。他对诸侯不讲信义,对燕国独讲信义。 尾生:与女子约定在桥下相会。女子不来,潮水涨,他守信不去,被淹死,作为守信的代称。

〔16〕白圭:战国时中山国将,战败,失去六城,中山君要杀他,他逃到魏国,替魏国攻灭中山国。

〔17〕骥骣(jué tí决提):良马名。燕王杀良马来给苏秦吃,表示对他的亲信。

〔18〕赐以夜光之璧:把宝玉送给他,表示亲信。

〔19〕子之:战国时燕王哙的相,哙极信任他,要让王位给他,造成内乱。

〔20〕田常:春秋时齐简公的相,得到简公信任。后来他杀了简公,夺取了王位。

〔21〕封比干之后:按周武王伐纣王后,修筑比干的坟。这里说封比干的儿子,修理被纣王破腹看胎儿的孕妇的坟,都无考。

〔22〕厌:同"餍",满足。

〔23〕晋文公:即公子重耳,他父亲晋献公听信谗言,派寺人(宦官)披去杀他。他逃跑时,被寺人披砍掉一只袖子。后来他回国做国君,赦免了寺人披,寺人披报告有人要害他,使他除去敌人,成为霸主。

〔24〕齐桓公:即公子小白。他与公子纠争夺君位时,管仲帮公子纠射小白中带钩。他做国君后,不记仇,用管仲为相,纠正天下的战乱。

〔25〕眄(miǎn免):顾视。

〔26〕蟠(pán盘):屈曲。 柢:树根。 轮囷:盘曲。 离奇:奇特。万乘器:天子的用具。

〔27〕随侯之珠:春秋时随侯曾得大珠,称随侯珠。

〔28〕陶钧:制陶器的转轮。

〔29〕里名胜母:曾子是孝子,所以听见"胜母",就不进去。 邑号朝歌:墨子是反对音乐的,所以听到"朝歌",就回车不去了。

〔30〕窟穴岩薮:指山洞水泽隐居处。 阙下:阙,宫门外的望楼,即朝廷,这里指王宫。

【译文】

　　我听说"忠心没有不得好报，诚信不会被怀疑"，我常常认为是这样，徒然是空话罢了。从前荆轲感激燕太子丹的义气，使白虹穿过太阳，太子丹害怕它。卫先生替秦将白起策划长平破赵的事，太白金星侵入昴星，秦昭王怀疑他。他们的精神感动天象发生变化，却不能使两位君主相信，哪能不悲哀啊！现在我尽忠心，极诚信，把计议说尽，愿大王知道。大王左右的人不明白，终于听从法官的审问，被世人所疑惑。这是即使荆轲、卫先生再活转来，燕太子丹、秦昭王还不觉悟。愿大王仔细考察它。

　　从前卞和献宝，楚王砍他的脚，李斯竭尽忠心，二世胡亥对他用了酷刑。因此箕子假装发狂，接舆逃隐，恐怕遭到这种患难。希望大王仔细考察卞和、李斯的用意，不用楚王、胡亥的偏听，不要使我被箕子、接舆所笑。我听说比干被剖心，伍子胥被装在皮袋里投入江中，我开始不信，现在明白了。希望大王仔细考察，稍稍给与怜惜。

　　俗话说："有人到头发白了，还像新交，有的一接谈就像老朋友。"为什么？相知与不相知。所以从前樊於期从秦国逃到燕国，把头借给荆轲，来从事太子丹的事；王奢离开齐国到魏国，在城上自杀，用来退掉齐军保全魏国。王奢、樊於期，不是对齐国、秦国关系浅，对燕国、魏国交情深，所以离开齐秦二国，为燕魏二君死的，行为符合自己的志愿，仰慕义气的心思是无限的。因此天下认为苏秦不守信用，但成为燕国守信用的标准尾生；白圭在战争中丢了六城，却替魏国夺取了中山国。为什么？实在是有了相知的缘故。苏秦做燕相，燕人在燕王面前说他坏话，燕王手按着剑发怒，杀了良马来请他吃。白圭在中山国出名，中山人在魏文侯前说他坏话，文侯送给他夜光璧。为什么？两位君主和两位臣子，把心掏出来那样互相信任，哪能被虚浮的话所改变啊！

所以女不分美丑，进宫就被妒忌；士人不论贤或不肖，入朝就被妒忌。……因此明智的大王觉悟，抛弃宠爱像子之那种人的热心，不能喜欢像田常那种人的贤能。像周武王封比干的后代，修理被纣王剖腹的孕妇的坟，所以能在天下再建立起功业。为什么？要做善事没有满足的。晋文公亲近他的仇人，国家强盛，成为诸侯的霸主；齐桓公用他的仇人，来纠正天下的战乱。为什么？仁慈殷勤，内心富有真诚，不能用空话来达到的。……

我听说明月珠，夜光璧，在路上暗中投掷与人，人没有不抚着剑看望的。为什么？无缘无故来到眼前。曲木的根，盘屈奇特，而成为天子的器物。为什么？因为左右的人先替它容纳。所以无缘无故来到面前；即使是出于随侯珠、夜光璧，还是结怨，不被感德。有人先容纳，就用枯木朽株，建立功业不会忘记。……因此，圣王统治世俗，独自运用教化在一般的方法以上，不受卑怯的话的牵制，不被众人的话所转移。……

我听说盛装打扮后上朝的，不用私利来玷污正义；实践名节的，不用私欲来败坏操行。所以名叫胜母里巷，曾子不进去；称为朝歌的县邑，墨子的车就回避。现在要使天下胸襟开阔的人受到威严的权力的控制，受到高位的贵人的主宰，改变面貌，玷污操行，用来奉事谄媚的人，求得亲近您的左右，那士人只有埋头隐居在山岩洞穴中和偏僻湖泽之地罢了，哪有投奔王宫门下尽他的忠信的人啊！

（周振甫）

将 相 和 [1]

《史 记》 [2]

秦王使使者告赵王 [3]，欲与王为好会于西河外渑池 [4]。赵王畏秦，欲毋行。廉颇、蔺相如计曰 [5]：“王不行，示赵弱且怯也。”赵王遂行，相如从。廉颇送至境，与王诀曰：“王行，度道里会遇之礼毕，还，不过三十日；三十日不还，则请立太子为王，以绝秦望。”王许之，遂与秦王会于渑池。

秦王饮酒酣 [6]，曰：“寡人窃闻赵王好音，请奏瑟 [7]。”赵王鼓瑟。秦御史前书曰 [8]：“某年月日，秦王与赵王会饮，令赵王鼓瑟。”蔺相如前曰：“赵王窃闻秦王善为秦声，请奏盆缻秦王 [9]，以相娱乐。”秦王怒，不许。于是相如前进缻，因跪请秦王。秦王不肯击缻。相如曰：“五步之内，相如请得以颈血溅大王矣 [10]！”左右欲刃相如，相如张目叱之，左右皆靡 [11]。于是秦王不怿 [12]，为一击缻。相如顾召赵御史书曰：“某年月日，秦王为赵王击缻。”秦之群臣曰：“请以赵之十五城为秦王寿！”蔺相如亦曰：“请以秦之咸阳为赵王寿 [13]！”秦王竟酒，终不能加胜于赵。赵亦盛设兵以待秦，秦不敢动。

即罢归国，以相如功大，拜为上卿，位在廉颇之右。廉颇曰：“我为赵将，有攻城野战之大功，而蔺相如徒以口舌为劳，而位居我上。且相如素贱人，吾羞，不忍为之下。”宣言曰：“吾见相如，必辱之！”相如闻，不肯与会。相如每朝时，常称病，不欲与廉颇争列 [14]。已而相如出，望见廉颇，相如引车避匿。于是舍人相与谏曰 [15]：“臣所以去亲戚而事君者[16]，徒慕君之高义也。今君与廉颇同列，廉君宣恶言，而君畏匿之，恐惧殊甚。且庸人尚羞之，况于将相乎！臣等不肖，请辞去。"蔺相如固止之，曰："公之视廉将军孰与秦王？"曰："不若也。"相如曰："夫以秦王之威，而相如廷叱之[17]，辱其群臣，相如虽驽[18]，独畏廉将军哉？顾吾念之，强秦之所以不敢加兵于赵者，徒以吾两人在也。今两虎共斗，其势不俱生。吾所以为此者，以先国家之急而后私仇也。"廉颇闻之，肉袒负荆[19]，因宾客至蔺相如门谢罪，曰："鄙贱之人，不知将军宽之至此也。"卒相与欢，为刎颈之交[20]。

【题解】

　　这篇写战国时期的赵国大将廉颇与上卿蔺相如，两人和好合作，就能抵抗秦国的欺侮。这就表现在渑池会上。在会上，秦昭王想贬低赵惠文王的地位，不以平等相待。蔺相如敢于力争，逼使秦昭王用平等来对待赵惠文王。这是外交上的斗争。廉颇整备重兵来对待秦国，秦兵不敢动。这是军事上的对抗。这就是将相和好配合，不论在外交上、军事上都可对抗秦国。这里，写蔺相如，写他在会上的表现。写廉颇，写他在会前的计划和会时的布置。不提将相和，而将相和具体事件写出来了。

　　下面写廉颇因位在蔺相如下，要侮辱他。蔺相如处处避让。这里通过相如手下舍人的谏劝，使相如说出为国避让的用心。写廉颇听到了，亲自来负荆请罪，突出两人崇高的精神面貌。结合上文，更显出将相和能够抗秦的事实，起到了事实和说理前后结合的作用，这是一种写法。再有舍人的想法，与蔺相如的想法，又构成映衬，衬出相如为国退让的崇高精神。相如的退让，跟廉颇的负荆，再构成映衬。衬出两个人物杰出的形象来，又是一种写法。

【注释】

　　〔1〕本篇选自《史记·廉颇蔺相如列传》，题目新加。

　　〔2〕《史记》：我国第一部纪传体通史，分本纪、表、书、世家、列传。记事始于黄帝，终于汉武帝，约记三千年历史。汉司马迁（前145—？）著。迁字子

长，夏阳（今陕西韩城南）人。做过太史令。

〔3〕秦王：秦昭王，姓嬴名稷。　赵王：赵惠文王，名何。

〔4〕好会：友好会见，事在赵惠文王二十年（前279）。　西河：属秦池，在今陕西东部、河南西部一带地。　渑（miǎn免）池：在今河南。

〔5〕廉颇：战国时期赵将。曾击败齐军、燕军。在长平之役中，廉颇坚壁固守三年，使秦师老无功。　蔺相如：战国赵人。秦昭王要用十五城换赵国的和氏璧，相如怀璧入秦，见秦王无意偿赵城，相如用计取回璧，终于完璧归赵。

〔6〕酣：饮酒畅快时。

〔7〕好（hào浩）：喜欢。　音：音乐。　奏瑟：弹瑟。

〔8〕御史：当时的史官。

〔9〕奏：进献。　缻（fǒu否）：同"缶"，瓦器。秦人击瓦器唱歌。

〔10〕以颈血溅大王：要和秦王拼命。

〔11〕刃：用刀刺。　靡：倒退。

〔12〕怿（yì义）：悦。

〔13〕咸阳：秦国的国都，在今陕西。

〔14〕争列：争夺排列的位子。

〔15〕舍人：门客。

〔16〕亲戚：当时以父母兄弟为亲戚。

〔17〕廷叱之：秦王欲用十五城换赵璧，蔺相如送璧给秦王，秦王无意给城。相如说璧有瑕，秦王请他指示。相如拿了璧，在朝廷上指叱秦王，说秦王倘要夺璧，臣头与璧俱碎于柱。秦王不敢迫。

〔18〕驽（nú奴）：劣马，指愚蠢。

〔19〕肉袒：脱去上衣，露出肢体。　负荆：背着荆条，表示请罪。

〔20〕刎（wěn稳）颈之交：誓同生死的朋友。刎颈，用力割颈。

【译文】

秦昭王派使人告诉赵惠文王，要同赵惠文王在西河外渑池地方举行友好会见。赵惠文王害怕秦国，想不去。廉颇、蔺相如商量道："大王不去，表示赵国弱并且胆怯。"赵惠文王就去，相如跟着。廉颇送到国境，与王分别，说："大王去，估计走的路程和会见礼节完毕，回来，不过三十天；三十天不回来，就请立太子做赵王，来断绝秦国的要挟。"王同意他。就在渑池与秦昭王相会。

秦昭王喝酒喝得畅快，说："我私下听说赵王爱好音乐，请弹瑟。"赵王弹了瑟。秦国御史上前记录道："某年月日，秦王同赵王相会饮酒，命令赵王弹瑟。"蔺相如上前说："赵王私下听说秦王善于演奏秦国的音乐，请送上瓦盆给秦王，来互相娱乐。"秦王发怒，不允许。于是相如上前送上瓦器，跪着向秦王请求。秦王不肯击瓦器。相如说："在五步以内，相如请求用头颈的血来溅到大王了！"秦王旁边的人要用刀刺相如，相如张大眼睛喝他们，旁边的人都倒退。因此秦王不高兴，为他击了一下瓦器。相如回头叫赵国御史写道："某年月日，秦王替赵王击瓦器。"秦国的众臣说："请用赵国的十五城作为秦王的寿礼。"蔺相如也说："请用秦国的咸阳作为赵王的寿礼。"秦昭王喝完酒，到底不能胜过赵国。赵也布置重兵来对付秦国，秦兵不敢动。

就罢会回国，因为相如功劳大，封做上卿，位子在廉颇的右面。廉颇说："我做赵国将军，有攻下敌城，在野地打胜仗的大功劳，蔺相如只有口舌说话的功劳，位子却排在我上面。况且相如向来是地位低微的人，我感到可耻，排在他的下面是不能忍受的。"公开说："我看见相如，一定要侮辱他。"相如听了，不肯和他相会。相如在每次上朝时，常常说生病，不想同廉颇争夺位子的排列。后来相如出外，望见廉颇的车骑，相如指引车子避开躲起来。因此门客互相劝阻道："我们所以离开父母兄弟来服侍您的，只是仰慕您的崇高的义气。现在您同廉将军在一起排列，廉将军公开讲坏话，您害怕躲避他，非常怕。这在平常人尚且认为可耻，何况是将相呢！我们不肖，请求辞去。"蔺相如坚决阻止他们，说："你们看廉将军比秦王

怎么样?"答:"比不上。"相如说:"凭秦王那样的威严,相如在朝廷上指叱他,羞辱他的众臣。相如虽愚蠢,哪能只怕廉将军啊?但我考虑,强秦所以不敢进攻赵国的,只因我们两人在赵国。现在两虎共斗,它的情势不可能都活着。我这样做的原因,把国家的急难放在前面,把私人的仇怨放在后面。"廉颇听到了,脱开上衣,裸露肢体,背着荆条,通过门下宾客到蔺相如门上请罪,说:"鄙贱的人,不知道将军宽待他到这样地步。"终于互相交好,成为誓同生死的朋友。

(周振甫)

钜 鹿 之 战 [1]

《史 记》

初,宋义所遇齐使者高陵君显在楚军,见楚王曰 [2]:"宋义论武信君之军必败 [3],居数日,军果败。兵未战而先见败征,此可谓知兵矣。"王召宋义与计事而大说之,因置以为上将军;项羽为鲁公,为次将 [4];范增为末将 [5]。救赵。诸别将皆属宋义,号为卿子冠军 [6]。行至安阳 [7],留四十六日不进。项羽曰:"吾闻秦军围赵王钜鹿,疾引兵渡河,楚击其外,赵应其内,破秦军必矣。"宋义曰:"不然。夫搏牛之虻,不可以破虮虱 [8]。今秦攻赵,战胜则兵罢 [9],我承其敝;不胜,则我引兵鼓行而西,必举秦矣。故不如先斗秦赵。夫被坚执锐,义不如公;坐而运策,公不如义。"因下令军中曰:"猛如虎,很如羊 [10],贪如狼,强不可使者,皆斩之。"乃遣其子宋襄相齐,身送之至无盐 [11],饮酒高会。

天寒大雨，士卒冻饥。项羽曰："将戮力而攻秦，久留不行。今岁饥民贫，士卒食芋菽，军无见粮[12]，乃饮酒高会，不引兵渡河因赵食，与赵并力攻秦，乃曰'承其敝'。夫以秦之强，攻新造之赵，其势必举赵。赵举而秦强，何敝之承！且国兵新破，王坐不安席，扫境内而专属于将军，国家安危，在此一举。今不恤士卒而徇其私，非社稷之臣[13]。"项羽晨朝上将军宋义，即其帐中斩宋义头，出令军中曰："宋义与齐谋反楚，楚王阴令羽诛之。"当是时，诸将皆慴伏，莫敢枝梧[14]。皆曰："首立楚者，将军家也。今将军诛乱。"乃相与共立羽为假上将军[15]。使人追宋义子，及之齐，杀之。使桓楚报命于怀王。怀王因使项羽为上将军，当阳君、蒲将军皆属项羽[16]。

项羽已杀卿子冠军，威震楚国，名闻诸侯。乃遣当阳君、蒲将军将卒二万渡河，救钜鹿。战少利，陈馀复请兵[17]。项羽乃悉引兵渡河，皆沉船，破釜甑[18]，烧庐舍，持三日粮，以示士卒必死，无一还心。于是至则围王离，与秦军遇，九战，绝其甬道[19]，大破之，杀苏角，虏王离，涉间不降楚，自烧杀。

当是时，楚兵冠诸侯。诸侯军救钜鹿下者十余壁，莫敢纵兵[20]。及楚击秦，诸将皆从壁上观。楚战士无不一以当十，楚兵呼声动天，诸侯军无不人人惴恐。于是已破秦军，项羽召见诸侯将，入辕门，无不膝行而前，莫敢仰视。项羽由是始为诸侯上将军，诸侯皆属焉。

【题解】

钜鹿之战，是起义军与秦军胜败的关键战争。陈胜起义后，各地义

军纷纷响应，楚地主要有陈胜军、项梁军，赵地有张耳、陈馀拥立的赵王歇军。当时秦将章邯统率的大军，先击破陈胜军，再击败项梁军，认为楚地兵不足忧，渡河北击赵，倘赵军一破，秦军声势更盛。因此起兵救赵，击败秦军主力，是起义军成败的关键。在这一战中，突出了项羽的英雄。当时统率楚军的将领是宋义，宋义反对救赵，这会帮助秦军破赵，所以项羽先杀宋义。再下决心渡河救赵，击溃秦军主力。

这篇写项羽救赵，渡河北上，"皆沉船，破釜甑，烧庐舍"，"以示士卒必死，无一还心"，是打决死战。在作战时，又用衬托手法，写诸侯将"皆从壁上观，楚战士无不一以当十，楚兵呼声动天，诸侯军无不人人惴恐"。再写诸侯将"入辕门，无不膝行而前，莫敢仰视"，连用三个"无不"字，更突出项羽的声威，塑造了项羽的英雄形象。

【注释】

〔1〕钜鹿之战：秦二世三年（前207），十一月，项羽杀宋义，渡河救赵，大破秦军于钜鹿（今河北平乡西南）。

〔2〕宋义：原为项梁部下谋士，见秦兵日增，劝项梁戒备，项梁不听，被秦将章邯击死。　楚王：战国时楚怀王孙名心，项梁立他为楚怀王，称义帝，后为项羽所杀。

〔3〕武信君：项梁起兵后，称武信君。　项梁：秦末下相（今江苏宿迁西）人，项羽叔父，与羽同时起兵，被秦将章邯击败死。

〔4〕项羽（前232—前202）：名籍，字羽，项梁侄，与项梁同时起兵。梁败死，羽领军救赵，大破秦军。灭秦后，称西楚霸王。与刘邦争天下，兵败自刎死。

〔5〕范增（前277—前204）：秦末居巢（今安徽巢湖）人。为项羽谋士，羽尊称他为亚父。后羽中反间计，疏远范增，范增离羽后，病死。

〔6〕卿子冠军：全军统帅的美称。

〔7〕安阳：今山东曹县。

〔8〕搏牛之虻，不可以破虮虱：虻，寄生在牛身上的虫，长寸许。用手击牛身上的虻，可以把它击死，但不能击死牛身上小的虱子。虮，虱子卵。即能破大不破小；即要破秦国不要破章邯军。

〔9〕罢：同"疲"。

〔10〕很：同"狠"，执拗。

〔11〕无盐：今山东东平。

〔12〕芋菽：芋头和豆。　见粮：现粮，现存的粮食。

〔13〕恤：体贴。　徇：从。　社稷之臣：担负国家重任的大臣。

〔14〕枝梧：抗拒。

〔15〕假：代理。

〔16〕当阳君：英布的封号。英布从项梁起义，为楚将。后归汉，封淮南王。韩信被杀，布起兵反，战败被杀。　蒲将军：名不详。

〔17〕陈馀：与张耳同投陈胜起义军，又同立赵歇为赵王。后张耳归汉。陈馀率赵军抗击汉韩信军，战败被击死。

〔18〕甑（zèng赠）：蒸煮用瓦器。

〔19〕甬道：两旁筑墙的路，代运粮用。

〔20〕壁：营垒。　纵兵：出兵作战。

【译文】

起初，宋义碰到齐国的使人高陵君显在楚军中，去见楚怀王说："宋义议论武信君（项梁）的军队一定打败仗，过了几天，军队果真打了败仗。军队没有打仗，先看到打败的预兆，这可以说是懂得兵法了。"怀王召见宋义，跟他商议大事，非常喜欢他，因此封他做上将军；项羽封鲁公，做次将；范增做末将。率军救赵国。众多别的将军都归宋义统率，称他为卿子冠军。前进到安阳，停留了四十六天不前进。项羽说："我听说秦国军队在钜鹿把赵王围困起来，赶快领兵渡河，楚军在外面攻击秦军，赵军在里面接应，一定可以击破秦军了。"宋义说："不对。打死牛身上的牛虻，不能打死虱子。现在秦军攻打赵国，打胜了兵力疲乏，我趁它疲乏进击；打不胜，我就击鼓向西进军，一定打下秦国了。所以不如先让秦赵两国相斗。披上坚甲，拿着锋利的兵器，我不及您；坐着运筹谋划，您不及我。"因此在军队里发布命令道："勇猛得像老虎，执拗得像羊，贪吃得像狼，强横不服从的，都杀掉他。"于是派他的儿子宋襄去辅助齐国，亲自把他送到无盐。回来后饮酒大会。

天冷大雨，士兵挨冻挨饿。项羽说："将要合力攻打秦军，却长久停留不前进。现在年荒民穷，士兵吃芋头豆子，军中没有现存的粮食，却喝酒大会，不领兵渡河，利用赵国的粮食，同赵国合力攻击秦军，却说'趁他的疲乏'。凭秦军的强大，攻打新建的赵国，它的形势一定打下赵国。赵国打下后秦军更强大，有什么疲惫可以利用呢！况且楚国军队新近被击破，大王坐不安定，把国内的军队全部归属将军，国家的安危，就在这一行动。现在不体贴士兵只听从自己的私心，不是能够担负国家重任的大臣。"项羽早晨去进见上将军宋义，就在他的营帐中斩了宋义的头，出来在军队里发布命令道："宋义与齐国阴谋反叛楚国，楚王暗中命令我杀他。"当这时，众将都害怕服从，没有敢抗拒。都说："首先建立楚国的，是将军一家。现在将军杀了乱臣。"于是互相立项羽做代理上将军。派人去追宋义的儿子，到齐国追上，杀了他。派桓楚向怀王报告。怀王因此派项羽做上将军，当阳君、蒲将军都属项羽。

项羽已杀卿子冠军，声威震动楚国，名声传遍诸侯。于是派当阳君、蒲将军领二万兵渡河，救钜鹿。战斗稍稍得胜，赵将陈馀再请进军。项羽于是率领全部军队渡河，把船全部弄沉，打破锅子及蒸煮用的瓦器等，烧掉住处，拿了三天干粮，用来向士兵表示一定死战，没有一点退回来的意思。于是到达战场，就围困王离，与秦军接触，打了九次仗，绝断它运粮的甬道，大破秦军，杀苏角，俘虏王离，涉间不投降，自烧死。

当这时候，楚兵胜过诸侯兵。诸侯军救钜鹿的，扎了十几个营垒，没有敢出兵作战的。到楚军攻击秦军，众多诸侯将都在营垒上观战，楚国的战士没有不是一个抵十个的，楚兵的喊声震天，诸侯军没有不害怕的。于是已经击破秦军，项羽召见诸侯将。诸侯将进入营门，都用膝盖爬行向前，不敢抬头看。项羽从此开始做诸侯上将军，诸侯都归属他。

（周振甫）

邹阳计救梁王（节选）[1]

《汉书》[2]

初，胜、诡欲使王求为汉嗣[3]。王又尝上书，愿赐容车之地，径至长乐宫，自使梁国士众筑作甬道，朝太后[4]。爰盎等皆建以为不可[5]，天子不许。梁王怒，令人刺杀盎。上疑梁杀之，使者冠盖相望责梁王。梁王始与胜、诡有谋，阳争以为不可，故见逬。枚先生、严夫子皆不敢谏[6]。及梁事败，胜、诡死。孝王恐诛，乃思阳言，深辞谢之，赍以千金[7]，令求方略解罪于上者。阳素知齐人王先生，年八十余，多奇计，即往见，语以其事。王先生曰："难哉！人主有私怨深怒，欲施必行之诛，诚难解也。以太后之尊，骨肉之亲，犹不能止，况臣下乎！……子行矣，还过我而西。"邹阳行月余，莫能为谋，还顾王先生曰："臣将西矣，为如何？"王先生曰："吾先日欲献愚计，以为众不可盖，窃自薄陋，不敢道也。若子行，必往见王长君[8]，士无过此者矣。"邹阳发寤于心，曰："敬诺。"

辞去。不过梁，径至长安，因客见王长君。长君者，王美人兄也，后封为盖侯。邹阳留数日，乘间而请曰[9]："臣非为长君，无使令于前，故来侍也。愚戆，窃不自料，愿有谒也。"长君跪曰："幸甚！"阳曰："窃闻长君弟得幸后宫，天

下无有。而长君行迹多不循道理者。今爰盎事即穷竟，梁王恐诛，如此，则太后怵郁泣血〔10〕，无所发怒，切齿侧目于贵臣矣。臣恐长君危于累卵〔11〕，窃为足下忧之。"长君懼然曰〔12〕："将为之奈何？"阳曰："长君诚能精为上言之，得毋竟梁事，长君必固自结于太后。太后厚德长君，入于骨髓，而长君之弟幸于两宫〔13〕，金城之固也。又有存亡继绝之功〔14〕，德布天下，名施无穷，愿长君深自计之。昔者，舜之弟象日以杀舜为事，及舜立为天子，封之于有卑〔15〕。夫仁人之于兄弟，无藏怒，无宿怨，厚亲爱而已，是以后世称之。……以是说天子，徼幸梁事不奏。"长君曰："诺。"乘间入而言之，及韩安国亦见长公主，事果得不治〔16〕。

【题解】

司马迁《史记》就思想性说胜过班固《汉书》，就艺术性说也胜过《汉书》。但也有不如《汉书》的，像《邹阳传》就是。《史记》的《邹阳传》，讲羊胜、公孙诡"嫉邹阳，恶之梁孝王。孝王怒，下之吏"。邹阳从狱中上书。"书奏，孝王使人出之，卒为上客。"究竟邹阳为什么事下狱，孝王为什么放他，他后来又怎样，都没有讲。《汉书》就不同了。讲了梁孝王想当太子，被爰盎反对，羊胜、公孙诡阴谋派刺客去刺杀爰盎，邹阳反对，因此下狱。邹阳的信向梁孝王暗示他的反对出于对孝王的忠诚，孝王感悟，因此释放他。结果刺杀爰盎的事发露，汉景帝要查办这案子，孝王处境危险，邹阳用计救了孝王，说明他对孝王的忠诚。《汉书》里这样写，就写得胜过《史记》了。这篇的好处，在于讲出了事情因果，塑造了邹阳这一位富有智计的人物形象，也写了汉朝的阴暗面。

【注释】

〔1〕本篇选自《汉书·邹阳传》。 邹阳：见前邹阳《狱中上梁王书》注〔2〕。

〔2〕《汉书》：记西汉一朝的纪传体断代历史书，分十二纪、八表、十志、七十列传，共百篇。班固著。　班固（32—92）：汉安陵（今陕西咸阳东北）人。为兰台令史，典校秘书，撰成《汉书》。

〔3〕胜、诡：羊胜、公孙诡，皆梁孝王的臣子。　使王求为汉嗣：梁孝王刘武，汉文帝第二子。汉景帝废栗太子。窦太后意欲立梁孝王为太子，梁孝王也想求为太子。

〔4〕赐容车之地：梁孝王求汉景帝在京城里赐一块地给他。他可以从那里直接到太后的长乐宫。　甬道：两侧筑墙的通道，直通太后宫。

〔5〕爰盎（yuán àng袁昂去声）：字丝，汉楚人。为楚相，病免家居，被梁孝王派人刺死。

〔6〕枚先生：枚乘，字叔，淮阴人，为梁孝王臣，汉辞赋家。　严夫子：严忌，吴人，梁孝王臣，汉辞赋家。

〔7〕赍（jī基）：把东西送给人。

〔8〕王长君：名信，槐里（今陕西兴平东南）人。妹王美人，后封为汉景帝王皇后，王长君封盖侯。

〔9〕间：空暇时。

〔10〕怫（fú佛）郁：忧愁郁结。

〔11〕累卵：把鸡蛋叠起来，要倒地破碎。

〔12〕懼（jué决）然：震惊貌。

〔13〕幸于两宫：得到太后宫及景帝宫的宠爱。

〔14〕存亡继绝：保存梁孝王不灭亡，使梁孝王一代不断绝。

〔15〕有庳：同"有庳（bì闭）"，今湖南道县北。

〔16〕韩安国亦见长公主：韩安国托长公主向窦太后求情赦免梁孝王。韩安国，字长孺，汉成安（今河南临汝东南）人，为梁孝王中大夫。长公主，汉景帝长女。

【译文】

　　起初，羊胜、公孙诡要使梁孝王求做汉景帝的继承人。梁孝王又曾经上书，希望朝廷赐给他安顿车马的地方，可以直接通到太后住处长乐宫，他自己让梁国士民筑一条甬道，可以从此朝见太后。爰盎等都提出建议，认为不行，景帝也不答应。梁孝王发怒，派人去刺杀爰盎。景帝疑心是梁孝王杀他，派的

使人穿着礼服、坐着车子，前后相接，来责备梁孝王。梁孝王
开始时同羊胜、公孙诡有阴谋，邹阳跟他们争辩认为不行，所
以被谗毁。枚乘、严忌都不敢进谏。到梁孝王阴谋败露，羊
胜、公孙诡都自杀。梁孝王怕被杀，于是想到邹阳的话，深深
地向他道歉，给他千金，让他去寻求在景帝前解除罪状的方
法。邹阳一向知道齐国人王先生，年纪八十多岁，有很多奇特
的计策，就去见他，告诉他这件事。王先生说："难啊！君主
有私怨大怒，要施加必定实行的惩罚，实在难以解免。凭着太
后的尊贵，兄弟的亲密，还不能阻止，何况是臣下呢！……您
去吧，回来时经过我这里再西去。"邹阳出去走了一个多月，
没有人能够替他想计策，回来看望王先生说："我要西去了，
怎么办？"王先生说："我在早先的日子里要献上一个愚蠢的
计策，认为众人的智谋不可以被我们盖住，私下认为鄙薄浅
陋，不敢讲。倘您去，一定去见王长君，士人没有超过这个人
的了。"邹阳在心里得到启发觉悟，说："敬从命。"

邹阳告辞走了，不经过梁国，一直到长安，凭客人介绍去
见王长君。王长君，是王美人的哥哥，后来封做盖侯。邹阳逗
留几天，乘空暇时请求道："我不是因为您长君面前没有服侍
的人，所以来侍侯。我愚蠢性直，不自度量，希望有所进见。"
长君跪着说："非常荣幸！"邹阳说："听说长君的妹妹在后
宫得宠，天下所没有。长君的行动多数是不遵守法理的。现在
爰盎事就要彻底追究，梁王恐怕被杀，如果这样，太后就忧郁
哭泣出血，没有地方发怒，便会对贵臣咬牙切齿，怒目而视。
我怕长君的危险，像叠起来的鸡蛋，私下替您担忧。"长君震
惊地说："怎么办？"邹阳说："长君确实能够很好地替皇上
说说，能够不要穷究梁国的事，长君必定牢固地跟太后交好。

太后非常感激长君，深入骨髓，那么，长君的妹妹得到太后宫和皇宫的宠爱，像金城一样牢固。又有保存将要灭亡的梁国，及其保全将要绝嗣的梁王的功劳，恩德传播天下，名声延及无限，希望长君深切地为自己考虑。从前虞舜的弟弟名象每天以杀害舜作为工作，到舜做了天子，把象封在有庳。仁人对待兄弟，不在心里隐藏怒气，不在心里怀着怨恨，加强亲爱罢了。因此后代赞美他。……用这些话来劝说景帝，徼幸梁王的事件不再追究。"长君说："是。"趁空暇时进宫去说了，碰上韩安国也去见到长公主，梁王的事件果真做到不再查办。

（周振甫）

魏晋南北朝

论盛孝章书 [1]

孔 融 [2]

岁月不居 [3]，时节如流。五十之年，忽焉已至，公为始满，融又过二。海内知识，零落殆尽 [4]，惟会稽盛孝章尚存。其人困于孙氏，妻孥湮没 [5]，单子独立 [6]，孤危愁苦。若使忧能伤人，此子不得永年矣 [7]。

《春秋传》曰："诸侯有相灭亡者，桓公不能救，则桓公耻之 [8]。"今孝章，实丈夫之雄也。天下谈士，依以扬声，而身不免于幽絷 [9]，命不期于旦夕 [10]。是吾祖不当复论损益之友 [11]，而朱穆所以绝交也 [12]。公诚能驰一介之使 [13]，加咫尺之书 [14]，则孝章可致 [15]，友道可弘矣 [16]。

今之少年，喜谤前辈，或能讥评孝章；孝章要为有天下大名 [17]，九牧之人所共称叹 [18]。燕君市骏马之骨 [19]，非欲以骋道里 [20]，乃当以招绝足也 [21]。惟公匡复汉室 [22]，宗社将绝 [23]，又能正之。正之之术，实须得贤。珠玉无胫而自至者 [24]，以人好之也，况贤者之有足乎！昭王筑台以尊郭隗 [25]，隗虽小才而逢大遇，竟能发明主之至心 [26]，故乐毅自魏往，剧辛自赵往，邹衍自齐往。向使郭隗倒悬而王不解 [27]，临难而王不拯 [28]，则士亦将高翔远引，莫有北首燕路者矣 [29]。

凡所称引，自公所知；而复有云者，欲公崇笃斯义 [30]。因表不悉。

【题解】

这封信，先说岁月流逝，知己死亡，然后引出盛孝章来，说他处境的孤危。接着引经据典，指出春秋时代，诸侯有相灭亡的，齐桓公不能救，认为耻辱。在这里提高盛孝章的地位，把他比做春秋时代的诸侯，要曹操去救他，含有曹操倘不去救他，也会感到耻辱的，说出救他的迫切。接着说明盛孝章实在是丈夫中的雄杰，所以可比诸侯。为了加强力量，又引孔子的话，说明发扬友道的重要。发扬友道是就自己一方面说的。就曹操一方面说，更重要的在于招致天下的贤才。招致贤才，为了匡复汉室，这就更重要了。这就引出燕昭王筑台尊郭隗来招致天下贤才的事，引了用五百金来买死马骏骨的事，打动曹操去救盛孝章。全文反复征引故实，从古道推到求贤，从求贤推到治国，层层深入，情辞迫切。此文骈散结合，具有早期骈文的特点。

【注释】

〔1〕本篇选自《文选》卷四十一。这是孔融写给曹操的一封信，时为汉献帝建安九年（204）。　盛孝章：名宪，字孝章，会稽（今浙江绍兴）人。汉末为吴郡（郡治在今江苏苏州）太守，后因病去官。孙策平定江东后，妒忌盛孝章的名望，把他囚禁起来。孔融和盛孝章交谊深厚，便写了这封信给曹操，希望曹操致书于吴，以救盛孝章。可是曹操的信还没有送出，盛孝章已被孙策的弟弟孙权所杀。

〔2〕孔融（153—208）：字文举，鲁国（今山东曲阜）人，是"建安七子"中年辈最长的人。曾任北海相，时称孔北海。他在政治上，屡次触怒曹操，被曹操所杀。

〔3〕不居：不停留。

〔4〕零落：陆续死去。　殆：几乎。

〔5〕妻孥（nú奴）：妻子和子女。　湮（yān烟）没：丧亡。

〔6〕单孑（jié决）：孤单无援。

〔7〕永年：长寿。

〔8〕《春秋传》：《春秋公羊传》僖公元年。当时周天子无权，齐桓公为诸侯之长（霸主），而没能救邢国，致使邢国为狄所灭。公羊家认为《春秋》记载此事，不明白写出邢为狄所灭，这是为齐桓公隐讳。因为齐桓公应该以此事为耻。

〔9〕身：自身。　幽絷（zhí执）：囚禁。絷，束缚。

〔10〕不期：料不定。

〔11〕吾祖：指孔子。孔融是孔子的二十一世孙。　论损益之友：《论语·季氏》："孔子曰：益者三友，损者三友。友直（正直）、友谅（信实）、友多闻，益矣。友便辟（谄媚）、友善柔、友便佞（夸夸其谈），损矣。"

〔12〕朱穆：字公叔，东汉人。他感到当时人情浅薄，友道不能发扬，写了一篇《绝交论》，抨击这种坏风气。

〔13〕驰一介之使：迅速派出一个使者。

〔14〕咫尺之书：短信。古时以八寸为"咫"。

〔15〕致：招致。

〔16〕友道：朋友之道。

〔17〕要为：总之是。

〔18〕九牧：原指九州的长官，此指九州，即全中国。

〔19〕燕君市骏马之骨：战国时，郭隗（wěi委）对燕昭王说，古时有一个国君，派人带着千金到国外去买千里马；他用五百金买了千里马骨；天下人知道此事，不到一年，就有人献来了三匹千里马。见《战国策·燕策》。市，买。

〔20〕骋道里：跑远路。

〔21〕绝足：跑得最快的马。

〔22〕匡复：匡正，恢复。

〔23〕宗社：宗庙和社稷，指汉朝的政权。

〔24〕珠玉无胫而自至：《韩诗外传》卷六："珠出于江海，玉出于昆山，无足而至者，由主君之好也。"

〔25〕昭王筑台以尊郭隗：燕昭王让郭隗推荐贤人。郭隗说："王必欲致士，先从隗始；况贤于隗者，岂远千里哉！"于是燕昭王为郭隗筑高台而师事之。从此，乐毅、邹衍、剧辛等人都到燕国来。

〔26〕发：启发。　至心：最诚恳的心意，指求贤士的虔诚。

〔27〕向使：向，从前。使，假使。　倒悬：倒挂，比喻处境的困苦。

〔28〕临难：碰到危难。

〔29〕北首：向北走。

〔30〕崇笃斯义：重视这种讲究友道、招纳贤士的道理。崇，崇尚。笃，厚。引申为重视。

【译文】

岁月不停，时光犹如流水。五十岁的年龄，忽然已经来到。您是刚满五十岁，我又超过两岁了。国内的知心朋友，陆续死去，几乎没有了，只有会稽盛孝章还在。他现为孙氏所囚禁，妻子和子女都已死了，孤单无援，独自活着，处境危险，心情愁苦。假如忧愁能够伤害人，那么这个人是不能够长寿的了。

《春秋公羊传》说："诸侯国有被灭亡的。齐桓公不能救，齐桓公就以为耻辱。"现在盛孝章，实在是男子汉中的英杰。天下清谈之士，都要依靠他来宣扬自己的声名，而他自身却不免于被囚禁，生命危险，朝不保夕。这样我的祖先孔子就不应当再议论"损益的朋友"，朱穆所以要写《绝交论》了。您真能派一个使臣跑去，加上送去一封短信，孝章就可以招来，朋友的道义可以发扬了。

现在少年喜说前辈的坏话，有人能够讥讽评议盛孝章，但盛孝章总是有天下大名，为天下人所共同赞赏。燕昭王买了骏马的尸骨，不是要用它来跑远路，是用来招致天下跑得最快的马。只有您复兴汉朝，朝廷将要灭亡，又能够扶正它。扶正它的办法，实在需要得到贤才。珠玉无脚却自己会来到，是因为人主爱好它的缘故，何况贤才是有脚的呢！燕昭王筑高台来尊重郭隗，郭隗虽是小才受到了隆重的待遇，竟能启发圣明的君主的求贤诚意，所以乐毅从魏国去，剧辛从赵国去，邹衍从齐国去。假使郭隗像被倒挂那样困苦，燕昭王不去解救；碰到危难，燕昭王不去拯救；那么天下才士也将高飞远走，没有人向北走到燕国去了。

凡所援引称述的，自然是您所熟知的；而我再加陈述的，是希望您能重视这个讲究友道、招纳贤士的道理。因此上表，不一一尽言。

（王伟民）

出　师　表 [1]

诸葛亮 [2]

臣亮言：先帝创业未半 [3]，而中道崩殂 [4]。今天下三分，益州疲弊 [5]，此诚危急存亡之秋也。然侍卫之臣不懈于内，忠志之士忘身于外者，盖追先帝之殊遇，欲报之于陛下也 [6]。诚宜开张圣听 [7]，以光先帝遗德，恢宏志士之气 [8]，不宜妄自菲薄，引喻失义，以塞忠谏之路也。

宫中府中 [9]，俱为一体。陟罚臧否 [10]，不宜异同。若有作奸犯科及为忠善者 [11]，宜付有司，论其刑赏，以昭陛下平明之理 [12]，不宜偏私，使内外异法也。

侍中、侍郎郭攸之、费祎、董允等 [13]，此皆良实，志虑忠纯，是以先帝简拔以遗陛下。愚以为宫中之事，事无大小，悉以咨之，然后施行，必能裨补缺漏 [14]，有所广益。

将军向宠，性行淑均，晓畅军事，试用于昔日，先帝称之曰能，是以众议举宠为督 [15]。愚以为营中之事，事无大小，悉以咨之，必能使行阵和睦 [16]，优劣得所。

亲贤臣，远小人，此先汉所以兴隆也 [17]；亲小人，远贤臣，此后汉所以倾颓也 [18]。先帝在时，每与臣论此事，未尝不叹息痛恨于桓、灵也 [19]。侍中、尚书、长史、参军 [20]，此悉贞亮死节之臣，愿陛下亲之信之，则汉室之隆，可计日而待也。

臣本布衣，躬耕于南阳 [21]。苟全性命于乱世，不求闻达于诸侯 [22]。先帝不以臣卑鄙，猥自枉屈 [23]，三顾臣于草庐之中，咨臣以当世之事。由是感激，遂许先帝以驱驰。后值倾覆[24]，受任于败军之际，奉命于危难之间，尔来二十有一年矣。

先帝知臣谨慎，故临崩寄臣以大事也[25]。受命以来，夙夜忧叹，恐托付不效，以伤先帝之明，故五月渡泸，深入不毛[26]。今南方已定，兵甲已足，当奖率三军，北定中原，庶竭驽钝，攘除奸凶[27]，兴复汉室，还于旧都[28]。此臣所以报先帝，而忠陛下之职分也。至于斟酌损益，进尽忠言，则攸之、祎、允之任也。

愿陛下托臣以讨贼兴复之效；不效，则治臣之罪，以告先帝之灵。若无兴德之言，则责攸之、祎、允之慢，以彰其咎。陛下亦宜自谋，以咨诹善道[29]，察纳雅言，深追先帝遗诏。臣不胜受恩感激。今当远离，临表涕零，不知所言。

【题解】

这篇《出师表》，从诸葛亮受刘备托孤的重任，考虑到后主刘禅的昏愦，语语切实，非常得体，处处举先帝来说。一开头从"先帝创业未半"讲起，含有要后主继承先业的意思。接下来提到"先帝之殊遇"，"先帝遗德"，要后主继承。又提到"先帝简拔"的人才，又提到"先帝称之曰能"的人，要后主加以任用。又提到"先帝""叹息痛恨"的事，要后主引为深戒。再讲到自己，说"先帝"的三顾草庐，"先帝""寄臣以大事"，故要"庶竭驽钝，攘除奸凶"。要后主"深追先帝遗诏"，处处举先帝立说，这是极为得体的。

这篇的要点，要后主听信忠谏，"宫中府中"，"不宜偏私，使内外异法"。要后主"亲贤臣，远小人"，再讲到自己的职分在于"讨贼兴复"，其他贞亮死节之臣的职分，在进"兴德之言"；后主的职分，在于分别刑赏，"咨诹善道，察纳雅言"。这篇文章，情真意切，披肝沥胆，极为感人，成为千古章表中的名文。

【注释】

〔1〕本篇选自《三国志·蜀志·诸葛亮传》。这是蜀汉建兴五年（227）诸葛亮第一次出兵攻魏时上给蜀汉后主刘禅的一个表。本来没有篇名。梁代萧统《文选》中称为《出师表》，开头作"臣亮言"，后来有的选本，删去"臣亮言"，今从《文选》。表，臣向君陈述意见的一种文体。

〔2〕诸葛亮（181—234）：字孔明，三国时琅邪阳都（今山东沂南南）人。汉末隐居隆中（在湖北襄阳城西）。汉献帝建安十二年（207），刘备访问他三次，他才相见，向刘备建议联合孙权，抵抗曹操，进取西蜀，后来一切如他预见。他又辅助后主，六次出兵伐魏，死在军中。

〔3〕先帝：已死的皇帝，指刘备。

〔4〕崩殂（cú徂）：死，旧称皇帝死为崩。

〔5〕益州：指蜀汉。　疲弊：困乏。

〔6〕侍卫之臣：指朝廷上的官员。　内：朝廷上。　忠志之士：指朝廷外的官员。　外：指朝廷外。　陛（bì敝）下：臣对君的称呼，谦称请陛（宫殿阶石）下的人传话。

〔7〕圣听：君主的听闻，封建时代称君主为"圣"。

〔8〕恢宏：扩大。　气：气节。

〔9〕宫中：皇宫中。　府中：丞相府中。

〔10〕陟（zhì秩）：升官。　罚：处分。　臧否（zāng pǐ脏癖）：善恶，指表扬和批评。

〔11〕作奸犯科：做邪恶的坏事，触犯科条法令。　有司：主管官员。

〔12〕昭：表明。　平明之理：公正清明的治理。

〔13〕侍中：皇帝的近侍，掌应对顾问，地位比侍郎高。　侍郎：即黄门侍郎，皇帝的近侍。　郭攸之：字演长，南阳（今属河南）人，任侍中。　费祎（yī衣）：字文伟，江夏鄳（méng萌，今河南信阳东北）人，任侍中。　董允：字休昭，南郡枝江（今属湖北）人，任黄门侍郎。

〔14〕愚：自称谦词。　咨：询问。　裨补：有益补救。

〔15〕向宠：襄阳宜城（今属湖北）人，时任中都督。　性行：性格品行。淑：善。　均：公正。　督：中都督，掌禁卫军。

〔16〕营：指禁卫军。　行阵：军队的排列。

〔17〕先汉：西汉。

〔18〕后汉：东汉。

〔19〕桓、灵：东汉末的桓帝刘志、灵帝刘宏。他们在位时宠任外戚、宦官，政治昏乱。

〔20〕侍中：指郭攸之、费祎。　尚书：主管朝廷大政，指陈震，字孝起，南阳（今湖北襄阳）人。　长史：主管丞相府文书，指张裔，字君嗣，成都人。　参军：丞相府属官，指蒋琬，字公琰，湘乡（今属湖南）人。

〔21〕布衣：平民。　南阳：郡名，今河南南阳县、湖北襄阳县一带。诸葛亮隐居襄阳的隆中。

〔22〕诸侯：指刺史，一州的长官。

〔23〕猥（wěi委）：谦词，犹辱。

〔24〕倾覆：指战败。建安十三年（208），刘备在当阳（今属湖北）被曹操击溃，逃到夏口（今汉口），派诸葛亮出使孙权，联合抗曹操。

〔25〕临崩寄臣以大事：蜀汉章武三年（223），刘备在永安（今重庆奉节一带）病危，托诸葛亮辅佐刘禅。

〔26〕泸：泸水，即金沙江。　不毛：不生草木。蜀汉建兴三年（225）春，诸葛亮率军南征，平定孟获。

〔27〕中原：黄河中下游地区，指曹魏统治区。　庶：庶几，表愿望。　驽钝：谦称才力短浅。　攘（rǎng壤）：排除。

〔28〕旧都：指西汉都城长安。

〔29〕咨诹（zōu邹）：询问。　善道：好的道理。

【译文】

臣亮说：先皇帝创立大业还没有完成一半，就半路死去。现在天下三分，蜀汉困乏，这真是处在危急存亡的紧要关头。然而侍从护卫的臣子在朝内并不懈怠，忠诚的官吏在朝外忘我工作的，因为追念先皇帝对他们的特殊厚待，要在陛下您的身上报恩啊。实在应该扩大圣明的听闻，来发扬先皇帝传下来的恩德，弘扬有志之士的气节，不应该错误地看轻自己，言谈不恰当，来堵塞忠谏的路。

皇宫里和丞相府里，都属于一个整体。对人员的升迁、处罚、表扬、批评，不应该有不同。如有做坏事犯法的，以及尽忠做好事的，应该交给主管官员，论定对他们的处分和奖赏，来表明主上处理事务的公平清明，不应该偏袒护私，使宫内和

宫外有不同的法制。

侍中郭攸之、费祎，侍郎董允等，这些人都善良笃实，志向心思忠诚纯正，因此先皇帝选拔出来，给主上任用。我认为宫里的事，不论大小，都跟他们商量，然后执行，一定能弥补缺点漏洞，有更多好处。

将军向宠，性情品行善良公正，熟悉军事，从前经过试用，先皇帝称赞他能干，因此，大家商议推举他做中都督。我认为军营中的事，都跟他商量，一定能够使队伍和睦，好的和坏的都得到处理。

亲近贤臣，疏远小人，这是前汉所以兴盛；亲近小人，疏远贤臣，这是后汉所以衰败。先皇帝在世时，每次跟我谈到这事，没有不对桓帝、灵帝哀叹痛恨的。侍中郭攸之、费祎，尚书陈震，长史张裔，参军蒋琬，这些都是正确善良以死守节的臣子，希望主上亲近信任他们，那蜀汉的兴盛，用不到多少日子就会到来的。

我本是一个平民，亲身在南阳种田，在乱世苟且保全性命，不要求地方长官知道我。先皇帝不把我看成卑贱鄙陋，屈辱自己，三次到草庐里来访问我，询问我当时的天下大势。因此感激，就答应给先皇帝奔走效力。后来碰到战事失败，在兵败的时候接受委任，在危难之中奉命出使东吴，到现在二十一年了。

先皇帝知道我谨慎，所以临死把大事托给我。接受命令以来，早晚忧愁感叹，恐怕托付给我的任务不能做好，有损于先皇帝知人之明。所以在五月里渡过泸水，深入没有草树的地方。现在南方的叛乱已经平定，兵器盔甲已经充足，应当鼓励统率的三军，向北方去平定中原，近乎用尽我的平庸的全力，除灭奸凶，兴复汉朝，迁还到旧的都城。这是我用来报答先皇帝，尽忠于主上的分内工作。至于对事情进行斟酌，有的减损，有的补充，完全进献忠言，那是郭攸之、费祎、董允的责任。

希望主上责成我讨伐曹魏、兴复汉朝的效果，没有效果，就把我治罪，用来告慰先皇帝在天之灵。倘没有使主上发扬德行的话，就责备郭攸之、费祎、董允等人的怠慢，以显示他们的过错。主上也应当自己考虑，来征询好的办法，考察和采纳正确的言论。深切地追念先皇帝遗诏中的话。我受恩深重，非常感激。现在应当远离主上，面对着这篇表文时流着泪，自己也不知说些什么。

（周振甫）

与杨德祖书[1]

曹　植[2]

植白[3]：数日不见，思子为劳[4]，想同之也。

仆少小好为文章，迄至于今，二十有五年矣[5]。然今世作者，可略而言也。昔仲宣独步于汉南[6]，孔璋鹰扬于河朔[7]，伟长擅名于青土[8]，公幹振藻于海隅[9]，德琏发迹于此魏[10]，足下高视于上京[11]。当此之时，人人自谓握灵蛇之珠[12]，家家自谓抱荆山之玉[13]。吾王于是设天网以该之[14]，顿八纮以掩之[15]，今悉集兹国矣。然此数子，犹复不能飞骞绝迹[16]，一举千里[17]。以孔璋之才，不闲于辞赋[18]，而多自谓能与司马长卿同风[19]，譬画虎不成反为狗也[20]。前有书

嘲之，反作论盛道仆赞其文。夫锺期不失听〔21〕，于今称之。吾亦不能妄叹者，畏后世之嗤余也。

世人之著述，不能无病。仆常好人讥弹其文，有不善者，应时改定。昔丁敬礼常作小文〔22〕，使仆润饰之。仆自以才不过若人〔23〕，辞不为也。敬礼谓仆："卿何所疑难？文之佳恶，吾自得之，后世谁相知定吾文者耶？"吾常叹此达言，以为美谈。昔尼父之文辞〔24〕，与人通流。至于制《春秋》，游夏之徒乃不能措一辞〔25〕。过此而言不病者〔26〕，吾未之见也。

盖有南威之容〔27〕，乃可以论其淑媛〔28〕；有龙泉之利〔29〕，乃可以议其断割。刘季绪才不能逮于作者〔30〕，而好诋诃文章〔31〕，掎摭利病〔32〕。昔田巴毁五帝，罪三王，訾五霸于稷下〔33〕，一旦而服千人。鲁连一说，使终身杜口〔34〕。刘生之辩，未若田氏，今之仲连，求之不难，可无息乎？人各有好尚，兰茞荪蕙之芳〔35〕，众人所好，而海畔有逐臭之夫〔36〕；《咸池》《六茎》之发〔37〕，众人所共乐，而墨翟有非之之论〔38〕，岂可同哉！

今往仆少小所著辞赋一通相与〔39〕。夫街谈巷说，必有可采；击辕之歌〔40〕，有应风雅〔41〕。匹夫之思，未易轻弃也。辞赋小道〔42〕，固未足以揄扬大义〔43〕，彰示来世也。昔扬子云先朝执戟之臣耳〔44〕，犹称壮夫不为也〔45〕。吾虽德薄，位为藩侯〔46〕，犹庶几戮力上国〔47〕，流惠下民，建永世之业，流金石之功〔48〕，岂徒以翰墨为勋绩、辞赋为君子哉〔49〕！若吾志未果，吾道不行，则将采庶官之实录〔50〕，辩时俗之得失，定仁义之衷〔51〕，成一家之言。虽未能藏之于名山〔52〕，将以传之于同好。非要之皓首〔53〕，岂今日之论乎？其言之不惭，恃惠子之知我也〔54〕。

明早相迎，书不尽怀。植白。

【题解】

这是一篇书信体的文艺论文，曹植在这封信中阐述了自己的文学见解和政治抱负。文中先说明王粲等人归魏之前便已闻名天下，然而他们的创作尚未达到最高境界。接着指出，为文应该多与人商讨，多听取别人的意见，多请人修改润饰。进而认为，人们的爱好是各不相同的，不能凭自己的好恶妄论别人的文章；必须要有高出于别人的水平，才可评论别人文章。最后，说辞赋不过是一种小道，重要的是要为魏国尽力；若不能为魏国尽力，则拟总结历史，写一部有利于当前社会的学术著作。全文气势豪放飘逸，论断简洁有力。语言率直恳切，具有书信体的特点。句法上骈散错杂并用，而流畅自然。

【注释】

〔1〕本篇选自《文选》卷四十二。 杨修（175—219）：字德祖，太尉杨彪之子，华阴（今属陕西）人。为人博学多才，机智过人。与曹植关系很密切。后曹操立曹丕为太子，唯恐酿成家庭内乱，借故杀死杨修。

〔2〕曹植（192—232）：字子建，曹操之子，曹丕之同母弟。曹丕称帝，曹植受到了重大打击。曹丕死，子曹叡继位，曹植仍被猜忌，最后郁郁而死。曹植是建安时期最杰出的诗人，是当时文坛的主要领袖之一。前期作品，风格飘逸豪放；后期作品，风格沉郁悲凉。

〔3〕白：陈述。

〔4〕子：您。 劳：苦。

〔5〕有：同"又"。

〔6〕仲宣：王粲的字，是建安时代著名文学家，与孔融、陈琳、徐幹、阮瑀、应场、刘桢合称建安七子。 汉南：汉水之南，指荆州。王粲曾在荆州依附刘表。

〔7〕孔璋：陈琳的字。 鹰扬：像鹰一样飞扬，即扬名。 河朔：即河北。陈琳曾在冀州作袁绍的记室。

〔8〕伟长：徐幹的字。 青土：即青州，约在今山东及辽宁两省的部分地区。徐幹是北海郡人，北海在古代属于青州。

〔9〕公幹：刘桢的字。 振藻：显耀文彩。刘桢是东平宁阳（今属山东）

人，宁阳靠近海边。

〔10〕德琏：应场的字。　发迹：显身扬名。　此魏：指魏都许昌一带。应场是汝南南顿（今河南项城北）人，南顿接近魏都许昌。

〔11〕足下：对对方的尊称。此指杨德祖。　高视：不同流俗。　上京：即京师洛阳。杨德祖跟随他的父亲杨彪一直在京师洛阳。

〔12〕灵蛇之珠：即随侯珠，参《谏逐客书》注〔20〕。

〔13〕荆山之玉：即和氏璧，参《谏逐客书》注〔20〕。

〔14〕吾王：指曹操，操于建安二十一年（216）自立为魏王。　天网：包举天地的网。　该：兼收。

〔15〕顿：振举。　八纮（hóng洪）：指八方。　掩：覆取。

〔16〕骞（xiān仙）：鸟飞的样子。

〔17〕一举千里：一振翅就能飞出千里之遥。

〔18〕闲：同"娴"，精熟。

〔19〕司马长卿：司马相如，字长卿，汉赋的代表作家。　同风：同一风格，此指不相上下。

〔20〕画虎不成反为狗：古代谚语。见马援《诫兄子严敦书》。

〔21〕锺期：锺子期。《吕氏春秋·本味》载，锺子期和俞伯牙，都是春秋时楚国人。俞伯牙善弹琴，锺子期能知音。后锺子期死，俞伯牙便碎琴不复弹。

〔22〕丁敬礼：即丁廙（yì易），字敬礼。曹植的好友，后为曹丕所杀。

〔23〕若人：这个人。指丁廙。

〔24〕尼父：即孔子。父是古代男子的尊称，孔子死后，鲁哀公在诔（lěi累）文中，称孔子为尼父。

〔25〕游夏之徒：游，指言偃，字子游。夏，指卜商，字子夏。两人都是孔子弟子。《论语·先进》："文学子游、子夏。"　措一辞：置一词，参加一点意见。《史记·孔子世家》："孔子在位听讼，文辞有可与人共者，弗独有也。至于为《春秋》，笔则笔，削则削，子夏之徒不能赞一辞。"

〔26〕过此：除此。此，指《春秋》。　不病：没有缺点。

〔27〕南威：古美女名，见《战国策·魏策》。

〔28〕淑媛：美女。

〔29〕龙泉：古宝剑名。

〔30〕刘季绪：建安时期刘表的儿子，官至乐安太守，曾著诗、赋、颂六篇。　作者：此指一般著名作家的水平。

〔31〕诋诃（dǐ hē 底合）：诋毁指责。

〔32〕掎摭（jǐ zhí 挤执）利病：指摘毛病，犹吹毛求疵。掎，偏引。摭，

拾取。

〔33〕田巴：战国时齐国的辩士。　五帝：黄帝、颛顼、帝喾、尧、舜。三王：夏禹、商汤、周文王、武王。　訾（zǐ紫）：诋毁。　五霸：春秋时代的齐桓公、晋文公、秦穆公、宋襄公、楚庄王。　稷下：齐国国都的西门称稷门，齐宣王在稷门设馆，招学士讲学，称稷下学士。

〔34〕鲁连：即鲁仲连。《史记·鲁仲连邹阳列传》注引《鲁仲连子》载，鲁仲连前去见田巴先生，指责他在外患严重、国家危亡之际，所发的议论，并不能挽救国家，因此请他闭口。田巴果然闭口不说了。

〔35〕兰茝（chǎi柴上声）荪蕙：皆芳草名。

〔36〕海畔有逐臭之夫：《吕氏春秋·遇合》"人有大臭者，其亲戚兄弟妻妾知识，无能与居者，自苦而居海上。海上人有悦其臭者，昼夜随之而弗能去。"

〔37〕《咸池》：黄帝乐名。　《六茎》：颛顼乐名。

〔38〕非之之论：指墨子的《非乐篇》，反对音乐享受。

〔39〕往：送去，寄去。　相与：相赠。

〔40〕击辕之歌：拍着车辕唱歌，指民歌。

〔41〕应：符合。　风雅：指《诗经》的国风和大、小雅。

〔42〕小道：小玩意儿。

〔43〕揄扬：宣扬，阐发。　大义：大道理。

〔44〕扬子云：名雄，字子云，成都人，西汉成帝时的著名辞赋家。　先朝：前朝，指西汉。　执戟之臣：汉朝郎官，执戟以侍皇帝，职位卑下。

〔45〕壮夫不为：扬雄在《法言·吾子》里曾说辞赋是"童子雕虫篆刻"、"壮夫不为"。意谓男子汉不屑于写辞赋。

〔46〕蕃侯：古代诸侯，保护王室，常被比作屏藩（屏障），故称蕃侯。

〔47〕庶几：希望的意思。　戮力：尽力。

〔48〕流：流传。　金石：指钟鼎碑碣。古人将功德刻在金石上。

〔49〕徒：仅仅。　翰墨：指文章。　勋绩：功绩。

〔50〕庶官：百官。　实录：指史料。

〔51〕定仁义之衷：确定仁义的折中意义。扬雄《法言·吾子》："众言淆乱，则折诸圣。"

〔52〕藏之于名山：司马迁《报任安书》："仆诚已著此书，藏之名山，传之其人。"

〔53〕要（yāo邀）：约定。

〔54〕惠子：惠施，战国时人，与庄周为知交，常常相互辩论问题。惠子死后，庄子过其墓，感叹说："惠子死后，我就没有可与纵谈的对象了。"这里，

以惠子比杨德祖，自比为庄子，说明彼此交情深厚，才对他畅所欲言。

【译文】

植禀白：几天不见，想您想得很苦，料想您也同样。

我从小就喜欢写文章，到现在已经有二十五年了。这样，对于当今的作者，可以约略评论了。往昔，王粲在荆州超群出众，陈琳在河北名声远扬，徐幹在青州独享盛名，刘桢在宁阳文彩显耀，应玚在许昌显身扬名，您在京师远不同流俗。在这时候，人人自称掌握随侯之珠，家家自认怀抱和氏之璧。我们魏王于是设置漫天大网来包举人才，把八方的人才都搜罗了；至今全部集中在我们这个国家了。然而这几位作者，还不能像鸟那样飞到极高极远处，一举就能飞出千里之遥。像陈琳的才华，不精熟辞赋，却常常自以为与汉代的辞赋家司马相如不相上下，比如画虎不成反为狗了。前有信去嘲讽他，他反而作了论说，大大地称说我赞赏他的文辞。锺子期听俞伯牙鼓琴，不会错误地领会曲意，至今还称赞他，我也不能乱加叹赏的，怕后世的人讥笑我啊。

世人的著作，不可能没有缺点。我常常喜欢别人讥刺批评我的文章，有不好的，及时改正。以前丁敬礼常常写一些短文，请我润饰它。我自以为才能不能超过他，就推却不做。丁敬礼对我说："您有什么疑难呢？文章好坏，我自己心里知道。后世还有谁与我相知而替我改定文章呢？"我常常赞叹这种通达的言论，把它作为美谈。古时候孔子的文辞，与人商讨。只有到著《春秋》，子游、子夏他们才不能参加一点意见。除此以外，而说文章没有缺点的，我还没有看到过。

有南威那样的天姿国色，才可对美女加以评论；有龙泉宝剑那样的锋利，才可评论剑是否锋利。刘季绪才不及作家，却喜欢诋毁指责别人文章，吹毛求疵。从前齐国的辩士田巴，在稷下大发议论，诋毁五帝、三王和五霸，一朝工夫使千人折服。而经鲁仲连一驳斥，田巴便终身闭口了。刘季绪的辩才，不及田巴，而现在像鲁仲连这样的人，不难求到，可以不停止议论吗？人各有所爱好，兰茝荪蕙这些香草，是众人所喜欢的，而海畔却偏偏有追随奇臭的人。《咸池》《六茎》的演奏，众人所乐于欣赏的，而墨子却有反对音乐的论述，人们的爱好怎么可以说相同的呢！

今寄上我少年时期所作的辞赋一份相赠。民间传说，必有可取之处；田野民歌，也有合于风雅的；一个普通人的情思，也不能轻易抛弃。辞赋是小玩意儿，确实不足以宣扬大道理，用来明白垂示后世的。从前扬雄在前朝是执戟侍卫的小官，还认为男子汉不屑于写作辞赋。我虽然德行不多，然而亦算是一方的诸侯，犹希望为魏国尽力，给百姓推广恩惠，建立可以永传后世的事业，流传可以铭刻于钟鼎碑碣之上的功绩，难道仅仅以笔墨作为功绩、以辞赋作为君子吗！如果我的志向不能实现，我的政治主张得不到推行，那末我将采集百官所录的史料，辨析当前社会上的种种正确和谬误，确定仁义的折中意义，写成一家之说。这著作，虽还没有"藏之名山"，将要传给志同道合的人。这不是约定到头白时，难道是今天的议论吗？发了这些言论而不感到惭愧，因为你像惠子深知庄子那样了解我。

明天一早，我就迎接你。信中不能尽情抒怀。植禀白。

（王伟民）

吊魏武帝文序 (节选) [1]

陆 机 [2]

元康八年，机始以台郎出补著作 [3]，游乎秘阁而见魏武帝遗令 [4]，忾然叹息，伤怀者久之 [5]。……观其所以顾命冢嗣 [6]，贻谋四子 [7]，经国之略既远 [8]，隆家之训亦弘 [9]。又云：“吾在军中，持法是也，至小忿怒、大过失，不当效也。”善乎达人之谠言矣 [10]。持姬女而指季豹 [11]，以示四子曰：“以累汝。”因泣下。伤哉！曩以天下自任 [12]，今以爱子托人，同乎尽者无余 [13]，而得乎亡者无存 [14]。然而婉娈房闼立内 [15]，绸缪家人之务 [16]，则几乎密与 [17]！又曰：“吾婕好妓人 [18]，皆著铜爵台 [19]，于台堂上施八尺床穗帐 [20]，朝晡上脯糒之属 [21]，月朝十五 [22]，辄向帐作妓 [23]。汝等时时登铜爵台，望吾西陵墓田 [24]。”又云：“余香可分与诸夫人，诸舍中无所为，学作履组卖也 [25]。吾历官所得绶 [26]，皆著藏中 [27]。吾余衣裘，可别为一藏，不能者兄弟可共分之。”既而竟分焉。亡者可以勿求，存者可以勿违，求与违，不其两伤乎 [28]？

悲夫！爱有大而必失 [29]，恶有甚而必得 [30]，智惠不能去其恶 [31]，威力不能全其爱，故前识所不用心 [32]，而圣人罕言焉 [33]。若乃系情累于外物，留曲念于闺房 [34]，亦贤俊之所宜废乎！于是遂愤懑而献吊云尔 [35]。

【题解】

这是一篇以赋的形式写的祭文，这里只选它的序，是不用韵的骈文。序文主要写明在什么情况下写这篇祭文。先说见见魏武帝遗令而产生哀情，认为魏武帝有着非凡的雄才，却终不免于死亡。再说魏武帝临终时，讲到自己在军中，有小忿怒、大过失，不当效法他。称赞他这是"达人之谠言"。指出他正确的一面。又指出他对家庭情感留恋不已，对家事作了亲切安排；作者既流露出同情之意，亦指出这是豪杰所不免的。指出他对所遗衣裘，可别为一藏，提出这个要求；后来他的儿子都把它分了。作者认为他不必提这个要求，他的儿子也不必违反这个要求，"求与违，不其两伤乎！"作者的这种感叹，认为曹操既有"达人之谠言"，能够说出自己的过失。作为一位达人，对于家事的嘱咐，过于细致，不像一个达者。曹操有雄才大略，统一北方，是一位英杰，但他对家室的留恋，又不像一位贤俊，所以引起感叹。序文语言流畅生动，辞彩华丽，文章显得凄婉动人。

【注释】

〔1〕本篇选自《文选》卷六十。 魏武帝：即曹操（155—220），他生前只称魏王，曹丕称帝后，追尊他为太祖武皇帝。

〔2〕陆机（261—303）：字士衡，吴郡华亭（今上海松江）人。晋武帝太康（280—289）末年，与弟陆云入西晋首都洛阳，以文才为当时士大夫所推重，任著作郎等官职。晋惠帝时，成都王司马颖，起兵讨伐长沙王司马乂，陆机为后将军、河北大都督。兵败，为颖所杀。陆机擅长诗赋和论文，在当时文坛上享有盛名。有《陆士衡集》。陆机写这篇文章时，在晋惠帝（司马衷）元康八年（298），年三十八岁。

〔3〕台郎：晋时称尚书郎为台郎。 补：委任官职。 著作：著作郎的省称。

〔4〕秘阁：朝廷藏书籍和文案的地方。 魏武帝遗令：曹操临死前的遗嘱。

〔5〕忾（kài慨去声）然：悲叹的样子。

〔6〕顾命：临终时的嘱咐。 冢嗣：长子，指曹丕。

〔7〕贻：留给。 四子：指曹丕的四个已封王的弟弟。

〔8〕经国之略：治国策略。 远：目标远大。

〔9〕隆家之训：兴盛家业的教训。 弘：指目标远大。

〔10〕达人：开明通达之人。 谠（dǎng党）言：善言，正言。

〔11〕持：携着。 姬女：指妾所生的女儿。此指姜杜夫人所生的女儿高城公主。 季豹：曹操的幼子曹豹，杜夫人所生，这时五岁。

〔12〕曩（nǎng囊上声）：以往，从前。

〔13〕同乎尽者无余：跟死亡一起来的，是一切都没有剩余了。

〔14〕得乎亡者无存：与死亡一起发生的，是一切都不存在了。

〔15〕婉娈：顺从的样子。 房闼（tà榻）：房间。闼，小门。

〔16〕绸缪：相亲的样子。 务：事务。

〔17〕几：近。 密：周密细碎。

〔18〕婕妤（jié yú捷予）：女官。 妓人：歌妓。

〔19〕著：安置。 爵：同"雀"。 铜雀台：曹操所筑。据《清一统志》，台筑在临漳县西南邺城内西北隅。

〔20〕缌（suī穗）帐：此指灵堂上的幔帐。缌，细疏的布。

〔21〕朝：清晨。 晡（bū逋）：傍晚。 脯糒（fǔ bèi府贝）：肉干、干饭。

〔22〕月朝：初一。 十五：十五日。

〔23〕作妓：表演音乐歌舞。

〔24〕西陵墓田：曹操墓在洛阳以西之高陵。

〔25〕诸舍中：指众妾。 组：用丝织成的带子。

〔26〕绶（shòu受）：古代系帷幕或印纽的丝带。

〔27〕藏（zàng葬）：指柜子、箱笼一类存储物件的器具。

〔28〕两伤：指亡者与存者，都有损于名誉。《文选》李善注："今衣裘别为一藏，是亡者有求也；既而竟分焉，是存者有违也。求为各而亏廉，违为贪而害义，故曰两伤。"

〔29〕爱有大而必失：对心爱的东西，爱过头以后，必定有所失。

〔30〕恶有甚而必得：对厌恶的东西，厌恶过头以后，被厌恶的东西却必定会产生。

〔31〕智惠：智慧。惠，同"慧"。

〔32〕前识：指有先见之明的人。 所不用心：不在爱恶问题上用心。

〔33〕圣人罕言：圣人很少讲到的。《论语·子罕》："子罕言利与命与仁。"

〔34〕曲念：婉转而深隐的思念。

〔35〕愤懑：悲愤、烦闷。 云尔：如此罢了。

【译文】

　　晋惠帝元康八年，陆机开始任尚书郎，继而又升著作郎。浏览秘阁所藏的文献典籍，而看到了魏武帝的遗令，悲哀叹息，怀抱久久感到了伤痛。……看到他在临终时对长子曹丕的嘱咐，留给其他四个封王儿子的谋略，治国策略很深远，兴盛家业的教训也大。又说："我在军队中，持法是对的。至于小的恼怒、大的过失，都不应当效法。"说得好啊！这是开明通达之人的善言了。携着女儿高城公主，又指着幼子曹豹，对四个已封王的儿子说："这要劳累你们。"因此抽泣着流下了眼泪。悲伤啊！从前以平天下的重任自任，现在以年幼的爱子托人；同于跟死亡一起来的，是一切都没有剩余了；与死亡一起发生的，是一切都不存在了。然而对家庭情感的留恋，对家人的亲切安排，有些近于过分仔细了。又说："我宫廷中的女官和歌妓，都安置到铜雀台。在铜雀台的正堂上设一八尺床和幔帐，每天清晨和傍晚，供上一些肉干、干饭之类，每个月的初一、十五，就对着幔帐表演音乐歌舞。你们兄弟五人时时登铜雀台，眺望我所葬的西陵墓田。"又说："其余的香可以分给诸夫人。众妾如无事可做，可以学着做点鞋子和丝绸带子来卖。我做官所得的绶带，都放置在箱笼之中。我剩下的衣裘，可以另外放置在一只箱笼之中；不能这样办的，你们兄弟可以共同分掉它。"后来竟把衣裘分光了。死者可以不必提出要求，活着的人可以不必违背要求。提出要求和违背要求，不是两者都有损害吗？

悲哀啊！对心爱的东西，爱过头必定有所失，对厌恶的东西，厌恶过头必定会产生。智慧是不能去除其所恶的，威力是不能保全其所爱的，所以从前有识的人不在这里用心思，圣人很少讲到的。至于使感情受到外界事物的牵累，把曲折的想念留在妇女身上，也是贤人俊杰所应当废除的吧！因此就愤慨而献上吊文罢。

（王伟民）

名家解读经典

古代散文

兰 亭 集 序 [1]

王羲之 [2]

永和九年 [3]，岁在癸丑 [4]，暮春之初 [5]，会于会稽山阴之兰亭 [6]，修禊事也 [7]。群贤毕至，少长咸集。此地有崇山峻岭，茂林修竹 [8]；又有清流激湍 [9]，映带左右 [10]，引以为流觞曲水 [11]。列坐其次。虽无丝竹管弦之盛 [12]，一觞一咏 [13]，亦足以畅叙幽情。是日也，天朗气清，惠风和畅 [14]。仰观宇宙之大 [15]，俯察品类之盛 [16]，所以游目骋怀，足以极视听之娱，信可乐也。

夫人之相与 [17]，俯仰一世 [18]。或取诸怀抱 [19]，晤言一室之内 [20]；或因寄所托 [21]，放浪形骸之外 [22]。虽取舍万殊 [23]，静躁不同 [24]。当其欣于所遇，暂得于己，快然自足，曾不知老之将至 [25]。及其所之既倦，情随事迁，感慨系之矣。向之所欣，俯仰之间，已为陈迹，犹不能不以之兴怀。况修短随化 [26]，终期于尽 [27]。古人云："死生亦大矣 [28]。"岂不痛哉！

每览昔人兴感之由，若合一契 [29]，未尝不临文嗟悼，不能喻之于怀 [30]。固知一死生为虚诞 [31]，齐彭殇为妄作 [32]。后之视今，亦犹今之视昔。悲夫！故列叙时人，录其所述 [33]，虽世殊事异，所以兴怀，其致一也。后之览者，亦将有感于斯文。

【题解】

本文先叙集会盛况，点出时间、地点、集会的原因，分别叙人、叙地、叙事、叙日、叙乐。用语既简洁又周到，而且做到虚实相间、叙议结合。其次，抒发由兴高而想到兴尽的感想。叙人在兴高时的情形；然后说兴高之后，总要兴尽，令人感慨。继又写人终归于尽，所以到最后总是悲痛的。最后，说明作序目的，是要记叙这次盛会，以引起后人的感怀。文字收束得直截了当，开发的情思却绵邈不绝。在这一篇为集会赋诗而写的序中，作者写了这次的风雅集会，写了山川景物之美，另一方面，又抒发了苦闷的感情，这是东晋士大夫普遍的感触。当时东晋南渡，偏安江左，不能恢复中原，不能不多所感慨。但文中也有积极的一面。在西晋时期，老庄思想盛极一时，所谓"一死生"，"齐彭殇"，就是庄子思想，这种思想同否定是非是一致的，是消极的。这篇里指斥这种思想为"虚诞""妄作"，要加以破除，这是积极的。但文中又表达了人生短促的感叹。文风清新隽永，情文并茂，渐近自然。

【注释】

〔1〕本篇选自《晋书·王羲之传》。《兰亭集序》：又名《兰亭序》、《兰亭宴集序》。东晋穆帝永和九年（353）三月三日，王羲之与当时名士谢安、孙绰等四十一人在山阴兰亭举行盛大的文人宴会。临流赋诗，合编为《兰亭集》，由王羲之作序并书。王书真迹被誉为天下第一行书。兰亭，在今浙江绍兴西南二十七里的兰渚。

〔2〕王羲之（321—379）：字逸少，祖籍琅邪临沂（今属山东），出生于会稽（今浙江绍兴）。我国历史上最著名的书法家，有"书圣"之称。曾任右军将军、会稽内史，世称王右军。有《王右军集》。

〔3〕永和九年：353年。永和，东晋穆帝司马聃（dān 丹）的年号。

〔4〕岁在癸丑：这一年按天干地支纪年，属癸丑年。

〔5〕暮春之初：农历三月上旬的巳日（曹魏以后固定以三月三日为上巳节）。

〔6〕会（guì贵）稽：郡名，包括今江苏东南部、浙江西北部一带。山阴：今浙江绍兴。

〔7〕修禊（xì系）：古代风俗，于上巳节到水边嬉游洗濯，以消除不祥。

〔8〕修：长，高。

〔9〕激湍（tuān团阴平）：急流。

〔10〕映带：映照。

〔11〕引以为流觞曲水：把河水引出来做成曲折的小水沟，人环坐沟旁，把酒杯放在沟里，杯流到谁面前，由谁取饮。

〔12〕丝竹管弦：弦乐器和管乐器，指音乐。

〔13〕一觞一咏：一边饮酒，一边赋诗。

〔14〕惠风：和风。

〔15〕宇宙：指整个天地之间。

〔16〕品类：指万物种类。

〔17〕相与：相互交往。

〔18〕俯仰一世：俯仰之间一生就过去了。

〔19〕取诸怀抱：掏出心里话。

〔20〕晤言：当面交谈。

〔21〕因寄所托：因有寄托，此指寄情山水。

〔22〕放浪形骸之外：外表上放纵不羁，不受礼法拘束。

〔23〕取舍万殊：或取怀抱，舍寄托；或取寄托，舍怀抱，类似这种取舍千差万别。

〔24〕静躁：静如"晤言一室之内"，躁如"放浪形骸之外"。

〔25〕曾（zēng增）：竟、乃。

〔26〕修短：指寿命长短。 随化：顺从自然规律。

〔27〕终期于尽：终于，要归于穷尽（死亡）。

〔28〕死生亦大矣：《庄子·德充符》："仲尼曰：'死生亦大矣。'"郭象注："人虽日变，然死生之变，变之大也。"

〔29〕若合一契：各人的兴感的原由，如符契之相合，完全相同。

〔30〕不能喻之于怀：心里不能理解为什么会这样。

〔31〕固：本来。 一死生：《庄子·齐物论》认为生与死是一样的，说是"方生方死，方死方生"。

〔32〕齐彭殇：把长寿的人与夭折的儿童等同看待。这也是《庄子·齐物论》里的观点，所谓"莫寿于殇子，而彭祖为夭"。齐，一样看待。彭，彭祖，传说中古代长寿的人，活到八百岁。殇，夭折的儿童。 妄作：胡乱造作。

〔33〕录其所述：抄录下他们所赋的诗篇。

【译文】

永和九年，是癸丑年。三月的开始，大家集会在会稽郡山阴县的兰亭，是为了消除不祥之事。许多贤人都到了，年轻的、年长的都齐集在一块儿。这里有高山峻岭，茂密的树林，修长的竹丛；还有清水急流，映照在左右，把水引出来做成曲折的小水沟，可以在那里流动酒杯。大家排列着坐在小水沟旁。虽没有琴、瑟、箫、笛的热闹，一边饮酒，一边吟诗，亦足以畅快地抒发幽雅的感情。这一天，天空晴朗，空气清新，和风温暖舒适。抬头看到空间的广大；低头审察万物种类的兴盛。所以放目观览，舒展胸怀，足可以尽视听的乐趣，确实很愉快。

人们互相交往，俯仰之间一生就过去了。有的掏出心里话，与朋友在一室之内当面交谈；有的因有所寄托，在外表上放纵不羁，不受礼法拘束。虽然取用的和舍弃的千差万别，性情的安静和躁动也各不相同。当他对所接触的事物感到高兴的时候，暂时自以为得意，愉快地感到满足，竟不知老年即将来到。等到他对所向往或得到的事物感到厌倦，感情也就随着事物的变化而变化，感慨之情也随之发生了。从前所感到愉快的事，俯仰之间，已成了过去的事情，还是不能不因此发生感慨。何况寿命长短，终于要归结到化去。古人说："死生也是人生的大事了。"哪能不悲痛呢？

每次看到古人发生感慨的原因，像契约一样相合，未尝不对着这些诗文而叹息忧伤，但心里又不能理解为什么会这样。本来知道把死生等同看待的理论是荒谬的，把长寿与短命等同看待的理论是胡说。后代的人看我们现在这些人，也如同我们现在看前人一样。可悲啊！所以排列记下参加这次集会的人，抄录他们所赋的诗篇，虽然后人和今人所处时代两样、所见事情不同，而发生感慨的原因，其意趣是一样的。以后的读者，也将对这篇序文有所感触吧！

（王伟民）

名家解读经典

古代散文

宜都记[1]

袁崧[2]

常闻峡中水疾[3]，书记及口传悉以临惧相戒，曾无称有山水之美也。及余来践跻此境[4]，既至欣然，始信耳闻之不如亲见矣。其叠嶂秀峰[5]，奇构异形，固难以词叙。林木萧森[6]，离离蔚蔚[7]，乃在霞气之表。仰瞩俯映，弥习弥佳[8]。流连信宿[9]，不觉忘返。目所履历，未尝有也。既自欣得此奇观，山水有灵，亦当惊知己于千古矣。

巴陵[10]，楚之世，有三峡[11]。其山重嶂，非日中半夜，不见日月。猿鸣至清，诸山谷传其响，泠泠不绝也[12]。

对西陵南岸有山[13]，其峰孤秀。人自山南上至顶，俯瞰大江，如萦带[14]，视舟如凫雁[15]。大江清浊分流，其水十丈见底，视鱼游如乘空，浅处多五色石。

【题解】

这是一篇描写宜都一带长江及其两岸风光的写景小品。开头写对此山水之美的发现；紧接着先写山，突出山之灵妙。然后写三峡，从视听角度，突出其奇险。最后特写西陵峡一带的山水，而重点写水，突出其秀美。全文层次井然。语言流畅，文笔清丽。文中，拟人、比喻等手法的运用，也都贴切而生动。钱锺书《管锥编》称："（山水）终则附庸蔚成大国，殆在东晋乎？袁崧《宜都记》一节足供标识。"可见本篇在我国山水文的发展史上，具有开创的意义。

【注释】

〔1〕宜都：即今宜都，在湖北南部、长江南岸。

〔2〕袁崧：一称袁山松，东晋阳夏（今河南太康）人。博学能文，著《后汉书》百篇。官至吴郡太守。

〔3〕峡：此指宜都一带的长江峡谷。

〔4〕跻（jī几）：登，升。

〔5〕嶨（è愕）：山崖。

〔6〕萧森：树木丛生繁密的样子。

〔7〕离离：草木繁茂的样子。 蔚蔚：草木茂盛聚集的样子。

〔8〕弥：更加。 习：熟悉。

〔9〕信宿：连宿两晚。

〔10〕巴陵：郡名，治所在今湖南岳阳。

〔11〕三峡：即瞿塘峡、巫峡、西陵峡，西起重庆奉节白帝城，东至湖北宜昌南津关，全长二百零四公里，沿途崖壁高出江面五百米至千米以上，山高峡窄，水深流急，惊涛轰鸣，形势奇险。

〔12〕泠（líng玲）泠：形容声响的清越。

〔13〕西陵：指西陵峡。

〔14〕萦（yíng营）：缠绕，盘旋往复。

〔15〕凫（fú扶）：野鸭。

【译文】

常听说宜都一带长江峡谷中的水流很急。书本的记载，人们的口传，都以临水而惊惧的话相告诫，竟没有称赞山水的美妙的。到我来登临这地方，既经到了就感到十分高兴，开始相信耳朵所闻不如亲眼所见了。那重峦叠嶂，群峰竞秀，结构和形状都十分奇异，本来是难以用语词描述的。林木丛生，繁荣茂盛，竟然生长在云霞之上。仰头远眺和俯视倒影，都觉得越看越美妙。流连游赏，住了一二个晚上，不觉忘了回去。以前看到过的、经历过的，不曾有过此景此境。既然自己高兴看到这一奇观，山水如果有灵，也应当惊叹遇到了千载难逢的知己了。

巴陵郡，在楚国时，有三峡。那里的山重重叠叠，在峡中航行如果不在中午和半夜，看不见太阳和月亮。猿叫声，十分清亮，各个山谷里都震荡着它的回声，泠泠不断。

面对西陵峡的南岸有一座山，它的山峰孤独秀丽。人从山的南坡走到山顶，俯瞰大江，犹如一条曲折的带子；看江中的船，犹如浮游在水上的野鸭和大雁。大江中的流水清浊分明。清处可以望到十丈深的水底，看那游鱼如在空中游动，水浅的地方，有许多五色斑斓的小石子。

（王伟民）

桃 花 源 记[1]

陶渊明[2]

晋太元中[3]，武陵人捕鱼为业[4]。缘溪行[5]，忘路之远近。忽逢桃花林，夹岸数百步，中无杂树，芳草鲜美，落英缤纷[6]。渔人甚异之。复前行，欲穷其林[7]。林尽水源，便得一山。山有小口，仿佛若有光。便舍船[8]，从口入。初极狭，才通人。复行数十步，豁然开朗[9]。土地平旷，屋舍俨然[10]，有良田美池桑竹之属。阡陌交通[11]，鸡犬相闻。其中往来种作，男女衣著，悉如外人。黄发垂髫，并怡然自乐[12]。

见渔人，乃大惊，问所从来，具答之。便要还家[13]，设酒杀鸡作食。村中闻有此人，咸来问讯。自云先世避秦时乱，率妻子邑人来此绝境[14]，不复出焉，遂与外人间隔[15]。问今是何世，乃不知有汉，无论魏、晋。此人一一为具言所闻，皆叹惋。余人各复延至其家[16]，皆出酒食。停数日，辞去。此中人语云："不足为外人道也 [17]。"

既出，得其船，便扶向路 [18]，处处志之 [19]。及郡下，诣太守说如此 [20]。太守即遣人随其往，寻向所志，遂迷，不复得路。

南阳刘子骥 [21]，高尚士也。闻之，欣然规往 [22]。未果，寻病终 [23]。后遂无问津者 [24]。

【题解】

这篇《记》，是陶渊明经历了晋宋易代的战乱局面之后写成的。作者笔下的桃花源，如在《桃花源诗》里写的："春蚕收长丝，秋熟靡王税。"其中没有战乱，没有剥削，平等幸福，风俗淳朴，表现了作者对和平、宁静、平等、安乐的理想社会的追求。尽管作者所虚构的桃花源，不过是脱离现实的"乌托邦"，但却反映了当时广大人民的愿望。写作上，作者发挥了丰富的想象力，写得既给人以新奇的感觉，又给人以真实的感觉。使读者既感到桃花源是忽隐忽现、来去无踪的；又使读者感到亲切，似乎是实有可信的。全文层次井然，先写事件的缘起，再写事件的本身，末写事后。文章描写景物，优美生动，如写桃花林："夹岸数百步，中无杂树，芳草鲜美，落英缤纷。"有诗情画意。如写桃花源："土地平旷，屋舍俨然，有良田美池桑竹之属。阡陌交通，鸡犬相闻。"写得真实而可信。语言不雕琢，朴素自然，十分精练。

【注释】

〔1〕本篇是《桃花源诗》前面的序文，王瑶编注的《陶渊明集》，认为作于南朝宋武帝刘裕永初二年（421），陶渊明五十七岁。关于桃花源，前人有种种附会，不可尽信。文中所写的，当是作者虚构的乌托邦式的理想社会。

〔2〕陶渊明（365—427）：字元亮；一说名潜，字渊明；世号靖节先生。浔阳柴桑（今江西九江西南）人。出身于没落官僚家庭。曾任江州祭酒、镇军参军、建威参军、彭泽令等职。四十一岁便弃官归乡。是古代田园诗的鼻祖。有《陶渊明集》。

〔3〕太元：东晋孝武帝司马曜的年号（376—396）。

〔4〕武陵：郡名，治所在今湖南常德。

〔5〕缘：沿着。

〔6〕落英：落花。　缤纷：纷繁的样子。

〔7〕穷：尽。

〔8〕舍：舍弃。

〔9〕豁（huò货）然：开通敞亮的样子。

〔10〕俨（yǎn眼）然：这里是整齐的意思。

〔11〕阡陌（mò莫）：田间小路，南北叫阡，东西叫陌。

〔12〕黄发：指老人。老人发白转黄。　髫（tiáo条）：小儿头上扎起来下垂的头发。

〔13〕要：同"邀"，邀请。

〔14〕妻子：妻与子女。　邑人：本县人。秦汉以后，称县为邑。　绝境：与外界隔绝的地方，指桃花源。

〔15〕间（jiàn建）隔：隔开不通音讯。

〔16〕延：邀请。

〔17〕不足为外人道也：不值得对山外人说。这说明，桃花源里的人们不愿与世俗往来。

〔18〕扶：循着，沿着。　向路：以前走过的路，指来时的路。

〔19〕志：作标记。

〔20〕诣（yì艺）：前往。　太守：州郡的行政长官。

〔21〕南阳：郡名。郡治在今河南南阳。　刘子骥：名骥之，字子骥，南阳人，好游山水。

〔22〕规往：计划前往。

〔23〕寻：不久。

〔24〕津：渡口。

【译文】

东晋太元年间，有一个武陵人，以捕鱼为职业。他沿着溪水航行，忘记了路的远近。忽然遇到了桃花林，两岸相对数百步的地方，中间没有杂树，芳草新鲜美好，落花纷纷乱乱。捕鱼人对这种景况甚感惊异。再向前行，想航尽这桃花林。桃花林的尽头，正是溪水的源头，便看到一座山。山上有个小洞，好像有光亮。便舍弃小船，从洞口进去。洞中起初很狭小，只能容一人通过。再走几十步，忽然开通敞亮。只见土地平坦开阔，房舍整齐，有良田、美池、桑竹之类。田间小路交错相通。鸡鸣犬吠之声，能够相互听到。里面往来耕种的，男女衣着都像外边人。老人儿童，都显出安适快活的样子。

他们看到渔人，就大为惊诧，问渔人从哪里来，渔人原原本本地回答了他们。他们便邀请渔人回家，备酒杀鸡给渔人吃。村中听说有这个人，都来打听。他们自己说是前代为避秦时之乱，带领妻子、子女和地方上人来到了这个与外界隔绝的地方，不再外出，便与外界的人隔断。问现在是什么朝代？竟不知道有汉朝，更别说魏、晋了。这位渔人把自己听到的一一详细告诉他们，他们都感叹惋惜。其他人又各自邀请渔人到家，都拿出酒饭来款待。停了几日，渔人辞别归去。这里的人说："这里一切不值得对外边人去说。"

渔人已经出来，找得他的船，便沿着来时的路回去，处处作上标记。到了武陵郡城，就去拜见太守，诉说他这样的经过。太守就派人跟他前往，寻找先前做的标记，便迷了路，不能再找到去路。

南阳人刘子骥，是位高尚的人，听到这件事，高兴地计划前往。没有去成，不久就病死了。以后就没有访求的人了。

（王伟民）

与宋元思书 [1]

吴 均 [2]

风烟俱净，天山共色。从流飘荡，任意东西。自富阳至桐

庐、一百许里 [3]，奇山异水，天下独绝。

水皆缥碧 [4]，千丈见底。游鱼细石，直视无碍。急湍甚箭 [5]，猛浪若奔。

夹岸高山，皆生寒树 [6]，负势竞上 [7]，互相轩邈 [8]；争高直指，千百成峰。泉水激石，泠泠作响 [9]；好鸟相鸣，嘤嘤成韵 [10]。蝉则千转不穷 [11]，猿则百叫无绝。鸢飞戾天者 [12]，望峰息心 [13]；经纶世务者 [14]，窥谷忘反 [15]。横柯上蔽 [16]，在昼犹昏；疏条交映，有时见日。

【题解】

本文描写富春江上美丽的秋景。从"从流飘荡，任意东西"里看出来，作者是坐在船上观赏富春江山水风景的。这"一百许里"的山水，有水面平静的一段，那里是"游鱼细石，直视无碍"。有波浪汹涌的一段，那里是"急湍甚箭，猛浪若奔"，就看不见"游鱼细石"了。大概江面开阔处水流较缓，江面狭窄处水流较急，因此结尾的"横柯"四句，当指在江流狭窄处，两岸的树枝交错所造成的景象。

这篇文章先总说富阳至桐庐间的山水之美，"奇山异水，天下独绝"。次写异水，表现富春江江水之美。再次写奇山，描绘富春江两岸的高山、泉水和草木鸟兽，并点出这些景物的吸引人心。富春江上的风景闻名天下，历来为诗人、画家所描绘的对象。吴均写了这篇著名的小品文，元代画家黄公望画有著名的《富春山居图卷》。读吴均的文章，跟看黄公望的画卷一样，使我们恍如亲身游历在富春江上，欣赏祖国美丽多娇的山水。全文层次井然，比喻、拟人、拟声、对偶等手法的运用，都显得十分成功。这是篇六朝骈文，偶句与散行交错。首两句对偶，较工；次两句也对，对得不工；后面几句是散行，即不对。"急湍"两句对，后几句又不对。"泉水"以下直到结尾都对。这就是六朝骈文的特点，即不求句句都对，有对偶句，有散行，一切听其自然。"鸢飞"四句是对的，但是五字四字句，不用四字六字句，与唐代的四六文不同。

【注释】

〔1〕本篇选自《艺文类聚》卷七。 宋元思：《艺文类聚》作"朱元思"，黎经诰《六朝文絜笺注》曰："宋，一作朱，非。案宋元思，字玉山，刘峻有《与宋玉山元思书》。"今从此说，作"宋元思"。

〔2〕吴均（469—519）：字叔庠，吴兴故鄣（今浙江安吉）人。出身贫寒，性格耿直。曾任建安王萧伟记室、国侍郎、奉朝请。私撰《齐春秋》，实录齐、梁间历史，被免官。后奉诏撰通史，未成而卒。他的诗文多数描绘山水景物，风格清新挺拔，有一定艺术成就，但缺乏深刻的思想性。吴均在当时文坛上影响颇大，时人仿效他的文体，号为"吴均体"。今传《吴朝请集》辑本一卷。

〔3〕富阳：在富春江下游。 桐庐：在富阳的西南，也在富春江边。富阳、桐庐，都在浙江省。 一百许里：一百里左右。

〔4〕缥（piǎo漂上声）碧：苍青色。 缥，淡青色；碧，绿色。

〔5〕急湍（tuān团阴平）：急流。

〔6〕寒树：耐寒的长绿树。

〔7〕负势竞上：凭依高峻的地势，争着向上。

〔8〕轩：高。 邈：远。

〔9〕泠（líng玲）泠：形容水声的清越。

〔10〕嘤（yīng音）嘤：鸟鸣声。 韵：和谐的声音。

〔11〕转：同"啭"。

〔12〕鸢（yuān鸳）飞戾（lì利）天：见《诗经·大雅·旱麓》。鸢，鸥或鹰一类的鸟。戾，至。这里比喻那些为名为利极力攀高的人。

〔13〕望峰息心：看到这些雄奇的高峰，就会平息他那热衷于功名利禄之心。

〔14〕经纶世务者：用心于社会事务的人。

〔15〕窥谷忘反：看到这些幽美的山谷，就会流连忘返。

〔16〕柯：树木的枝干。

【译文】

风和烟雾都已消散尽净，天空和山岭呈现着同样的颜色。乘船随着江流任意东西飘浮荡漾，从富阳到桐庐、一百里左右，奇山异水，天下独一无二。

水都呈苍青色，能见到千丈深的江底。水中的游鱼细石，

一直看下去，毫无障碍。急流比箭还快，凶猛的浪头犹如骏马的奔跑。

两岸的高山上，都生着耐寒的常绿树。这些高山，都凭依高峻的地势争着向上，互相争着往高处和远处伸展；笔直向上，形成了千百个山峰。泉水冲激石块，发出了清越的声响，美丽的鸟儿相向和鸣，嘤嘤地和谐动听。蝉就成千次不断地发声，猿就成百次不断地啼叫。那些为名为利极力攀高的人，看到这些雄奇的高峰，就会平息他那热衷于功名利禄之心；经营社会事务的人，看到这些幽美的山谷，就会流连忘返。横斜的树木覆盖在山坡上，即使在白天，也还像黄昏时那样阴暗；稀疏的枝条互相掩映，有时偶尔能够见到太阳。

（王伟民）

答谢中书书 [1]

陶弘景 [2]

山川之美，古来共谈。高峰入云，清流见底。两岸石壁，五色交辉 [3]。青林翠竹，四时俱备。晓雾将歇 [4]，猿鸟乱鸣；夕日欲颓 [5]，沉鳞竞跃 [6]。实是欲界之仙都 [7]。自康乐以来 [8]，未复有能与其奇者 [9]。

【题解】

这是《答谢中书书》中的主要部分，应该还有个开头和结尾。这封信，主要是描写江南山水之美。先从空间角度，描绘了高峰、清流、岸壁、竹树等景物；再从时间角度，描绘了清晨、傍晚的特异景物。文辞清丽，刻画相当精细。文中又伴以赞叹性的抒情语句，使所描绘的山水景物显得更加引人入胜。这是六朝骈文，有对偶，如"高峰"两句是对偶；"晓雾"两句与"夕日"两句相对；但"两岸"两句与"青松"两句不对。这是六朝骈文的写法，在对偶上不很严格。这又是一篇六朝山水小品的名作。

【注释】

〔1〕本篇选自《艺文类聚》卷三十七。 谢中书：即谢徵（或作微），字元度，阳夏（今河南太康）人。好学能文，曾作安成王萧秀的中书鸿胪，故称他为谢中书。

〔2〕陶弘景（456—536）：字通明，秣陵（今江苏江宁）人。宋末，曾为诸王伴读。他好道术，爱山水，梁时隐居茅山，自号华阳陶隐居。梁武帝屡次征聘，他不肯出山。国家有大事，梁武帝常派人前往咨询。时人称他为"山中宰相"。

〔3〕交辉：交相辉映。

〔4〕歇：消。

〔5〕颓：坠，下落。

〔6〕沉鳞：水中游鱼。

〔7〕欲界：佛家所谓三界之一，说是有七情六欲的众生所居之处，即指人世间。

〔8〕康乐：谢灵运。他袭封康乐公，平生好游山水，以山水诗闻名。

〔9〕与：参与，赞许。引申有欣赏、领略之意。

【译文】

山水的美景，自古以来为人们乐意谈论。高高的山峰耸入云霄，清清的流水可以一直望见水底。水流两岸的石壁，五色交相辉映。青青的树林，苍翠的竹丛，四季都存在着。清晨雾气将散之时，猿鸟杂乱地啼叫；傍晚夕阳将欲西坠之时，游鱼在水中竞相跳跃。这实在是人世间的仙境。自从谢灵运以后，没有能领略这山水奇妙之处的人了。

（王伟民）

唐 代

山中与裴迪秀才书 [1]

王 维 [2]

近腊月下 [3]，景气和畅 [4]，故山殊可过 [5]。足下方温经，猥不敢相烦 [6]。辄便往山中，憩感化寺，与山僧饭讫而去。

北涉玄灞 [7]，清月映郭。夜登华子冈 [8]，辋水沦涟 [9]，与月上下。寒山远火，明灭林外。深巷寒犬，吠声如豹。村墟夜舂 [10]，复与疏钟相间。此时独坐，僮仆静默，多思曩昔携手赋诗，步仄径，临清流也。

当待春中，草木蔓发，春山可望，轻鯈出水 [11]，白鸥矫翼，露湿青皋 [12]，麦陇朝雊 [13]。斯之不远，倘能从我游乎？非子天机清妙者，岂能以此不急之务相邀？然是中有深趣矣！无忽。因驮黄檗人往 [14]，不一。

山中人王维白。

【题解】

这封信写山中风物的美好，一开头就提到"故山"，这个"故山"指旧居之山，是王维和裴迪两人都住过的山。这在后面有呼应："多思曩昔携手赋诗，步仄径，临清流也。"这就是以前两人都住在山里的情况。末段写到"春中"再约他一游，与开头的"故山"相呼应。

这信写山中的景物，有诗情画意。如"北涉玄灞，清月映郭"。这是写月下的夜景，用"玄灞"，写出灞水的深青色，写出月光的清亮。再像"辋水沦涟，与月上下"，写出水上的微波荡漾，月亮照在水中跟水波的上下起伏。景物的美好，不易画出。"寒山远火，明灭林外"，远火可画，远火的忽明忽灭，亦难画。再像写声音，"村墟夜舂，复与疏钟相间"，这更无法画。在这些美妙的景物中，含有诗人喜爱这些景物的情感在内，这就是诗情，可供体味。再像过去看到的景物，"轻鲦出水，白鸥矫翼，露湿青皋，麦陇朝雊"，同样美妙。王维的散文，就这样富有诗情画意。

【注释】

〔1〕山中：指陕西蓝田山。　裴迪秀才：裴迪，关中人，与王维友好。安史乱后，为蜀州刺史。　秀才：士子的通称。

〔2〕王维（？—761），字摩诘，蒲州（今山西永济西）人。开元九年（721）进士，累官尚书右丞。

〔3〕腊月下：农历十二月下旬。

〔4〕景气：景物气候。

〔5〕故山：旧居的山。　过：去游历。

〔6〕猥：谦词，表卑贱。

〔7〕玄灞：深青色的灞水，在长安附近。

〔8〕华子冈：王维隐居的辋川别业二十景之一。

〔9〕辋水：即辋川，在蓝田南二十里，北流入灞水。　沦涟：微波。

〔10〕舂：捣米。

〔11〕鲦（tiáo条）：白鲦鱼。

〔12〕青皋：水边青草地。

〔13〕朝雊（gòu够）：清晨野鸡的鸣叫。

〔14〕黄檗（bò柏）：木名，皮外白里黄，根似茯苓，皮与根可入药。

【译文】

靠近十二月下旬，景物气候温和舒畅，旧居的山很可去游赏。你正在温习经书，我不敢烦扰。就顺便到山里去，在感化寺休息，跟山里和尚吃了饭离开。

向北渡过深青色的灞水，清朗的月亮照在外城。夜里登上华子冈，辋川的水漾起微波，与月影一道在水中上下浮动。带有寒意的山上远处的灯火，在树林外，一亮一暗地闪烁。深巷

里寒夜的狗，叫声像豹。村落里晚上的捣米声，又跟庙里稀疏的打钟声互相交错。这时独自坐着，仆人静静无声。多想从前跟你携手吟诗，走上狭小的山路，面对清流观赏。

当等到仲春时，草树茂盛，春山可观。轻捷的白鲦鱼跃出水面，白鸥展翅飞翔，露水沾湿水边青草地，麦田里有野鸡在早上啼叫。这时景不远，倘或能够跟我一道游览吗？不是你天性清新美好的，哪能用这些不急的事来邀请你呢？然而这中间有很深的趣味了！不要忽视。因背黄檗的人去，托带这信，不再一一叙述。

山中人王维禀白。

（周振甫）

春夜宴从弟桃李园序 [1]

李 白 [2]

夫天地者，万物之逆旅也；光阴者，百代之过客也。而浮生若梦 [3]，为欢几何？古人秉烛夜游 [4]，良有以也 [5]。况阳春召我以烟景 [6]，大块假我以文章 [7]。会桃李之芳园，序天伦之乐事 [8]。群季俊秀 [9]，皆为惠连 [10]。吾人咏歌，独惭康乐 [11]。幽赏未已，高谈转清。开琼筵以坐花 [12]，飞羽觞而醉月 [13]。不有佳作，何伸雅怀？如诗不成，罚依金谷酒数 [14]。

【题解】

这篇序虽流露出"浮生若梦，为欢几何"的消极人生观，但展现在人们面前的却是一派欣欣向荣的春色：阳春、烟景、文章、桃李、芳园，良辰、美景、赏心、乐事，四美俱全更是难逢，更值得珍惜。所以作者和堂弟们尽情地在月下花丛之中，畅怀醉饮，纵情赋诗，在欢乐的气氛中，洋溢着对大自然的向往，对生活的热爱，因此作品的基调是乐观向上、积极健康的。

这篇抒情小品辞短韵长，情意盎然，转折自如。写夜宴，起势就不凡，显示出作者广阔的胸襟。但即笔势陡转，紧扣题目，引出"秉烛夜游"。接着写阳春美景，桃李芬芳，天伦之乐，点出题旨。然后铺叙天伦之乐，赞誉堂弟们横溢的才华，不凡的抱负，亲密的关系。最后宴饮高潮中，戛然结束，言已尽而意却无穷。

【注释】

〔1〕本篇选自《李太白全集》。　从弟：叔伯兄弟们。　桃李园：桃李芬芳的花园。

〔2〕李白（701—762），字太白，号青莲居士。绵州昌隆（今四川江油）人。曾至长安，供奉翰林院，不久离职。后因为永王李璘幕府，流放夜郎，途中遇赦，依靠当涂令李阳冰，不久病死。

〔3〕浮生：人生飘浮不定，变化无常。

〔4〕秉烛夜游：秉烛，拿着蜡烛。《古诗十九首》之一："昼短苦夜长，何不秉烛游。"

〔5〕良：确实。　以：原因。

〔6〕阳春：温暖的春天。　召：召唤。　烟景：指春天花柳的迷人景色。

〔7〕大块：指天地自然。　假：给予。　文章：指如锦绣交织的秀丽景色。

〔8〕序：通"叙"，畅谈。　天伦：古代指父子兄弟等天然的亲属关系。

〔9〕群季：诸弟。

〔10〕惠连：南朝著名诗人谢灵运的族弟，工诗文，善书画。十岁即能作诗文，灵运极爱其才。

〔11〕独惭康乐：自愧没有谢灵运的才华。康乐，谢灵运袭封康乐公，世称谢康乐。

〔12〕琼筵：华贵的筵席。　坐花：指在花丛中摆宴。

〔13〕飞羽觞：指杯盏交错，互相敬酒。　羽觞（shāng伤）：椭圆形两边有耳的酒杯。　醉月：醉于月下。

〔14〕罚依金谷酒数：晋人石崇，家有金谷园。《金谷诗序》："逐各赋诗，以叙中怀。或不能者，罚酒三斗。"斗，古代酒器。

【译文】

　　天地是万物的客舍，时光是百代过路的旅客。人生飘浮不定，好像是梦境一样，能有多少欢乐的日子？古人拿着蜡烛，在长夜游乐，确实是有原因的！何况温暖的春天以秀丽的景色来招引我们，大自然又把锦绣风光赐给我们。我们聚会在桃李芬芳的花园里，畅谈天伦的乐事。我的兄弟们才华出众，都是谢惠连一样的人才。我们作诗吟咏，唯独我没有谢灵运之才而感到羞愧。清幽的夜景还没有欣赏完，纵情的谈论逐渐转向清雅。在花丛中，摆开了华贵的筵席，杯盏交错，醉倒在皎洁的月下。没有好的诗篇，怎么能抒发高雅的情怀呢？如果诗作不成，按照金谷园的先例来罚酒。

（徐明翠）

师　　说[1]

韩　愈[2]

　　古之学者必有师[3]。师者，所以传道受业解惑也[4]。人非生而知之者[5]，孰能无惑？惑而不从师，其为惑也终不解矣。生乎吾前，其闻道也固先乎吾[6]，吾从而师之[7]，生乎吾后，其闻道也亦先乎吾，吾从而师之。吾师道也[8]，夫庸知其年之先后生于吾乎[9]？是故无贵无贱[10]，无长无少，道之所存，师之所存也。

　　嗟乎！师道之不传也久矣，欲人之无惑也难矣。古之圣人，其出人也远矣，犹且从师而问焉；今之众人，其下圣人也亦远矣，而耻学于师。是故圣益圣，愚益愚。圣人之所以为圣，愚人之所以为愚，其皆出于此乎？

爱其子，择师而教之；于其身也，则耻师焉，惑矣！彼童子之师，授之书而习其句读者也〔11〕，非吾所谓传其道、解其惑者也。句读之不知，惑之不解，或师焉，或不焉〔12〕，小学而大遗〔13〕，吾未见其明也。

巫医乐师百工之人〔14〕，不耻相师，士大夫之族〔15〕，曰师曰弟子云者〔16〕，则群聚而笑之。问之，则曰："彼与彼，年相若也〔17〕，道相似也。"位卑则足羞，官盛则近谀。呜呼！师道之不复可知矣。巫医乐师百工之人，君子不齿〔18〕，今其智乃反不能及，其可怪与欤！

圣人无常师，孔子师郯子、苌弘、师襄、老聃〔19〕。郯子之徒，其贤不及孔子。孔子曰："三人行则必有我师。〔20〕"是故弟子不必不如师，师不必贤于弟子，闻道有先后，术业有专攻〔21〕，如是而已。

李氏子蟠〔22〕，年十七，好古文，六艺经传皆通习之〔23〕，不拘于时〔24〕，学于余。余嘉其能行古道，作《师说》以贻之。

【题解】

这是一篇说理透辟、行文流畅的议论文佳作。作者先从正面阐明学必有师的道理，又从反面批评耻于求师的风气，提出无论生于己前或生于己后，凡先闻道者皆可为师的主张。文章中有几个见解是很有意义的，如"无贵无贱，无长无少，道之所存，师之所存"，"弟子不必不如师，师不必贤于弟子，闻道有先后，术业有专攻"等。其中所说的"道"，在当时指的自然是儒家的传统思想，这是无可厚非的。作者是唐代的古文大家，在这篇文章里充分显示了他高超的写作技巧，比如全文多用骈散结合的文字，论述多用对比的手法，都给这篇散文带来经久不衰的艺术力量。

【注释】

〔1〕本篇选自《韩昌黎全集》。师，即跟从老师学习。说，是古代议论文的一体。

〔2〕韩愈（768—824），字退之，孟州河阳（今河南孟州）人。唐代著名散文家、诗人。二十五岁登进士。曾任监察御史、国子监博士等职。他反对魏晋六朝的骈文，提倡古文，成为古文运动的杰出代表，为唐宋古文八大家之一。有《韩昌黎全集》。

〔3〕学者：指求学的人。

〔4〕传道：指宣扬孔孟关于个人修养、治理国家的学说。 受：同"授"。

〔5〕人非生而知之者：《论语·述而》孔子称"我非生而知之者"。

〔6〕闻道：听人讲道理。

〔7〕师之：以他为师。师是动词。

〔8〕师道：从师之道。

〔9〕庸知：哪里知道。

〔10〕是故：所以。 无：无论。

〔11〕句读（dòu豆）：同"句逗"，即断句，在句中用顿点分，便于咏诵。

〔12〕不（fǒu否）：同"否"。

〔13〕小：指句读，学习中的小事。 大：指传道、授业、解惑，学习中的大事。 遗：漏。

〔14〕巫医：巫是以招鬼降神为生的人。医是治病的人。古代巫往往兼医。乐师：以操声弄乐谋生的人。 百工：各种工匠。

〔15〕之族：之辈，之流。

〔16〕曰：称呼。 云者：什么的。

〔17〕相若：相近，相似。

〔18〕不齿：羞于为伍。

〔19〕郯（tán谈）子：春秋时郯国（今山东郯城一带）君主，孔子曾向他请教过官名。 苌（cháng常）弘：周敬王时的大夫，孔子曾向他请教过有关音乐的事。 师襄：春秋时鲁国乐官，名襄，孔子曾向他学琴。 老聃（dān丹）：老子，孔子曾向他请教有关礼的事。

〔20〕这是《论语·述而》里面的话。

〔21〕专攻：专门研究。

〔22〕李蟠（pán盘）：韩愈弟子，后于贞元十九年（803）中进士。

〔23〕六艺经传：指六经，即《诗》、《书》、《礼》、《乐》、《易》、《春秋》。经是指六经的正文，传是指注疏六经的著作。如《左传》、《公羊传》、

《榖梁传》。

〔24〕时：时尚。

【译文】

古时求学的人必定要有老师。老师，是作为传布道理、讲授学业、解答疑难的人。人不是生下来就有知识的，谁能没有疑难问题呢？有疑问而不求教于老师，他的疑惑永远得不到解答了。出生比我早的人，他听得的道理本来比我早，我跟从他学习；出生比我晚的人，他听得的道理也比我早，我跟从他学习，这是我从师的道理。何必去管他是比我年长还是比我年少呢！因此，不论贵贱，也不论长幼，谁有道理，谁就是老师。

唉！跟从老师学习的道理已经失传很久了，想要人们没有疑惑也很难。古时候的圣人，远远地超出一般人，尚且跟从老师求学问，如今一般的人，远远比圣人差，反而以从师求学为耻。因此，圣人越来越圣明，愚笨的人越来越愚笨。圣人之所以圣明，愚笨的人所以愚笨，难道不都是因为这个原因吗？

爱他的孩子，选择老师教导他；对于自己则耻于从师求学，实在太糊涂了。那些儿童的老师，教他读书，学习断句分逗，不是我所说的传布道理、解答疑问的。断句分逗不懂得，疑问不能解决，有的跟从老师学，有的则不学，小的断句分逗是学了，大的传授道理忘了，我看不出他们是通达事理的。

巫医乐师和各种工匠，不以互相从师学习为羞耻，而士大夫之流，说起谁是谁的老师，谁是谁的学生，聚在一起便以此作为笑料。问是什么原因，就说："他与他年纪差不多，学识也不相上下。"以地位低的人为师是羞耻的，以官位高的人为师又近于献媚。唉！从老师求学的道理不能恢复的原因可以清楚了。巫师乐师和各种工匠，士大夫是羞于同他们为伍的，而

名家解读经典

古代散文

如今他们的智慧反而不及，这不是很奇怪吗！

圣人没有固定的老师，孔子曾经以郯子、苌弘、师襄、老聃为师。像郯子这些人，他们的贤德是不如孔子的。孔子说："三个人一道走，其中必定有我的老师。"所以，学生不一定不如老师，老师也不一定强于学生，听到的道理有先有后，学术专业各有专门研究，不过如此罢了。

李家的儿子名叫蟠，年纪十七岁，喜欢古代的文章，把六经及其注疏都学过了，不受时尚的拘束，跟从我学习。我嘉许他能实践古人从师求学的道理，便写了这一篇《师说》送给他。

（冀　勤）

杂 说 四 [1]

韩　愈

世有伯乐 [2]，然后有千里马。千里马常有，而伯乐不常有。故虽有名马，只辱于奴隶人之手 [3]，骈死于槽枥之间 [4]，不以千里称也。

马之千里者，一食或尽粟一石 [5]，食马者不知其能千里而饲也 [6]。是马也，虽有千里之能，食不饱，力不足，才美不外见 [7]，且欲与常马等不可得，安求其能千里也！策之不以其道 [8]，食之不能尽其材 [9]，鸣之而不能通其意 [10]，执策而临之曰 [11]："天下无马。"呜呼！其真无马邪？其真不知马也？

【题解】

这是一篇短论式的杂文，是以千里马不遇伯乐便得不到千里马应有的待遇和使用作为比喻，慨叹人才的不被识别和任用，也表达了作者自己得不到赏识的悲愤心情。通篇运用比喻手法，发表尖锐意见，评论透辟，文字生动，寓意深刻，耐人思索。作者指责当时社会缺少伯乐，而使不少良马丧失了能日行千里的机会，圈在马棚中终老至死。有才能的人如同千里马一般，只有被赏识，才会得到施展才能的机会，否则也只能碌碌一生，郁郁而死。作者所论，不是很值得深思吗？

【注释】

〔1〕本篇选自《韩昌黎全集》。《杂说》共有四章，这是其中最末的一篇。

〔2〕伯乐（lè仂）：姓孙名阳，战国秦穆公时人，善相马。

〔3〕奴隶人：指一般奴仆吏役。

〔4〕骈（pián胼）死：双双对对而死。 槽枥（lì立）：指饲养马的地方，槽是盛草料的工具，枥是马棚。

〔5〕粟（sù诉）：小米。 石（dàn旦）：容量单位，一石即十斗。

〔6〕食（sì四）：同"饲"，喂养。

〔7〕见：同"现"。

〔8〕策：马鞭。名词作动词用，鞭打。

〔9〕食：见注〔6〕。 材：指食量。

〔10〕鸣之：让马嘶叫。 通：沟通，了解。

〔11〕临之：居其上。

【译文】

　　世上有了伯乐，然后才能有千里马。千里马是经常有的，可是善于相马的伯乐却不是经常有的。因此虽然有好马，却只能在一般奴仆吏役的手里受屈辱，一个个接连着死在马棚里，不被人用千里马来称呼它。

　　能日行千里的马，一顿饭有的要吃完一石小米，喂马的人不知道它能够日行千里来喂它。这样的马，虽然有日行千里的能力，因为吃不饱，力气不足，它出众的才能就不能表现出来，况且要与一般的马比也做不到，怎么能要求它日行千里

呢！鞭打它而不根据它的情况，喂养它又不依据它的食量，它鸣叫了又不懂得是什么意思，却拿着鞭子面对着马说："天下没有千里马。"唉！是真的没有千里马呢？还是不认识千里马呢？

（冀　勤）

捕蛇者说 [1]

柳宗元 [2]

永州之野产异蛇 [3]，黑质而白章 [4]；触草木尽死 [5]；以啮人 [6]，无御之者 [7]。然得而腊之以为饵 [8]，可以已大风、挛踠、瘘疠 [9]，去死肌 [10]，杀三虫 [11]。其始，太医以王命聚之 [12]，岁赋其二 [13]，募有能捕之者，当其租入 [14]。永之人争奔走焉。

有蒋氏者，专其利三世矣。问之，则曰："吾祖死于是 [15]，吾父死于是，今吾嗣为之十二年 [16]，几死者数矣 [17]。"言之貌若甚戚者。

余悲之，且曰："若毒之乎 [18]？余将告于莅事者 [19]，更若役，复若赋，则何如？"

蒋氏大戚，汪然出涕曰 [20]："君将哀而生之乎 [21]？则吾斯役之不幸，未若复吾赋不幸之甚也。向吾不为斯役，则久已病矣 [22]。自吾氏三世居是乡，积于今六十岁矣 [23]。而乡邻之生日蹙 [24]，殚其地之出 [25]，竭其庐之入 [26]，号呼而转徙 [27]，饥渴而顿踣 [28]，触风雨，犯寒暑，呼嘘毒疠 [29]，往往而死者相藉也 [30]。曩与吾祖居者 [31]，今其室十无一焉；与吾父居者，今其室十无二三焉；与吾居十二年者，今其室十无四五焉。非死则徙尔。而吾以捕蛇独存。悍吏之来吾乡[32]，叫嚣乎东西，隳突乎南北[33]，哗然而骇者，虽鸡狗不得宁焉。吾恂恂而起[34]，视其缶[35]，而吾蛇尚存，则弛然而卧[36]。谨食之[37]，时而献焉。退而甘食其土之有，以尽吾齿[38]。盖一岁之犯死者二焉，其余则熙熙而乐[39]，岂若吾乡邻之旦旦有是哉？今虽死乎此，比吾乡邻之死则已后矣，又安敢毒耶？"

　　余闻而愈悲。孔子曰："苛政猛于虎也。[40]"吾尝疑乎是。今以蒋氏观之，犹信。呜呼！孰知赋敛之毒有甚是蛇者乎？故为之说，以俟夫观人风者得焉[41]。

【题解】

　　"说"可以是论说，也可以是说明，这里则采用对话诉说的形式，叙述捕蛇者自身的悲惨生活，揉论说与说明于问答言谈的叙事之中，是别开生面的一种写法。作者还运用对比和反衬的手法，先写蛇之毒，触草木尽死，而乡人却"争奔走焉"；又写田赋之毒害人民，横征暴敛，而蒋氏一家三代视缴纳田赋为绝路，反以捕蛇为幸，不愿更役复赋。这就巧妙地把本文的立意烘托出来。最后点明"苛政猛于虎"，把唐王朝对人民的盘剥揭露得淋漓尽致。全文的结构紧严，行文婉转，感情哀而不伤，写得朴素含蓄，结尾更是神来之笔，大大强化了主题的思想深度，耐人思索和回味。

【注释】

　　〔1〕本篇选自《柳河东集》。　捕蛇者说：就是说说捕蛇人的事。是柳宗元被贬柳州后写的。

　　〔2〕柳宗元（773—819），字子厚，河东（今山西永济）人。因参加王叔文集团的政治改革活动，被朝廷贬为永州司马，后改为柳州刺史，死在柳州任上。一生长于诗文创作，尤以散文造诣最高，与韩愈一同倡导古文运动，为唐宋八大家之一。有《柳河东集》。

　　〔3〕永州：在今湖南零陵县。柳宗元曾被贬至此任司马。

〔4〕黑质而白章：黑色底子而有白色花纹。

〔5〕尽死：指草木受蛇毒尽死。

〔6〕啮（niè聂）：咬。

〔7〕御：抵挡，这里指医治。

〔8〕腊（xī西）：肉干。作动词用。　饵：药物。

〔9〕已：止，治愈。　大风：麻疯病。　挛踠（luán wǎn栾晚）：手脚弯曲僵硬不能伸直。　瘘（lòu漏）：一种生有漏管往外流脏物的病。　疠（lì立）：毒疮。以上均是恶症。

〔10〕死肌：肌肉萎缩，失去机能。

〔11〕三虫：体内致病的虫，一般指蛔虫、赤虫、蛲（náo挠）虫。道家称脑、胸、腹为三尸，一说是指三尸之虫。

〔12〕太医：朝廷的御用医官。

〔13〕赋：征收。

〔14〕当（dàng荡）：抵作。　租入：租税。

〔15〕是：指以捕蛇抵租税的事。

〔16〕嗣（sì四）：继承。

〔17〕数（shuò硕）：许多次。

〔18〕若：你。　毒：怨恨。动词。

〔19〕莅（lì立）事者：主管事情的人。莅，临，视。

〔20〕汪然：眼泪汪汪的样子。

〔21〕哀：怜悯。

〔22〕病：穷困至极。

〔23〕积：累计。

〔24〕蹙（cù促）：窘迫。

〔25〕殚（dān丹）：尽。

〔26〕竭：尽。　庐：指全家。

〔27〕转徙：逃亡。

〔28〕顿踣（bó博）：劳累跌倒。

〔29〕呼嘘：呼吸。　疠：瘴气。

〔30〕相藉（jiè借）：互相枕着、垫着。

〔31〕曩（nǎng攘）：从前。

〔32〕悍：强暴。

〔33〕隳（huī辉）突：骚扰。

〔34〕恂（xún巡）恂：小心谨慎的样子。

〔35〕缶（fǒu否）：瓦罐。

〔36〕弛然：放下心的样子。

〔37〕谨食（sì四）之：谨慎喂养它。

〔38〕齿：年龄。

〔39〕熙熙：快活的样子。

〔40〕这是《礼记·檀弓下》所记孔子的话。

〔41〕俟（sì四）：等待。 观人风者：观察民风的人。

【译文】

　　永州的野地里出产一种怪蛇，黑色的身体上有着白色的花纹；它的毒汁碰到草木，那草木就全死了；咬了人，是没有法子医治的。然而捉到它将它晒干了做成药物，可以治愈麻疯病、痉挛症、漏疮，还可以治好肌肉萎缩，杀死身体里的毒虫。起初，太医用皇帝的命令征集这种蛇，每年征收两次，招募能捕捉这种蛇的人，以此来抵当应纳的田税。永州的老百姓争着去干这种事。

　　有个姓蒋的人，以捕蛇为专利已经有三代人了。问他，就说："我的爷爷死在这事上，我的父亲也死在这事上，如今我已连续干了十二年，也有好多次险些送了命。"他说这话像是很悲哀的样子。

　　我也为他悲哀，并且说："你怨恨这种事吗？我可以告诉经办这事的人，改变你的差使，恢复你的田税，怎么样？"

　　姓蒋的人大为忧愁，眼泪汪汪地说："您要可怜我想让我们活下去么？那我干这种差事的不幸，还不像恢复田税那么不幸啊。假如我不干这种差使，我早已穷困至极了。自从我家三代住在这乡下，算到如今已是六十年了。同乡邻里的生活一天比一天窘迫，他们把田里的收成全纳了税，用尽了全家的收入，哭着叫着到处逃亡，忍饥挨饿累倒在地上，还要顶风雨，

冒寒暑，呼吸着瘴气，往往是成批成批地死去。从前与我祖父同住在这里的人家，如今已是十不剩一了；与我父亲同住这里的人家，如今也是十不剩二三了；与我同住在这里十二年的人家，如今十户也就剩四五户了。不是死了就是逃亡去了。而我以捕蛇为生却独独存了下来。强暴的官吏来到我乡，东喊西叫，冲南撞北，吵闹得使人们惊叫失措，就连鸡狗也不得安宁啊。我小心地起来，看看那个瓦罐，我的蛇还在，便放下心去睡觉。我精心地喂养它，按期送上去。回到家里美美地吃着自己地里的粮食，如此将度过我的一生。这样一年也就是冒两次生命危险，余下的日子则是自在安闲，哪里像我那乡里邻舍天天处在危险之中呢？如今就是死在这事上，比起一些邻里来也算死得晚了，又怎么敢怨恨这种差事呢？"

我听了以后越发悲伤。孔子说："苛酷的政令比老虎还要凶猛啊。"我曾经怀疑过这句话。如今就以姓蒋的事来看，确实是这样的。唉！谁能知道赋税的毒害比这毒蛇更凶呢？所以就为捕蛇的人写了这篇文章，以待考察民俗的人得到它。

（冀　勤）

至小丘西小石潭记 [1]

柳宗元

从小丘西行百二十步，隔篁竹 [2]，闻水声，如鸣珮环 [3]，心乐之。伐竹取道，下见小潭，水尤清洌。全石以为底，近岸，卷石底以出 [4]，为坻，为屿，为嵁，为岩 [5]。青树翠蔓，蒙络摇缀，参差披拂。

潭中鱼可百许头 [6]，皆若空游无所依。日光下澈，影布石上，佁然不动，俶尔远逝 [7]，往来翕忽 [8]，似与游者相乐。

潭西南而望，斗折蛇行 [9]，明灭可见 [10]。其岸势犬牙差互 [11]，不可知其源。坐潭上，四面竹树环合，寂寥无人，凄神寒骨，悄怆幽邃 [12]。以其境过清，不可久居，乃记之而去。

同游者，吴武陵、龚古、余弟宗玄。隶而从者崔氏二小生：曰恕己，曰奉壹 [13]。

【题解】

这篇游记，一开头用移步换形的写法，先从隔着竹林听见美妙的水声写起，写到从竹林里开出一条路来，本是去寻水声的来源，忽然看到小潭，就写小潭。小潭的特点引起注意，就写出了小潭的特色，全石为底，近岸的石头，露出水面的，有各种形状。更突出的是潭水，是游鱼。写鱼"皆若空游无所依"，像在空中游，极写水的清，清得像空的一样。再写日光照下来，影布石上，形成鱼影画，更显出水的清澈见底。写鱼，一忽儿静止，一忽儿游走，非常活跃，又用拟人化手法，写出似与游者相乐。

再结合开头，写潭上的小溪，溪身像北斗星那样曲折，溪水像蛇一样蜿蜒游动，写得很形象。在潭上望小溪，由于溪身的曲折，溪水看得见的是明亮的，看不见的是暗的，看上去一亮一暗。最后写这里过于寂静，凄神寒骨，不可久留。在描绘形象中表达了被贬官的心情。

【注释】

〔1〕这篇是柳宗元著名的山水游记《永州八记》的第四篇，第二篇是《钴铒潭记》，记一个形似熨斗的潭。第三篇写《钴铒潭西小丘记》，写小丘；第四篇《至小丘西小石潭记》，承接第三篇的记小丘来的。

〔2〕篁（huáng皇）竹：成林的竹子，竹林。

〔3〕珮环：挂在身上的玉佩玉环，行走时相撞发声。

〔4〕卷（quán拳）石：《礼记·中庸》："今夫山，一卷石之多。"注："卷犹区也。"区是齐国的量器。"四升为豆，四豆为区。"卷石，即一斗六升容量大

的石头。

〔5〕坻（chí池）：水中高地。　屿：小岛。　嵁（kān堪）：不平的山岩。

〔6〕可百许头：约一百尾左右。许，左右。

〔7〕佁（yǐ矣）然：呆呆地。　俶（chù触）尔：忽然。

〔8〕翕（xī吸）忽：很快。

〔9〕斗折蛇行：像北斗七星那样曲折，指溪岸；像蛇那样蜿蜒，指水流。

〔10〕明灭：看得见水面处是亮的，看不见水面处是暗的。成为一亮一暗。

〔11〕差互：交错不齐。

〔12〕悄怆：忧愁悲伤。　幽邃：幽静深远。

〔13〕吴武陵：信州（今重庆奉节东北）人。元和初进士，贬官在永州。
龚古：不详。　宗玄：柳宗元堂弟。　崔氏二小生：宗元姐丈崔简的两个儿子。

【译文】

从小丘向西走一百二十步，隔着竹林，听见水声，好像玉佩玉环相撞击的声音，心里喜欢它。砍掉些竹子找出条路，向下看到小潭，水更清澄寒凉。整块石头做底，靠近岸，像一斗多大容量的石块从底上高出水面，有的面平的，有成小岛的，有成山岩的，有成岩石的。青翠的树枝和藤蔓，缠结在上面，高低不齐，随风摇摆。

潭里的鱼约一百条左右，都像在空中游动没有依靠。日光向下照射，影子分布在石头上，呆呆地不动，忽然向远处游去，来去飞快，好像跟游人在互相逗乐。

在潭上向西南望去，溪身像北斗星似的曲折，溪水像蛇的蜿蜒游动，一亮一暗可以看见。它的溪岸的形势像狗牙齿交错不齐，不能知道它的源头。坐在潭上，四面竹子和树环绕着，寂静无人，使人心神凄冷，身骨透凉，感到忧愁悲伤，幽静深远，因为它的境界过于清静不可久留，便记下了回去。

同游的，吴武陵、龚古、我的堂弟宗玄。跟随的，姓崔的两个年轻人，叫恕己，叫奉壹。　　　　　　　　　（周振甫）

上河东公启[1]

李商隐 [2]

商隐启：两日前，于张评事处伏睹手笔 [3]，兼评事传指意，于乐籍中赐一人以备纫补 [4]。某悼伤以来 [5]，光阴未几。梧桐半死，才有述哀 [6]；灵光独存 [7]，且兼多病。眷言息胤 [8]，不暇提携，或小于叔夜之男，或幼于伯喈之女 [9]。检庾信荀娘之启 [10]，常有酸辛；咏陶潜通子之诗，每嗟漂泊 [11]。所赖因依德宇，驰骤府庭 [12]，方思效命旌旄，不敢载怀乡土 [13]。锦茵象榻，石馆金台 [14]，入则陪奉光尘，出则揣摩铅钝 [15]。兼之早岁，志在玄门 [16]，及到此都，更敦夙契 [17]，自安衰薄，微得端倪 [18]。

至于南国妖姬，丛台妙妓 [19]，虽有涉于篇什，实不接于风流。况张懿仙本自无双，曾来独立 [20]，既从上将，又托英僚 [21]。汲县勒铭，方依崔瑗 [22]；汉庭曳履，犹忆郑崇 [23]。宁复河里飞星，云间堕月 [24]，窥西家之宋玉，恨东舍之王昌 [25]。诚出恩私，非所宜称。伏惟克从至愿，赐寝前言，使国人尽保展禽，酒肆不疑阮籍 [26]。则恩优之理，何以加焉。干冒尊严，伏用惶灼 [27]。谨启。

【题解】

李商隐在柳仲郢幕府里作书记，柳仲郢知道他妻子死了，要把乐籍中最美的张懿仙配给他。他写信去推辞，先说他跟妻子的感情，像一棵梧桐树树根半死半活，妻子像半死的根，他像半活的根，是分不开的，即不能再娶。加上他多病，已有儿女，不想再娶。现在依靠府主，正想

效力，来报答府主的厚恩。加上早年就想参加道教，现在更有这种企求，不想再婚。

再讲自己平生，虽然写了艳情诗，但并没有风流的事。讲到张懿仙，是一代最美的佳人，已经跟从上将，又托庇英才，也不宜下嫁给他。他对于张懿仙，并无私心。希望府主收回成命。这封信对商隐的生平的认识是有帮助的。商隐写了不少《无题》诗，一般认为这是他写的爱情诗，是他别有私情。从这封信里的表白来看，他是没有的。说明他写的《无题》诗，是另有寄托。这封信是用四六文来写的，对研究唐代的四六文，也是有用的。

【注释】

〔1〕河东公：柳仲郢，华原（今陕西耀州东南）人。字谕蒙。累官刑部尚书，封河东县男，尊称为公。大中五年（851），任东川节度使（治所在四川梓潼），聘商隐为节度书记。

〔2〕李商隐（812—858）：字义山，号玉溪生，河内（今河南沁阳）人。开成二年（837）进士，授秘书省校书郎，补弘农尉。后在各处幕府里当幕僚。

〔3〕评事：管狱讼的官。

〔4〕乐籍：古代官家有歌舞女，属于乐户的名册。　备纫补：供缝补衣裳，是嫁给他的谦称。

〔5〕悼伤：悼亡伤痛，指妻死。商隐妻王氏约在这年夏秋间病死。

〔6〕梧桐半死：枚乘《七发》："龙门之桐，高百尺而无枝，其根半死半生。"比喻妻死己生。　述哀：《文选》江淹《杂体诗》有潘岳《述哀》，是悼念亡妻的诗。

〔7〕灵光独存：王延寿《鲁灵光殿赋序》："自西京未央，建章之殿，皆见隳毁，而灵光岿然独存。"比自己还活着。

〔8〕眷言：顾恋，怀念。　息胤：子女。

〔9〕小于叔夜之男：《晋书·稽康传》："康字叔夜。""男年八岁。"　幼于伯喈之女：《后汉书·蔡邕传》："蔡邕字伯喈。"《蔡琰别传》："琰字文姬，邕之女，少聪慧秀异。年六岁，邕鼓琴弦绝，琰曰第二弦，邕故断一弦，琰曰第四弦。"

〔10〕庾信荀娘之启：庾信有《又谢赵王赉息（赐子女）丝布启》："某息荀娘。"指柳仲郢送他子女东西。

〔11〕陶潜通子之诗：陶潜《责子诗》："通子年九龄，但觅梨与栗。"

嗟漂泊：叹自己在外漂泊，不能照顾子女。

〔12〕因依：依靠。 德宇：恩德的庇护处，指府主。 驰骤：奔走效力。府庭：指幕府。

〔13〕旌旆：旗子；指节度使。 载怀：怀念。载，助词。

〔14〕锦茵象榻：铺有锦绣的褥子，饰有象牙的床榻。 石馆金台：有藏书的石室，有接待贤人的黄金台。这是指府主招贤，给与厚待。

〔15〕光尘：称人的风采，指府主。 揣摩铅钝：磨钝的铅刀，指磨练自己。

〔16〕玄门：指道教。《老子》："玄之又玄，众妙之门。"

〔17〕敦：厚。 夙契：早已契合，指早想归入道教。

〔18〕衰薄：衰弱薄命。 端倪：头绪，得到学道的头绪。

〔19〕南国妖姬：南方妖艳的妇人。 丛台：张衡《东京赋》："赵建丛台于后。"丛台在赵国，指北方。

〔20〕独立：李延军歌："北方有佳人，绝世而独立。"指无双说。

〔21〕从上将：即跟从柳仲郢。 托英僚：托庇于幕府中英俊的僚属。

〔22〕崔瑗：《后汉书·崔瑗传》："迁汲令。开稻田数百顷，百姓歌之。"《崔氏家传》："立碑颂德而祠之。"此指英僚。

〔23〕郑崇：《汉书·郑崇传》："每见，曳草履。上笑曰：'我识郑尚木履声。'"此指柳仲郢。

〔24〕河里飞星：指七夕渡河的织女星飞来。 云间堕月：云间的月亮掉下来。指张懿仙下嫁。

〔25〕宋玉：宋玉《登徒子好色赋》："臣东家之子（女），登墙窥臣三年，至今未许也。" 王昌：梁武帝《河中之水歌》："人生富贵何所望，恨不早嫁东家王。"王指王昌。此指张虽有情，己实无意。

〔26〕展禽：即柳下惠。《荀子·大略》："柳下惠与后门者同衣而不见疑。"后门者即无宿处之女，同衣而抱于怀中，用衣裹住，无非礼行为。 阮籍：《世说·任诞》："阮公邻家妇有美色，当垆沽酒。阮常从妇饮酒，醉便卧其妇侧。夫始殊疑之，伺察终无他意。"指张与己无关。

〔27〕伏：表敬语。 惶灼：惶恐焦灼。

【译文】

商隐启：两天以前，在张评事处敬见手书，兼有评事传达意旨，在乐籍中赐给一个人来供缝补衣裳。我自从妻子亡故哀

伤以来，过得不久。梧桐树一半死了，方有叙述哀悼之作；我像灵光殿独自存在，并且兼有多病。怀念子女，没有工夫照顾。有的比嵇康的男儿小，有的比蔡邕的女儿幼。检出庾信讲到荀娘的书启，每次感到酸苦；念陶潜讲到通子的诗，每次叹息自己在外漂泊。所幸依靠府主，为幕府奔走，正思为节度使效命，不敢怀念家乡。这里有锦绣的褥子，有象牙饰的床榻，有藏书的石室，有招贤的黄金台。进内就陪侍风采，出外就揣摩铅刀。加上早年，志趣在信奉道教，到了这里，更加强了早年的契合，自己安于衰弱薄命，略微得到学道的头绪。

至于南方的妖艳妇人，丛台的美妙歌妓，虽然在诗篇里写到过，实在跟她们没有关系。何况张懿仙本来是天下无双，曾经是当代独一，既经跟从上将，又托身英俊的幕僚。在汲县刻石，正在依靠崔瑗；在汉朝廷踏着木履声，还在想念郑崇。岂可再让银河上织女星飞下来，云里的月亮掉下来，偷看西邻的宋玉，恨不能嫁给东邻的王昌吗？那实在出于私恩，不是相称的。敬求能够听从至诚的愿望，赐给我改变以前说的话，使得国人完全保证柳下惠坐怀不乱，酒店主不怀疑阮籍有私心。那优厚的恩德，无法再增加哩。触犯尊严，敬表惶恐忧惧。谨慎地启奏。

（周振甫）

书褒城驿壁 [1]

孙　樵 [2]

褒城驿号天下第一。及得寓目 [3]，视其沼 [4]，则浅混而茅〔5〕，视其舟，则离败而胶〔6〕，庭除甚芜〔7〕，堂庑甚残〔8〕，乌睹其所谓宏丽者〔9〕？

讯于驿吏，则曰："忠穆公尝牧梁州〔10〕，以褒城控二节度治所〔11〕，龙节虎旗〔12〕，驰驿奔轺〔13〕，以去以来〔14〕，毂交蹄劘〔15〕，由是崇侈其驿〔16〕，以示雄大。盖当时视他驿为壮。且一岁宾至者不下数百辈〔17〕，苟夕得其庇〔18〕，饥得其饱，皆暮至朝去，宁有顾惜心耶〔19〕？至如棹舟〔20〕，则必折篙破舷碎鹢而后止〔21〕；渔钓，则必枯泉汩泥尽鱼而后止〔22〕。至有饲马于轩〔23〕，宿隼于堂〔24〕，凡所以污败室庐〔25〕，糜毁器用。官小者，其下虽气猛，可制；官大者，其下益暴横，难禁。由是日益破碎，不与囊类〔26〕。某曹八九辈〔27〕，虽以供馈之隙〔28〕，一二力治之，其能补数十百人残暴乎〔29〕？"

语未既〔30〕，有老甿笑于旁〔31〕，且曰："举今州县皆驿也〔32〕。吾闻开元中〔33〕，天下富蕃〔34〕，号为理平〔35〕，踵千里者不裹粮〔36〕，长子孙者不知兵〔37〕。今者天下无金革之声〔38〕，而户口日益破〔39〕，疆场无侵削之虞〔40〕，而垦田日益寡，生民日益困，财力日益竭，其故何哉？凡与天子共治天下者，刺史县令而已〔41〕，以其耳目接于民，而政令速于行也。今朝廷命官，既已轻任刺史县令〔42〕，而又促数于更易〔43〕，且刺史县令，远者三岁一更，近者一二岁再更，故州县之政，苟有不利于民，可以出意革去其甚者，在刺史则曰：'明日我即去，何用如此！'在县令亦曰：'明日我即去，何用如此！'当愁醉酣〔44〕，当饥饱鲜，囊帛椟金〔45〕，笑与秩终〔46〕。呜呼！州县真驿耶？矧更代之隙〔47〕，黠吏因缘恣为奸欺，以卖州县者乎〔48〕！如此而欲望生民不困，财力不竭，户口不破，垦田不寡，难哉！"

予既揖退老甿，条其言，书于褒城驿屋壁。

【题解】

这篇文章从褒城驿的壮丽到破败，借驿吏的口说出原因。再把它同开元的富庶到唐末的衰落联系起来，从中揭出唐末种种政府腐败的现象，表现出作者对国家命运的忧虑，对吏治腐败的不满，对人民疾苦的同情。

这篇的写法，是即小见大。驿吏述说褒城驿的破败，从过路宾客，朝来暮去，对褒城驿的破坏讲起，这是讲一个驿站的事，是小事。但从这个小事里引出唐朝一朝的由盛到衰，这是大事，所以是即小见大。这种由小到大，由城驿阐明治国的说理方法，深入浅出，具体生动，亲切易懂，也给读者留下了广阔的联想和耐人寻味的余地。

【注释】

〔1〕本篇选自《孙可之集》。　褒（bāo包）城：在今陕西褒城东南。　驿（yì意）：驿站。古代传递公文的人或出差的官员途中休息、换马的处所。

〔2〕孙樵（生卒不详）：字可之（一作隐之），关东（函谷关以东）人。晚唐散文家。宣宗大中九年考中进士，授中书舍人。所作古文，刻意求奇，对当时统治集团的昏愦无能颇多讽刺。有《孙可之集》。

〔3〕寓目：亲眼看到。

〔4〕沼（zhǎo找）：池子。

〔5〕茅：长茅草。

〔6〕离败而胶：船板破裂，船身搁浅池底。胶，着地。

〔7〕庭除：庭院。除，台阶。

〔8〕堂庑（wǔ武）：正屋和两廊的屋子。

〔9〕乌：哪里。

〔10〕忠穆公：严震，字遐闻，曾任梁州刺史兼御史大夫。谥忠穆。　牧梁州：任梁州刺史。

〔11〕控：控制。　二节度治所：指山南西道节度使治所兴元府（今陕西南郑）和凤翔节度使治所凤翔府（今陕西凤翔）。

〔12〕龙节虎旗：节度使出外镇守，赐龙节虎旗。

〔13〕驰驿奔轺（yáo姚）：奔跑的驿马和轻便的车。轺，古代的一种小马车。

〔14〕以去以来：从这里来去。

〔15〕毂（gǔ股）交：车和车相接触。毂，车轮中心的圆木突出处，指车。蹄剧（mó模）：马蹄铁磨损。极言车马来往频繁。剧，切削，指磨损。

〔16〕崇侈：扩大建筑。崇，高；侈，大。

〔17〕数百辈：数百人。

〔18〕庇：庇护，指住宿处。

〔19〕宁：岂。

〔20〕棹（zhào赵）：摇船工具，指划船。

〔21〕鹢（yì亦）：一种水鸟，这里指画着鹢的船头。

〔22〕汩（gǔ古）：搅混。

〔23〕轩（xuān喧）：有窗的长廊或小室。

〔24〕隼（sǔn笋）：一种凶猛的鸟。

〔25〕污败：弄脏弄坏。

〔26〕曩（nǎng攘）类：从前相似。

〔27〕某曹：我辈。

〔28〕供馈（kuì溃）：供给馈食。

〔29〕残暴：指破坏活动。

〔30〕既：完，尽。

〔31〕老甿（méng萌）：老农。

〔32〕举：所有。

〔33〕开元：唐玄宗年号。

〔34〕蕃：繁荣。

〔35〕理平：治理太平。

〔36〕踵（zhǒng肿）：脚后跟，指走。　裹：包裹，指携带。

〔37〕长（zhǎng掌）：养育。

〔38〕金革：刀枪甲衣，指战争。

〔39〕破：减少。

〔40〕疆埸（yì异）：边境。

〔41〕刺史县令：州县的最高行政长官。

〔42〕轻任：轻率地任用，即不重视州县的职务。

〔43〕促数：短促频繁。　更易：更换。

〔44〕酞（nóng农）：醇酒。

〔45〕椟（dú毒）：柜子。

〔46〕秩：官吏的任期。

〔47〕矧（shěn审）：况且。

〔48〕黠（xiá暇）吏：狡猾的胥吏。胥吏，地方政府中的僚属。　因缘：凭借。　卖：指损公肥私。

【译文】

褒城驿站号称天下第一。等到亲眼看到，看它的池塘，那水又浅又混，而生茅草。看它的船，木板破裂，船身搁浅在池底；庭院阶石很荒芜，堂屋和廊房很残破；哪里看到所谓宏大壮丽的样子呢？

向驿吏讯问，就说："忠穆公曾经治理梁州，因为褒城控制着两个节度使治所，来来往往的，有龙形的节符，熊虎的旗帜，奔跑的驿马，飞快的轻车，车毂交错，连马蹄铁都磨损了。因此扩建了驿站，以显示它雄伟宏大。大概在当时它比其它驿站壮观。但是一年宾客来到的不下好几百人，如果晚上在这里住下，饿了在这里饱食，都是晚上到早晨走，哪里有爱惜心呢？至于划船，就一定弄到篙折断、船边破、船头撞碎才算完；钓鱼，就一定要弄到泉枯，泥混，鱼儿捉完才罢休；甚至有人把马弄在屋里喂，在堂上养鹰，这一切都能把房屋污损，器物毁坏。官位低的，他的仆从虽然气势汹汹，但还可以制止；官位高的，他的仆从就更加横暴，难以制止。因此驿站就一天天破败，大不如从前了。我等八九个人，即使利用宾客进餐的余暇，对极小部分尽力修理，怎能补救几十几百人的破坏呢？"

话没有说完，有个老农在一旁发笑，并且说："现在所有的州县，也都像这个驿站一样呀！我听说开元中，天下富足，号称太平盛世，走千里的人，用不着携带干粮，养育子孙的还不知道战争。现在虽然天下也没有战争，但户口却在一天天减少；边境虽然也没有被侵扰，但耕地却在一天天缩小，老百姓一天天贫困，财富一天天枯竭，这是什么缘故呢？所有和天子一起治理国家的，刺史、县令罢了，因为他们见闻接近老百姓，政令的推行也能较为迅速。现在朝廷任命官吏，既然轻率地任用刺史、县令，而且调动频繁。况且刺史、县令，任期长的，三年换一次，任期短的，一二年换两次。所以州县的政事，如果对老百姓不利，本来可以出主意改掉那些太坏的，但刺史说：'明天我就要调任，何用这样做！'县令也说：'明天我就要调任，何用这样做！'在发愁时却去醉饮美酒，在饥饿时都去饱食时鲜鱼虾，有锦帛就装入袋里，有金银就装进柜子，喜笑颜开地做满了任期。唉！州县果真同驿站一样吗？何况当州县官交接的期间，狡猾的胥吏，放肆地用奸诈来损害州县的老百姓！这样还希望老百姓不贫困，国家财力不枯竭，户口不减少，耕地不缩小，难啊！"

我作揖送走了老农，把他说的话整理了一下，写在襄城驿站的墙壁上。

（徐明翚）

宋 代

黄州新建小竹楼记 [1]

王禹偁 [2]

黄冈之地多竹，大者如椽 [3]。竹工破之，刳去其节 [4]，用代陶瓦，比屋皆然 [5]，以其价廉而工省也。

子城西北隅 [6]，雉堞圮毁 [7]，榛莽荒秽 [8]，因作小楼二间，与月波楼通 [9]。远吞山光，平挹江濑 [10]，幽阒辽夐 [11]，不可具状。夏宜急雨，有瀑布声；冬宜密雪，有碎玉声。宜鼓琴，琴调虚畅；宜咏诗，诗韵清绝；宜围棋，子声丁丁然 [12]；宜投壶 [13]，矢声铮铮然：皆竹楼之所助也。

公退之暇，披鹤氅 [14]，戴华阳巾 [15]，手执《周易》一卷 [16]，焚香默坐，消遣世虑。江山之外，第见风帆沙鸟、烟云竹树而已。待其酒力醒，茶烟歇，送夕阳，迎素月，亦谪居之胜概也。

彼齐云、落星 [17]，高则高矣！井干、丽谯 [18]，华则华矣！止于贮妓女，藏歌舞，非骚人之事 [19]，吾所不取。

吾闻竹工云："竹之为瓦，仅十稔 [20]，若重覆之，得二十稔。"噫！吾以至道乙未岁 [21]，自翰林出滁上 [22]；丙申移广陵 [23]；丁酉又入西掖 [24]。戊戌岁除日 [25]，有齐安之命 [26]。己亥闰三月到郡 [27]。四年之间，奔走不暇；未知明年又在何处！岂惧竹楼之易朽乎？幸后之人与我同志，嗣而葺之 [28]，庶斯楼之不朽也。

咸平二年八月十五日记。

【题解】

本文是作者在宋真宗咸平二年（999）贬官黄州时写的。他从筑造竹楼写起，描写了谪居生活"不可具状"的环境，夏有急雨，冬有密雪，在这里"宜鼓琴"，"宜咏诗"，"宜围棋"，"宜投壶"，然而，他谪居生活的全部内容却不是如此惬意，而是待酒醒茶歇、送日迎月之后，于"江山之外，第见风帆沙鸟、烟云竹树而已"，表面上作者是在写"谪居之胜概"，实则反映了他对谪居的愤慨和无奈。尤其是在本文最后一段文字中，作者一笔笔地述说自己屡遭贬谪的境况，"四年之间，奔走不暇"，不得安宁，虽然没有严词厉句，却在默默中对加害于他的封建统治者作出了无声的控诉。

【注释】

〔1〕本篇选自《小畜集》。 黄州：今湖北省黄冈县。

〔2〕王禹偁（954—1001）：字元之，济州钜野（今属山东）人。宋太平兴国八年（983）进士。咸平初，参与修撰《太宗实录》，因与宰相张齐贤等人意见不合，出知黄州。著有《小畜集》。

〔3〕椽（chuán船）：建造房屋用的木条。

〔4〕刳（kū哭）去：用刀、斧等砍去。

〔5〕比屋：挨门挨户。

〔6〕子城：围护在城门外的弯月形城墙，又叫月城或瓮城。

〔7〕雉堞（zhì dié 治蝶）：城墙上两侧锯齿形的矮墙。 圮（pǐ匹）：坍塌。

〔8〕榛（zhēn真）莽：杂乱丛生的草木。

〔9〕月波楼：黄冈县城上的小楼。

〔10〕挹（yì艺）：汲取。 濑（lài赖）：很急的流水。

〔11〕幽阒（qù去）辽夐（xiòng诇）：寂静辽远。

〔12〕丁（zhēng征）丁：象声词。

〔13〕投壶：古人酒宴上的游戏，即以箭投向壶中，中者为胜，不中者罚酒。

〔14〕鹤氅（chǎng厂）：用鸟羽做成的斗篷。

〔15〕华阳巾：指隐士华阳子戴的那种帽子。

〔16〕《周易》：书名，是讲乾坤六十四卦爻辞的书。

〔17〕齐云、落星：皆楼名。齐云楼原在今江苏苏州，为唐代曹恭王所建。落星楼原在今江苏南京东北，为三国时孙权所建。

〔18〕井干、丽谯（qiáo乔）：皆楼名。井干楼原在长安，汉武帝时建。丽谯楼，《白氏六帖事类集》载曹操有丽谯楼。

〔19〕骚人：即诗人，作者自比。

〔20〕稔（rěn忍）：年。

〔21〕至道：宋太宗的年号。 乙未：即至道元年（995）。

〔22〕滁（chú除）：滁州，今安徽滁县。

〔23〕丙申：至道二年（996）。 广陵：今江苏扬州。

〔24〕丁酉：至道三年（997）。 西掖：指中书省，是封建王朝的最高行政机构。

〔25〕戊戌：宋真宗咸平元年（998）。 除日：除夕。

〔26〕齐安：即黄州。

〔27〕己亥：咸平二年（999）。

〔28〕嗣：继续。 葺（qì气）：修缮。

【译文】

黄冈这地方盛产竹子，大的像椽子那样，竹工劈开它，砍去它的节，用来替代泥土烧就的瓦，挨门挨户都是这样，因为它价钱便宜又节省工夫。

月城的西北角，城上的矮墙坍塌了，杂乱丛生的草木，脏得很，因此在这里修建了两间小楼，与月波楼相通。远处的山色可以尽收眼底，近处的急流好像都涌进胸怀，真是幽静而辽远，无法一一尽述。夏日适合听赏急雨，有瀑布的声响；冬天适合观赏大雪，有碎玉的声音；还适合弹琴，琴的声调空灵飘逸；适合吟诗，诗韵清极；适于下棋，棋子声音清脆；适于投壶，箭声格外响亮：这都是由于竹楼所助成的。

每当办公回来的时候，我身披羽毛做的斗篷，头戴隐士用的帽子，手里拿着《周易》，点上香默默地坐着，一切世间的忧虑都排除了。在江山之外只看到风驶船帆和沙上鸥鸟，以及烟云竹树而已。等到酒醒茶烟散，便是送夕阳，迎明月，也算是贬谪生活中的佳趣吧。

那齐云楼、落星楼，高是真高！那井干楼、丽谯楼，美也真美！只是用来藏妓女，奏歌舞，那不是我们文人的事，我是不会那样做的。

我听竹工说："以竹代瓦，只能用十年，若多铺上一层，可用二十年。"唉！我在至道元年，自翰林学士贬为滁州刺史，至道二年又调为广陵刺史，至道三年又被召回中书省供职，咸平元年的年底，又被贬为黄州刺史。于次年闰三月到达那里。四年之中，东奔西走，不得闲暇；不知明年又将在哪里！难道我还怕竹楼容易朽烂吗？希望后来的人与我有同样的志趣，继续修缮它，这竹楼便不会毁坏了。咸平二年八月十五日记。

（冀　勤）

岳 阳 楼 记 [1]

范仲淹 [2]

庆历四年春 [3]，滕子京谪守巴陵郡 [4]。越明年，政通人和，百废具兴，乃重修岳阳楼，增其旧制，刻唐贤、今人诗赋于其上；属予作文以记之 [5]。

予观夫巴陵胜状，在洞庭一湖 [6]。衔远山，吞长江，浩浩汤汤 [7]，横无际涯 [8]；朝晖夕阳，气象万千。此则岳阳楼之大观也，前人之述备矣。然则北通巫峡 [9]，南极潇湘 [10]，迁客骚人 [11]，多会于此，览物之情，得无异乎？

若夫霪雨霏霏 [12]，连月不开，阴风怒号，浊浪排空，日星隐耀，山岳潜形；商旅不行，樯倾楫摧 [13]；薄暮冥冥 [14]，

虎啸猿啼；登斯楼也，则有去国怀乡 [15]，忧谗畏讥 [16]，满目萧然，感极而悲者矣。

至若春和景明，波澜不惊，上下天光，一碧万顷；沙鸥翔集，锦鳞游泳 [17]，岸芷汀兰 [18]，郁郁青青。而或长烟一空，皓月千里 [19]，浮光跃金，静影沉璧，渔歌互答，此乐何极！登斯楼也，则有心旷神怡，宠辱偕忘，把酒临风，其喜洋洋者矣。

嗟夫！予尝求古仁人之心，或异二者之为。何哉？不以物喜，不以己悲。居庙堂之高 [20]，则忧其民；处江湖之远，则忧其君：是进亦忧，退亦忧。然则何时而乐耶？其必曰：先天下之忧而忧，后天下之乐而乐欤？噫！微斯人 [21]，吾谁与归！时六年九月十五日。

【题解】

这篇《岳阳楼记》用了比较多的篇幅描绘洞庭湖的景色，以及它千变万化的胜状。作者别开生面，从忧和喜两种角度来写，写喜是"心旷神怡"、"其喜洋洋"；写忧是"满目萧然，感极而悲"。然后进一步写仁人之用心，"不以物喜，不以己悲"，归结到："先天下之忧而忧，后天下之乐而乐"。这样来写，就超出于唐人所写的山水记了。宋王正德《余师录》卷一说："范文正公为《岳阳楼记》，用对语说时景，世以为奇，尹师鲁（洙）读之曰：'此传奇体耳。'"传奇指唐裴铏所著《传奇》，即唐人小说，多用对偶体。尹洙主张古文，反对对偶体，所以这样说。其实，全篇散体与骈体交相运用，将叙事议论写景抒情巧妙地融合在一起，使文章的气势磅礴，感情热烈，动人心弦，遂成为脍炙人口的佳作。尹洙的批评是不对的。

【注释】

〔1〕本篇选自《范文正公集》。　岳阳楼：在今湖南岳阳，面对洞庭湖。

〔2〕范仲淹（989—1052）：字希文，苏州吴县（今属江苏）人，北宋著名

的政治家、文学家。宋真宗大中祥符八年（1015）进士。宋仁宗庆历年间，官至参知政事（副宰相），上书提出十条改革政治意见，被贬为邓州（今河南邓县）知州。这篇文章便是他受贬时写的。著有《范文正公集》。

〔3〕庆历：宋仁宗年号。　四年：1044年。

〔4〕滕子京：名宗谅，河南府（今河南洛阳附近）人，与范仲淹同年进士，又是好友，因被诬告浪费公家钱财，由庆州（今甘肃庆阳）知州降为岳州（今湖南岳阳）知州。　谪（zhé哲）：即官吏被降级或调任偏远地区。巴陵：岳州的古称。

〔5〕属（zhǔ煮）：同"嘱"，托付。

〔6〕洞庭湖：在岳阳境西南，与岳阳楼相对，是我国内陆第一大湖泊。

〔7〕浩浩汤（shāng商）汤：形容水势浩大。

〔8〕横：宽广。　际涯：边际。

〔9〕巫峡：长江三峡之一，在重庆巫山东。

〔10〕潇湘：指湖南的潇水、湘水，两水合流而入洞庭湖。

〔11〕迁客：指遭贬的人。

〔12〕若夫：常用虚词，犹"至于"。下一段的"至若"用法同此。　霪（yín银）雨：雨下得久。　霏（fēi飞）霏：形容雨点细密。

〔13〕樯（qiáng墙）：船的桅杆。　楫（jí吉）：划船的桨。

〔14〕薄（bó伯）：迫近，接近。　冥（míng明）冥：昏暗。

〔15〕去国：离开国都，指被贬外迁。

〔16〕忧谗（chán蝉）：担心受到诽谤。

〔17〕锦鳞：鱼的美称。

〔18〕芷：香草。　汀（tīng听）：小洲。

〔19〕皓（hào浩）：洁白。

〔20〕庙堂：宗庙殿堂，指朝廷。

〔21〕微：没有。　斯人：这样的人。

【译文】

庆历四年的春天，滕子京被贬官到岳州任知州。过了一年，政务顺利，人民和睦相处，所有废置的事业都兴办起来，便重新修缮岳阳楼，扩充它旧有的规模，把唐朝先贤和当今名人的诗赋刻在楼上；嘱咐我写一篇文章记述这件事。

我看岳州的美好景色，在洞庭湖上。湖水映含着远山，吞吸着长江的水，浩浩荡荡，无边无际；早晨晚上晴阴不同，气象景色千变万化。这就是在岳阳楼上看到的壮观景象，前人已描述得很全面了。然而它北通巫峡，南达潇水和湘水，被贬官的人和诗人文士，多来这里聚会，观赏景物的心情，能没有不同吗？

至于阴雨连绵，久不放晴，阴风呼号，恶浪冲天，日月星辰隐没了光辉，山岳也被掩遮得毫无踪影，商人和旅客不能前行，桅杆和船桨也毁坏了，傍晚一片昏暗，能听到老虎和哀猿的嚎叫。这时候登上岳阳楼，就会感到自己被贬离京，怀念家乡，担心受人诽谤和讥讽，看到的都是萧条的景象，心里格外感到悲伤了。

至于春光明媚，波涛不起，天光照映水中，碧波万顷，鸣鸟群飞，锦鱼游泳，岸边的芳草郁郁葱葱。有时烟雾消散，明月普照大地，水上浮动的月光像跳动的金子，凝静的倒影像玉璧沉在水底，渔夫的歌声互相呼应，真有说不尽的快乐！这时候登上岳阳楼，就会感到心情舒畅，精神愉快，什么荣辱得失全忘了，手持酒杯，面对这样的风光，真是洋洋得意了。

唉！我曾经探求古时品格高尚的人的心思，有与上面两种情绪不同的表现。为什么呢？不因景物的美好而欢喜，不因自身的不幸而悲哀。在朝廷做官，替人民担忧；在江湖上远离朝廷，又替君主担忧；这是做官担忧，退隐也担忧。那么什么时候才会快乐呢？他们必定会说：忧在天下人之先，乐在天下人之后吧？啊！不是这样的人，我还能与谁同归呢？时在庆历六年九月十五日。

（冀 勤）

醉 翁 亭 记 [1]

欧阳修 [2]

环滁皆山也 [3]。其西南诸峰，林壑尤美 [4]。望之蔚然而深秀者 [5]，琅琊也 [6]。山行六七里，渐闻水声潺潺而泻出于两峰之间者 [7]，酿泉也 [8]。峰回路转，有亭翼然临于泉上者 [9]，醉翁亭也。作亭者谁？山之僧曰智仙也。名之者谁？太守自谓也 [10]。太守与客来饮于此，饮少辄醉 [11]，而年又最高，故自号曰醉翁。醉翁之意不在酒，在乎山水之间也。山水之乐，得之心而寓之酒也 [12]。

若夫日出而林霏开 [13]，云归而岩穴暝，晦明变化者，山间之朝暮也。野芳发而幽香，佳木秀而繁阴，风霜高洁，水落而石出者，山间之四时也。朝而往，暮而归，四时之景不同，而乐亦无穷也。

至于负者歌于途，行者休于树，前者呼，后者应，伛偻提携 [14]，往来而不绝者，滁人游也。临溪而渔，溪深而鱼肥；酿泉为酒，泉香而酒洌 [15]；山肴野蔌 [16]，杂然而前陈者，太守宴也。宴酣之乐，非丝非竹 [17]；射者中 [18]，弈者胜 [19]；觥筹交错 [20]，起坐而喧哗者，众宾欢也。苍颜白发，颓然乎其间者 [21]，太守醉也。

已而夕阳在山，人影散乱，太守归而宾客从也。树林阴翳 [22]，鸣声上下，游人去而禽鸟乐也。然而禽鸟知山林之乐，而不知人之乐；人知从太守游而乐，不知太守之乐其乐也 [23]。醉能同其乐，醒能述以文者，太守也。太守谓谁？庐陵欧阳修也。

【题解】

欧阳修于宋仁宗庆历五年（1045）被贬到滁州任知州，写下了这篇著名的记。通篇着重在描绘优美多变的景物和叙说游山玩水的乐趣，意在借此摆脱他政治失意的伤感，寄托他与民同乐的理想。作者不是将真意直接地写出，而是婉转地透露。他"自号曰醉翁"，他《赠沈遵》诗："我时四十犹强力，自号醉翁聊戏客。"他还未老而自称醉翁，这里就透露出他被贬官的失意心情。有人看到文章的原稿，开头写了许多山，后来都删去，只剩下"环滁皆山也"一句，这是符合全篇文章的要求，是改得好的。全篇写"醉翁之意不在酒"，却又说"在乎山水之间也"，把自己被贬官的失意不说，却写山水之诱人，说山亭的来历。文章散骈结合，挥洒自如，情致丰富，耐人寻味。全篇用了二十一个"也"字，有它的特点。是一篇给读者充分留有思索余地的好作品。

【注释】

〔1〕本篇选自《欧阳文忠公集》。　醉翁亭：在安徽省滁州西南山中。

〔2〕欧阳修（1007—1072）：字永叔，吉州吉水（今属江西）人。宋仁宗天圣八年（1030）进士。官右正言知制诰。上《朋党论》，为范仲淹等人被诬为朋党辩护，被贬为滁州知州。他的诗、文、词都有自己的特点。他提倡古文，对北宋文风有很大影响。著有《欧阳文忠公集》。

〔3〕滁（chú除）：滁州。

〔4〕壑（hè鹤）：山沟。

〔5〕蔚（wèi卫）然：草木繁盛的样子。

〔6〕琅琊（láng yá郎牙）：山名，在今安徽滁州西南十里。

〔7〕潺（chán蝉）潺：流水声。

〔8〕酿（niàng娘去声）泉：泉名，即琅琊泉，泉水可酿酒。

〔9〕翼然：张翅欲飞的样子。

〔10〕太守：汉唐时期郡的行政长官，宋时则称知州。此系欧阳修自称。

〔11〕辄（zhé哲）：每，就。

〔12〕寓（yù玉）：寄托。

〔13〕林霏：林中的雾气。

〔14〕伛偻（yǔ lǚ雨吕）：驼背的老人。

〔15〕洌（liè列）：清凉。

〔16〕山肴野蔌（sù素）：山味野菜。

〔17〕丝、竹：泛指管弦乐。

〔18〕射者中（zhòng众）：指投壶，见《黄州新建小竹楼记》注。

〔19〕弈（yì易）：下围棋。

〔20〕觥（gōng公）：酒杯。　筹：行酒令用的筹码。

〔21〕颓（tuí推阳平）然：酒后昏沉欲倒的样子。

〔22〕翳（yì义）：遮蔽。

〔23〕乐其乐：乐他的乐，即喜欢"得之心而寓之酒"，这不是别人所能体会的。

【译文】

环绕着滁州的都是山哟。它的西南边的众多山峰，树林和沟壑更美。望过去郁郁葱葱繁盛幽深的，是琅琊山哟。沿山路走六七里，渐渐听到潺潺的流水从两峰之间泻出，是酿泉哟。山峰环绕，山路回转，有一座亭子宛如展翅欲飞的鸟靠在泉上的，是醉翁亭哟。建造亭子的是谁？是山上的和尚名叫智仙哟。给它命名的是谁呢？是太守的别号哟。太守与客人来这里饮酒，喝一点就醉，而且他的年纪最大，就自称醉翁哟。醉翁的心思不在酒上，而是在山水之间哟。欣赏山水的快乐，领会在心头，寄托却在酒上哟。

每当太阳出山，林中的雾气就消散了，暮云归来，山涧又顿时昏暗，这种明朗与昏暗的变化，就是山间的清晨与夜晚的区别哟。野花开放而散发出清香，好的树木挺秀而有浓荫，天高气爽而露霜清洁，涧水低落而露出山石，这就是山中的四季哟。每天晨出晚归，欣赏着四季不同的风景，那乐趣真是无穷无尽哟。

至于那背着东西一路唱歌的，那走累了在树下休息的，那前呼后应的，还有那驼背的老人和牵着的孩子，来往不断，都是滁州当地的游人哟。在岸边捕鱼，水深而鱼肥；用酿泉水造

酒，泉清而酒香；山味和野菜，杂乱地摆在面前的，便是太守的宴席哟。宴席上使大家欢乐的，不是丝竹之乐；有投壶得中的，有下棋得胜的；酒杯和筹码交互错乱；有的站起，有的坐下，闹嚷成一片，这是客人们的欢乐哟。脸面苍老而头发花白的，昏沉欲倒坐在中间的，是喝醉了的太守哟。

接着，太阳在山上，人影晃动，太守回去而客人跟着哟。树林浓荫遮蔽，鸟儿上下飞鸣，游人离去了鸟儿乐哟。然而鸟儿只知山林的快乐，而不知人们的快乐；人们知道跟着太守游山的快乐，而不知太守快乐他所快乐的事哟。醉时能和大家同乐，醒时又能把这些记述下来的，是太守哟。太守是谁呢？就是庐陵的欧阳修哟。

（冀　勤）

五代史伶官传序 [1]

欧阳修

呜呼！盛衰之理，虽曰天命，岂非人事哉！原庄宗之所以得天下 [2]，与其所以失之者，可以知之矣。世言晋王之将终也 [3]，以三矢赐庄宗而告之曰："梁 [4]，吾仇也；燕王 [5]，吾所立；契丹与吾约为兄弟 [6]，而皆背晋以归梁。此三者吾遗恨也。与尔三矢。尔其无忘乃父之志 [7]！"庄宗受而藏之于庙 [8]。其后用兵，则遣从事以一少牢告庙 [9]，请其矢，盛以锦囊，负而前驱，及凯旋而纳之 [10]。方其系燕父子以组 [11]，函梁君臣之首 [12]，入于太庙，还矢先王而告以成功，其意气之盛，可谓壮哉！及仇雠已灭 [13]，天下已定，一夫夜呼，乱者四应〔14〕，苍皇东出〔15〕，未及见贼，而士卒离散，君臣相顾，不知所归，至于誓天断发〔16〕，泣下沾襟，何其衰也！

岂得之难而失之易欤？抑本其成败之迹，而皆自于人欤？《书》曰："满招损，谦受益〔17〕。"忧劳可以兴国，逸豫可以亡身〔18〕，自然之理也。故方其盛也，举天下之豪杰，莫能与之争；及其衰也，数十伶人困之而身死国灭〔19〕，为天下笑。夫祸患常积于忽微〔20〕，而智勇多困于所溺〔21〕。岂独伶人也哉！作《伶官传》。

【题解】

唐代之后是五代（907—960），即后梁、后唐、后晋、后汉、后周五个封建王朝。欧阳修为这段纷乱的历史写下《五代史记》，为区别于薛居正先写成的《五代史》，而称欧著为《新五代史》。伶官是指封建朝廷中有官职的戏曲演员。这一篇是欧阳修《新五代史》中为伶官作传的序文。一开始便指出国家的盛衰不在"天命"而在"人事"，这是一个有价值的历史经验。作者运用了若干例证和古训加以对比，展开论述，层层深入，说明"忧劳可以兴国，逸豫可以亡身"的道理，颇具说服力，是一篇气势浑厚、富有文采、简洁流畅、不可多得的议论文佳作。

【注释】

〔1〕本篇选自《新五代史》。《五代史伶官传序》：见题解。

〔2〕庄宗：指后唐庄宗李存勖（xù序），李克用的长子，沙陀部人，灭后梁自称帝，国号唐，史称后唐。

〔3〕晋王：沙陀部首领李克用，唐昭宗时封为晋王。

〔4〕梁：指后梁太祖朱温。他本是黄巢起义军将领，因降唐而被封为梁王。后又灭唐，自立为帝，国号梁，史称后梁。

〔5〕燕王：指燕帝刘守光的父亲刘仁恭。他与李克用有隙，后归附梁朝。

〔6〕契丹：当时东北地区的少数民族，其酋长耶律阿保机曾与李克用结为兄弟，后背弃盟约归附梁朝。

〔7〕乃父：你的父亲。

〔8〕庙：指太庙，是帝王祭祀祖宗的庙堂。

〔9〕从事：泛指属官。　少牢：古代祭祀仅用羊、猪为祭品的称少牢；用牛、羊、猪为祭品的称太牢。以此区分祭祀的隆重程度。　告庙：在太庙的祖宗面前祷告。

〔10〕纳：接受。

〔11〕系：拴起。　父子：指刘仁恭、守光父子。　组：绳。

〔12〕函：匣子，这里是用匣藏。　君臣：指梁末帝朱友贞与他的臣子。

〔13〕仇雠（chóu愁）：仇敌。

〔14〕一夫夜呼，乱者四应：军士皇甫晖在贝州（今河北南宫）夜间发动兵变，邺都将赵在礼、邢州将赵太等起来响应。

〔15〕苍皇：慌慌张张。

〔16〕誓天断发：后唐同光四年（926），李存勖带领残兵返回洛阳时，大臣元行钦等百余人用刀断发，以示忠诚。

〔17〕满招损，谦受益：是《尚书·大禹谟》中的名言。

〔18〕逸豫：安逸快乐。

〔19〕数十伶人困之而身死国灭：指李嗣源背叛李存勖后，伶官郭从谦也兴风作乱，李存勖被乱箭射死。

〔20〕忽微：小数点后为分、厘、毫、丝、忽、微，指极微细。

〔21〕溺（nì逆）：溺爱，爱得过分。

【译文】

　　唉！兴盛和衰败的道理，虽说是天命，难道不是人为的吗！探求庄宗所以得天下，又所以失天下的原因，便可明白这个道理了。世上说晋王的临终，拿了三支箭给庄宗，并告诉他说："梁朝是我的仇敌；燕王是我拥立的；契丹与我有兄弟的盟约，他们都背叛了我们而归附梁朝。这三件事是我的遗恨，给你这三支箭，你不要忘了父亲的遗志！"庄宗接受了箭，并把它藏在太庙里。此后出兵作战，就派官员带上猪羊祭品到太庙去祷告，请出箭，装在锦袋里，背着在前赶路，等到胜利归来再把箭藏回太庙里。当他用绳子捆起燕朝的父子，用匣子装起梁朝君臣的头，送到太庙去，将箭还归先王，并以胜利告慰先王时，那意气的旺盛，可以说是雄壮啊！等到仇敌已经消灭，天下已经安定，一个人在黑夜里呼喊，谋乱的人便从四面响应，君臣慌慌张张向东出走，还没碰见谋乱者，兵士们就离散了，君臣们你瞧我，我瞧你，都不知该投奔到哪里去，以至于对天发誓，割断头发，泪湿衣衫，怎么会是这般衰败呀！

难道是得胜的困难而失败的容易呢？还是追寻成败的踪迹，都是由于人的原因呢？《尚书》里说："自满会招致损害，谦虚能得到益处。"忧虑和辛勤可以使国家兴盛，安逸和享乐可以使自己毁灭，这是自然的道理。所以当他强盛时，举凡天下的英雄豪杰，没有能跟他竞争的；到他的衰败，几十个伶人包围住他，便会使他丧命亡国，为天下人耻笑。可见祸患常常起于极微细的事，而大智大勇者多是受困于所溺爱的事情，难道惟独伶人是这样的吗！作《伶官传》。

（冀　勤）

六　　国 [1]

苏　洵 [2]

六国破灭，非兵不利 [3]、战不善，弊在赂秦 [4]；赂秦而力亏，破灭之道也。或曰："六国互丧，率赂秦耶 [5]？"曰："不赂者以赂者丧。盖失强援，不能独完，故曰，'弊在赂秦'也。"

秦以攻取之外，小则获邑，大则得城，较秦之所得，与战胜而得者，其实百倍；诸侯之所亡，与战败而亡者，其实亦百倍。则秦之所大欲，诸侯之所大患，固不在战矣。

思厥先祖父暴霜露、斩荆棘^[6]，以有尺寸之地，子孙视之不甚惜，举以予人，如弃草芥^[7]。今日割五城，明日割十城，然后得一夕安寝；起视四境，而秦兵又至矣。然则诸侯之地有限，暴秦之欲无厌^[8]，奉之弥繁，侵之愈急，故不战而强弱胜负已判矣。至于颠覆，理固宜然。古人云^[9]："以地事秦，犹抱薪救火，薪不尽，火不灭。"此言得之。

齐人未尝赂秦，终继五国迁灭，何哉？与嬴而不助五国也^[10]。五国既丧，齐亦不免矣。燕赵之君，始有远略，能守其土，义不赂秦，是故燕虽小国而后亡，斯用兵之效也。至丹以荆卿为计^[11]，始速祸焉。赵尝五战于秦，二败而三胜，后秦击赵者再，李牧连却之^[12]。洎牧以谗诛^[13]，邯郸为郡^[14]，惜其用武而不终也。且燕赵处秦革灭殆尽之际，可谓智力孤危；战败而亡，诚不得已。向使三国各爱其地^[15]，齐人勿附于秦，刺客不行，良将犹在，则胜负之数^[16]，存亡之理，当与秦相较，或未易量。

呜呼！以赂秦之地，封天下之谋臣；以事秦之心，礼天下之奇才，并力西向，则吾恐秦人食之不得下咽也。悲夫！有如此之势，而为秦人积威之所劫^[17]，日削月割，以趋于亡。为国者无使为积威之所劫哉！

夫六国与秦皆诸侯，其势弱于秦，而犹有可以不赂而胜之之势；苟以天下之大，下而从六国破亡之故事，是又在六国下矣。

【题解】

作者写《权书》十篇，这是其中的一篇。从文章结尾看，此文的用意是针对当时统治阶级妥协苟安的外交政策而发的议论，他摘取了战国时齐、楚、燕、赵、韩、魏六个诸侯国灭亡的历史事件，论述了他们灭亡的原因和教训，主要是贿赂秦国，割地纳物，增强了秦国的财富而削弱了自我的力量，最终招致灭亡。当然，不可能要求作者看清秦国统一天下是社会发展的必然，即使不贿赂秦国，秦国也会统一的历史规律。文章从揭示史实入手，句句有据；展开论述，说理透辟；见解卓越，发人深省。从思想内容上说，它已是为政者的一篇教材；从议论文的写法上说，它也是为文者历来传颂的佳作。

【注释】

〔1〕本篇选自《嘉祐集》。《六国》：本篇为苏洵《权书》十篇之一，选本称《六国论》，《权书》无"论"字。

〔2〕苏洵（xún旬，1009—1066）：字明允，号老泉，眉山（今属四川）人。官秘书省校书郎。著名的散文家。著有《嘉祐集》。

〔3〕兵：武器。

〔4〕赂（lù路）秦：指六国以割地、赠银物贿赂秦国。赂，贿赂。

〔5〕率：全都。

〔6〕厥：其，指六国诸侯。

〔7〕芥：小草，喻微细不足道的东西。

〔8〕厌：满足。

〔9〕古人：指战国时苏秦的弟弟苏代。下面引出的话是他游说六国抗秦时对魏安厘王说的话，见《史记·魏世家》。

〔10〕嬴（yíng迎）：秦王姓氏，指秦国。

〔11〕丹：燕太子。荆卿：荆轲。太子丹派荆轲去刺秦王，不中，引秦兵来攻燕国。

〔12〕李牧：赵国大将，屡败秦国的进攻。

〔13〕洎（jì计）：及到。谗（chán蝉）：谗言。秦买通赵王宠臣郭开，使他向赵王进谗言，说李牧要谋反，李牧被杀。

〔14〕邯郸（hán dān韩丹）：今河北邯郸，战国时是赵国的都城。

〔15〕三国：指楚、魏、韩三国。

〔16〕数（shù术）：指运数。

〔17〕积威：积累起的威势。劫：威逼要挟。

【译文】

六国的灭亡，不是因为兵器不锋利、仗打得不好，弊病就

在贿赂秦国上；贿赂秦国使自己的力量亏空了，这就是他们灭亡的道理。有人说："六国相继灭亡，都是因为贿赂秦国吗？"答道："不贿赂秦国的国家也因贿赂秦国的国家而灭亡。大概失去了强有力的援助，不能独自保全，所以说，'弊病就在贿赂秦国'。"

秦国在攻取之外，从贿赂得到的小城、大城，这样得到的土地，比用攻取得到的土地，实际要大百倍；六国贿赂割让的土地，也比战败丢失的土地，实际也要大百倍。那秦国最贪求的，六国的最大祸患，原本不在战争上。

想到他们的先辈餐风宿露、披荆斩棘，为了占有一点点土地，而子孙却对土地不太珍惜，动不动便送人，如同扔掉草芥一般。今天割让五城，明天割让十城，才能换得一夜的安稳觉；起身向四境一看，秦兵又来了。然而六国的土地是有限的，强暴秦国的贪欲是满足不了的，奉送贿赂的越多，他侵占吞并的越急，所以用不到战争，而谁强谁弱谁胜谁败已经分辨得很清楚了。至于六国彻底灭亡，道理本该如此。古人说："用土地侍奉秦国，就像抱柴救火一样，柴没有烧完，火也不会熄灭。"这话是对的。

齐人未曾贿赂秦国，终于随着五国灭亡，为什么呢？因为齐人联合秦国而没有帮助五国。五国既然灭亡了，齐国自然不可避免。燕国和赵国的君主，当初是有远大谋略的，能守住自己的土地，义不贿赂秦国，所以说燕国虽小却最后灭亡，这就是用兵抗秦的效果。到燕太子丹用了派荆轲刺秦王的计策，反而招来了灾祸。赵国曾经五次对秦国作战，败了两次，胜了三次，后来秦兵两次攻打赵国，李牧两次把他们击退。到了李牧因受诽谤而被杀，赵国都城邯郸才成了秦国的郡城，可惜赵国用武力抗秦没有坚持到最后。并且燕赵处在秦国快要灭尽其他国家的时候，可说是智穷力单，与秦国作战失败而灭亡，实在是不得已的。假如楚、韩、魏三国各自珍惜自己的土地，齐国不去依附秦国，燕国也不去行刺，赵国的良将李牧还健在，那么谁胜谁败的命运，谁存谁亡的道理，应当与秦国相比较，或许还不易判断。

唉！如果把贿赂秦国的土地，封给天下的谋臣；把侍奉秦国的热心，礼待天下的奇才，合力向西对付秦国，那我怕秦人吞并亡国是咽不下去的。可悲啊！有这样好的形势，而被秦人积累起来的威势所胁迫，天天割地，月月割地，以至于走向灭亡。治理国家的人不要让积累起来的威势所胁迫啊！

六国和秦国原本都是诸侯国，他们的势力比秦国弱，可还是有不用贿赂而能胜过秦国的形势。如果凭着天下之大，用下策去走六国灭亡的旧路，这又连六国也不如了。

（冀　勤）

爱 莲 说 [1]

周敦颐 [2]

水陆草木之花，可爱者甚蕃 [3]。晋陶渊明独爱菊 [4]；自李唐来，世人甚爱牡丹 [5]；予独爱莲之出淤泥而不染，濯清涟而不妖 [6]，中通外直 [7]，不蔓不枝，香远益清 [8]，亭亭净植 [9]，可远观而不可亵玩焉 [10]。

予谓菊，花之隐逸者也 [11]；牡丹，花之富贵者也 [12]；莲，花之君子者也。噫！菊之爱，陶后鲜有闻；莲之爱，同予

者何人？牡丹之爱，宜乎众矣！

【题解】

这是一篇咏物言志的小品，但其立意却是相当严肃的，其中"出淤泥而不染，濯清涟而不妖"，千百年来，一直为志士仁人所推重，成为做人的典范。作者用菊和牡丹、陶渊明和世人、隐逸者和富贵者、"菊之爱"和"牡丹之爱"，一一衬托莲花、自己和"莲之爱"，在鲜明的对比中，巧妙地寄托自己超群脱俗的情操；并在具体描绘莲花特征中，赋予其极其美好的品格。以"出淤泥而不染"寓其不同流合污；以"濯清涟而不妖"寓其洁净不妖媚；以"中通外直"，"亭亭净植"寓其卓然挺立；以"香远益清"寓其香气清幽；以"远观而不可亵玩"寓其庄重不可轻狎，这种种描写，因其比喻贴切，而且形神兼备，所以能给人丰富的联想和深刻的启示，成为一篇脍炙人口的名作。

【注释】

〔1〕本篇选自《周元公集》。

〔2〕周敦颐（1017—1073）：字茂叔，宋道州营道（今湖南道县）人，北宋著名理学家，著有《太极图说》、《通书》、《周元公集》。

〔3〕蕃（fán烦）：繁，多。

〔4〕陶渊明：见《桃花源记》注。

〔5〕李唐：唐朝的皇帝姓李，故称李唐。唐人极爱牡丹。唐李肇《国史补》称牡丹"一本（棵）有值数万者"。宋人也爱牡丹，宋欧阳修有《洛阳牡丹记》。

〔6〕濯（zhuó浊）：洗涤。　妖：妖艳，美丽但失庄重。

〔7〕中通外直：里边贯通，外面笔直。

〔8〕益清：越发清幽。

〔9〕净：洁净。　植：立着。

〔10〕亵（xiè谢）：不庄重的狎近。

〔11〕花之隐逸者：菊花在众多花草枯萎时开花，故称。

〔12〕花之富贵者：牡丹花娇艳绚丽，故称。

【译文】

水里陆上、草本木本的花，可爱的很多。晋人陶渊明独独喜爱菊花。自从唐朝以来，世人很喜爱牡丹；而我独喜爱莲花的从淤泥里生出来而不受玷污，在清澈的水中洗涤过却不显得妖艳。它的茎中心贯通，外表笔直，既不牵连，又不横生枝节，香气在远处闻到就越发觉得清幽，挺立在洁净的水上，可以远远地观赏，而不可以轻慢地狎弄。

我以为，菊花是百花中的隐士，牡丹是百花中的贵人；莲花是百花中的君子啊！唉！对菊花的喜爱，陶渊明之后就很少听说；对莲花的喜爱，同我一样的人还有谁呢？而对于牡丹的喜爱，当然是很多了。

（徐明羿）

寄欧阳舍人书^[1]

曾 巩^[2]

巩顿首载拜舍人先生^[3]：去秋人还，蒙赐书，及所撰先大父墓碑铭^[4]，反复观诵，感与惭并。夫铭志之著于世^[5]，义近于史，而亦有与史异者。盖史之于善恶，无所不书；而铭者盖古之人有功德才行志义之美者，惧后世之不知，则必铭而现之，或纳于庙^[6]，或存于墓，一也。苟其人之恶，则于铭乎何有？此其所以与史异也。其辞之作，所以使死者无有所憾，生者得致其严^[7]。而善人喜于见传，则勇于自立；恶人无有所纪，则以愧而惧。至于通材达识，义烈节士，嘉言善状，皆见于篇，则足为后法。警劝之道，非近乎史，其将安近？

及世之衰，人之子孙者，一欲褒扬其亲，而不本乎理。故

虽恶人，皆务勒铭[8]，以夸后世。立言者既莫之拒而不为，又以其子孙之所请也，书其恶焉，则人情之所不得，于是乎铭始不实。后之作铭者，常观其人，苟托之非人，则书之非公与是，则不足以行世而传后。故千百年来，公卿大夫至于里巷之士，莫不有铭，而传者盖少，其故非他，托之非人，书之非公与是故也。

然则孰为其人，而能尽公与是欤？非蓄道德而能文章者，无以为也。盖有道德者之于恶人，则不受而铭之，于众人则能辨焉。而人之行，有情善而迹非，有意奸而外淑[9]，有善恶相悬而不可以实指，有实大于名，有名侈于实[10]。犹之用人，非蓄道德者，恶能辨之不惑[11]，议之不徇[12]？不惑不徇，则公且是矣！而其辞之不工，则世犹不传，于是又在其文章兼胜焉。故曰：非蓄道德而能文章者，无以为也，岂非然哉！

然蓄道德而能文章者，虽或并世而有，亦或数十年或一二百年而有之，其传之难如此，其遇之难又如此。若先生之道德文章，固所谓数百年而有者也。先祖之言行卓卓[13]，幸遇而得铭，其公与是，其传世行后无疑也。而世之学者，每观传记所书古人之事，至其所可感，则往往盡然不知涕之流落也[14]，况其子孙也哉！况巩也哉！其追晞祖德[15]，而思所以传之之由，则知先生推一赐于巩，而及其三世[16]，其感与报，宜若何而图之？

抑又思若巩之浅薄滞拙，而先生进之；先祖之屯蹶否塞以死[17]，而先生显之，则世之魁宏豪杰不世出之士[18]，其谁不愿进于门？潜遁幽抑之士[19]，其谁不有望于世？善谁不为？而恶谁不愧以惧？为人之父祖者，孰不欲教其子孙？为人之子孙者，孰不欲宠荣其父祖？此数美者，一归于先生！既拜赐之辱〔20〕，且敢进其所以然。所谕世族之次，敢不承教而加详焉〔21〕。愧甚，不宣〔22〕，巩再拜。

【题解】

这是曾巩写给欧阳修的一封信。宋仁宗庆历六年（1046）夏，曾巩请欧阳修为他的祖父曾致尧撰写墓道碑铭，当年秋，曾巩收到回信与写好的碑铭。庆历七年，曾巩就写此信向欧阳修致谢。这封信写出了对世俗弄虚作假的墓志铭的批判。作者站在儒家传统蓄道德能文章的立场上，从铭志的作用及撰写目的入笔，以人之善恶为喻，一正一反地论证了铭志义近于史的警劝作用。提出了铭志撰写的"公与是"，归结到"蓄道德而能文章"的要求，是点题之笔。这样落到"若先生之道德文章，固所谓数百年而有者也"就水到渠成，顺理成章了。信写得结构完整，逻辑谨严，议论层层剥笋，舒缓不迫，极富感染力。

【注释】

〔1〕本篇选自《元丰类稿》。 欧阳舍人：欧阳修在庆历年间任知制诰、起居舍人，替皇帝起草命令。

〔2〕曾巩（1019—1083），字子固，宋建昌南丰（今属江西）人。宋仁宗嘉祐二年（1057）进士，官至中书舍人，谥文定，学者称南丰先生。他是唐宋八大家之一，文章深受欧阳修称赏，著有《元丰类稿》。

〔3〕顿首载拜：顿首，叩头。载拜，再拜。

〔4〕先大父：已故的祖父曾致尧。 墓碑铭：即《尚书户部郎中赠右谏议大夫曾公神道碑》，神道，即墓道。

〔5〕铭志：总指刻石记死者事迹的墓志铭、神道碑铭等，志记事，用散文，在前；铭用韵文，在志后。

〔6〕纳于庙：置于家庙里。

〔7〕得致其严：能表达他的尊敬。严，尊敬。

〔8〕勒：刻。

〔9〕淑：善良。

〔10〕侈（chǐ尺）：超过。

〔11〕恶（wū乌）：疑问代词，怎，如何。

〔12〕徇（xùn训）：曲从，袒护。

〔13〕卓卓：优异，超出一般。

〔14〕嘉（xì细）然：伤痛的样子。

〔15〕睎（xī西）：仰慕。

〔16〕三世：祖父、父、自己共三代。

〔17〕屯蹶（zhūn jué谆决）：困顿挫折。　否（pǐ匹）塞：遭遇不好。

〔18〕魁宏：俊伟。　不世出：不常出现，世所罕有。

〔19〕潜遁幽抑：退隐穷居，抑郁不得志。

〔20〕拜赐之辱：谦逊的说法，认为这赐与（指撰写碑铭事）有辱赐者。

〔21〕所谕世族之次二句：欧阳修在《与曾巩论氏族书》里，称曾巩讲家族世次"考于史皆不合"，"宜更加考正"，所以曾巩说应加详考。

〔22〕不宣：不能尽述。

【译文】

曾巩叩首再拜欧阳舍人先生：去年秋天捎信人回来，承蒙赐给书信与所撰已故祖父的墓碑铭，反复观览捧读，既感激又惭愧。铭志的著称于世，义接近史书，却又有与史书不同的地方。大概史书对于善和恶没有不写的；而铭志的撰写，是对于那些有功德、才能、行为、志向、忠义等优点的古人，恐怕后世人不知道，就一定写成铭志来彰显他，有的置于家庙，有的保存在墓地，是一样的。如果那人是恶的，那还有什么可铭志的呢？这是它所以与史书不同之处。它的文辞的撰写所以使死去的人没有什么遗憾，活着的人能够表达出他们的尊敬。善人乐于被传名，就奋发而自立；恶人没有记录，就惭愧而生畏惧。至于有才能博通、识见通达的人，义烈气节之士，好的言辞、善的事迹，都在文辞里得到表现，就足以成为后世的榜样。警戒和劝勉的道理，不是近于史书，又与什么相近呢？

到了时代衰微，作子孙的人，一味地想要褒扬他的亲人，而不根据情理。所以虽是坏人，都致力于刻石铭志，来夸耀后世。撰写的既没有拒绝而不写，又因为受他的子孙的请托，写他的恶，就不合乎人情，因此，铭志就开始不真实。后来作铭的，常常要看写的人，如果托写的不是可靠的人，就写得不公正、不真实，就不能够在世上传布并流传后世。所以，千百年来，从公卿大夫到里巷间的士子，都有铭志，但能流传下来的却很少，它的原因不是别的，就是所托非人，写得不公正、不真实的缘故。

那么谁是真能写出公正与真实铭志的人呢？不是积蓄道德而且擅长文章的人就无法做到。大概有道德的人对于恶人，就不受请托去写铭志，对于一般人也能够辨别。人的行为，有的用心善良却事迹不佳，有的内心奸恶而外表和善；有的善行和恶行相差悬殊，难以确凿指明；有的实际大于名声，有的名声超过实际。好比用人，不是积蓄道德的，哪能辨别得不疑惑、议论得不徇私呢？不疑惑、不徇私，就公正和真实了！然而撰写的文辞不佳，在世上也不能流传。因此又在于他的文章兼要写好。所以说，不是积蓄道德与能写文章的，便无从做到，难道不是这样吗？

然而积蓄道德与能写文章的，虽然有时同时代就有，也有时数十年或一二百年才有。铭志的传布的难像这样，写铭志的人的难以碰到又这样。像先生的道德文章，真是数百年才有的。先祖的言行卓越，幸而遇见您来作铭志，它的公正与真实，无疑会传布世间、传流后代。世间的学者，每次看到传记所写古人的事，到它可感之处，就往往于伤痛中不觉流下涕泪，何况是他的子孙啊，何况是我曾巩啊！他的追慕祖先之德，思考所以传世的原因，就晓得先生把赐给我一世的恩德推广到三世，他的感激与报答，应该怎样来考虑呢？

又还想到，像我曾巩的浅薄愚笨，先生促进他；我祖父困顿抑郁而死，先生表彰他。那世间俊伟与罕见的豪杰人物，有

谁不愿拜在您的门下呢？退隐抑郁的人，又有谁不有望于用世，谁不去做善事，谁不以做恶事而感到惭愧而畏惧呢？做人的父亲、祖父的，谁不想教育他的子孙？做人的子孙的，谁不想光显荣耀他的父祖呢？这几种良好的风气，全归先生。已经拜受到您的赏赐，并且敢讲所以然的道理。您所示氏族的世次，我怎敢不领教而加以详细探究呢？惭愧之极，不能尽述。曾巩再拜。

（赵伯陶）

李愬雪夜入蔡州 （节选） [1]

司马光 [2]

冬，十月，辛未[3]，李愬命马步都虞候随州刺史史旻等留镇文城[4]，命李祐、李忠义帅突将三千为前驱，自与监军将三千人为中军，命李进诚将三千人殿其后[5]。军出，不知所之；愬曰："但东行！"行六十里，夜，至张柴村，尽杀其戍卒及烽子[6]，据其栅；命士少休，食干糒[7]，整羁鞴[8]，留义成军五百人镇之[9]，以断朗山救兵[10]。命丁士良将五百人断洄曲及诸道桥梁[11]，复夜引兵出门。诸将请所之，愬曰："入蔡州取吴元济[12]。"诸将皆失色。监军哭曰："果落李祐奸计[13]！"时大风雪，旌旗裂，人马冻死者相望。天阴黑，自张柴村以东道路皆官军所未尝行，人人自以为必死；然畏愬，莫敢违。夜半，雪愈甚，行七十里，至州城。近城有鹅鸭池，愬令击之以混军声。

自吴少诚拒命[14]，官军不至蔡州城下三十余年，故蔡人不为备。壬申[15]，四鼓，愬至城下，无一人知者。李祐、李忠义钁其城为坎以先登[16]，壮士从之。守门卒方熟寐，尽杀之，而留击柝者[17]，使击柝如故。遂开门纳众。及里城，亦然，城中皆不之觉。鸡鸣雪止，愬入居元济外宅。或告元济曰："官军至矣！"元济尚寝，笑曰："俘囚为盗耳！晓当尽戮之。"又有告者曰："城陷矣！"元济曰："此必洄曲子弟就吾求寒衣也。"起，听于廷，闻愬军号令曰："常侍传语[18]。"应者近万人。元济始惧，曰："何等常侍，能至于此！"乃帅左右登牙城拒战[19]。

时董重质拥精兵万余人据洄曲，愬曰："元济所望者，重质之救耳！"乃访重质家，厚抚之，遣其子传道持书谕重质。重质遂单骑诣愬降。

愬遣李进诚攻牙城，毁其外门，得甲库，取其器械。癸酉[20]，复攻之，烧其南门。民争负薪刍助之，城上矢如蝟毛。晡时[21]，门坏，元济于城上请罪，进城梯而下之。甲戌[22]，愬以槛车送元济诣京师，且告于裴度[23]。是日，申、光二州及诸镇兵二万余人相继来降[24]。

自元济就擒，愬不戮一人，凡元济官吏、帐下、厨厩之卒，皆复其职，使之不疑。然后屯于鞠场以待裴度[25]。

庚辰[26]，裴度遣马总先入蔡州慰抚。辛巳[27]，度建彰义军节[28]，将降卒万余人入城，李愬具橐鞬出迎[29]，拜于路左[30]。度将避之，愬曰："蔡人顽悖，不识上下之分，数十年矣，愿公因而示之，使知朝廷之尊。"度乃受之。

【题解】

　　"安史之乱"以后，唐代藩镇割据日趋严重，吴元济纵兵四出劫

掠，唐宪宗元和十二年（817），李愬接任唐、邓节度使，以奇兵雪夜袭蔡州，生擒吴元济，平定淮西。这篇文章记述这次出奇制胜的有名战役。单就李愬雪夜入蔡州这一件事说，司马光的记事，有事前的布置，作了周密的安排；有行军的叙述，极为细致，写了种种活动，形象鲜明。写诸将的失色，写监军的哭，唐朝的监军多用太监，所以最为无能而哭，从中突出李愬的智勇双全，超出一般人。写攻入蔡州城，又用追述之笔，追叙从吴少诚拒命以来的情况，这个追叙，又与当时的情况联系，又与袭取蔡州联系，说明这个追叙的重要。同时也显出吴元济的无能，李愬已经入居元济外宅，元济还在睡觉，这又跟李愬的英明，构成对照。最后写李愬拜于路左，说明他不居功，给蔡州人示范，使知朝廷之尊，有见识。全篇语言精练，工于叙事，巧于剪裁，是史传文学中的典范之作。

【注释】

〔1〕本篇选自《资治通鉴》。 李愬(sù诉)(773—821)：字元直，唐洮州临潭（今属甘肃）人。为唐、邓节度使，以攻入蔡州（今河南汝南）擒吴元济功，为山南东道节度使，累官太子少保，卒谥武。

〔2〕司马光（1019—1086）：字君实，夏县（今属山西）人。宋仁宗宝元初进士，历官御史中丞、尚书左仆射（yè夜）、门下侍郎，封温国公。他是著名史学家，著有《资治通鉴》、《温国文正司马公文集》。

〔3〕辛未：元和十二年（817）十月十五日。

〔4〕马步都虞候：统率骑兵步兵的武官。 随州：今湖北随县。 文城：在今江苏淮阴南。 旻（mín民）：天空。这里是人名。

〔5〕殿：作为行军中的后部。

〔6〕戍卒及烽子：防守的士兵和守烽火台的士兵。

〔7〕干糒（bèi备）：干粮。

〔8〕羁靮（jī dí机敌）：马络头和马缰绳。

〔9〕义成军：唐方镇名，治所在滑州（今河南滑县）。

〔10〕朗山：在河南确山西北，吴元济在这里有驻军。

〔11〕洄曲：在河南商水西南，吴元济在这里有驻军。

〔12〕吴元济：吴少阳长子，始仕试协律郎，摄蔡州刺史，后据蔡州叛唐，为李愬所擒。

〔13〕李祐：本吴元济将，后归李愬，劝李愬袭蔡州。

〔14〕吴少诚：唐朝申、蔡、光州节度使，曾一度叛唐。少诚死，吴少阳继承他的地位。少阳死，吴元济继承他的地位。

〔15〕壬申：十六日。

〔16〕镢（jué决）：用大锄凿。

〔17〕击柝（tuò拓）者：更夫，打更巡夜的人。

〔18〕常侍：指李愬，他当时是检校左散骑常侍。

〔19〕牙城：藩镇主帅所居之城。

〔20〕癸酉：十七日。

〔21〕晡（bū逋）时：申时，相当于现代午后三时至五时。

〔22〕甲戌：十八日。

〔23〕裴度（765—839）：字中立，唐绛州闻喜（今属山西）人。贞元间进士，唐宪宗时宰相，为主帅讨伐吴元济。

〔24〕申、光二州：申州在今河南信阳，光州在今河南潢川。

〔25〕鞠场：球场。

〔26〕庚辰：二十四日。

〔27〕辛巳：二十五日。

〔28〕建彰义军节：竖立彰义军的使节。彰义军即淮宁军，治所在蔡州。

〔29〕櫜鞬（gāo jiān高尖）：盛弓箭的器具，指武将装束。

〔30〕路左：古时乘车尚左，故迎拜于车下者皆拜于道左。

【译文】

冬季十月十五日，李愬命令马步都虞候随州刺史史旻等留镇文城，命令李祐、李忠义统率三千"突将"作前驱，自己与监军率三千人作中军，命令李进诚率三千人作后卫。军队出发，不知向何方行进；李愬说："只管向东走！"行军六十里，入夜，到达张柴村，将那里的守军和守烽火台的士兵全部杀掉，占据了叛军的工事；命令军队稍事休息，吃干粮，整理马络头和缰绳，留下义成军五百名镇守，用来阻挡朗山方面的救兵。命令丁士良率五百人切断洄曲和各道路的桥梁，又乘夜引兵出行。各将领请指示目的地，李愬说："入蔡州擒拿吴元济。"各将领都大惊失色。监军哭着说："果然中了李祐的奸

计！"当时风雪很大，旌旗撕裂，冻死的人马相望。天阴黑，从张柴村往东的道路官军都没有走过，人人自以为必死；然而怕李愬，没人敢违抗。半夜时，雪更大，行军七十里，到达蔡州城。城附近有鹅鸭池，李愬命令击打它以便掩饰军队的行军声音。

自从吴少诚抗拒朝廷命令，官军已有三十余年没有到蔡州城下了，蔡州守军没有什么防备。十六日四更天，李愬到达蔡州城下，没有一个人知道。李祐、李忠义在城墙上凿成凹处来先登，各位壮士跟着他们。守城门的兵正在熟睡，都被杀了，只留下打更的，让他照旧打更。遂即打开城门接纳众军。到内城也这样，城中人都没有发觉。鸡叫时，雪不下了，李愬进占吴元济的外院。有人告诉吴元济说："官军到了！"元济还在睡觉，笑着说："俘虏的囚犯做盗贼罢了！天亮当全部杀死他们。"又有人告诉说："蔡州陷落了！"元济说："这一定是洄曲的士兵找我求发寒衣。"起来，在院子里听，听见李愬军中号令说："常侍传话。"答应的将近上万人。吴元济开始害怕，说："是什么样的常侍，能到达这里！"于是率手下人登上牙城抗拒。

这时，董重质统领万余精兵占据洄曲，李愬说："吴元济所盼望的是董重质的救援罢了！"于是访问董重质家，优厚地安抚他家，派他的儿子传道送信告重质。重质便单人匹马来向李愬投降。

李愬派李进诚攻打牙城，捣毁了它的外门，占踞了兵器库房，获得了器械。十七日，又攻打牙城，焚烧它的南门。人民争相背负柴草帮助官军，城上射箭像刺猬毛一样密集。午后申时，牙城门被毁坏，吴元济在城上请罪，李进诚置梯子让他下来。十八日，李愬用囚车送吴元济至京城，并且向裴度报捷。这一天，申、光二州与各镇兵马二万多人相继投降。

自从吴元济被擒，李愬没有杀一人，凡是吴元济部下的官吏、帐下和厨房马厩的兵丁，都恢复他们的原职，使他们不生疑。然后驻扎在球场上来等待裴度。

二十四日，裴度派马总先入蔡州安抚慰劳。二十五日，裴度竖起彰义军节度使的符节，率领降兵万余人入城，李愬整理好军装出城迎接，拜倒在路的左边。裴度将要回避，李愬说："蔡州人顽固叛逆，不知道有上下的分别，已经有几十年了，希望您能借此来向他们示范，使他们知道朝廷的尊贵。"裴度才接受了李愬的迎拜。

（赵伯陶）

答司马谏议书 [1]

王安石 [2]

某启 [3]：昨日蒙教，窃以为与君实游处相好之日久，而议事每不合，所操之术多异故也。虽欲强聒 [4]，终必不蒙见察 [5]，故略上报 [6]，不复一一自辨。重念蒙君实视遇厚，于反复不宜卤莽，故今具道所以，冀君实或见恕也 [7]。

盖儒者所争，尤在于名实。名实已明，而天下之理得矣。今君实所以见教者，以为侵官、生事、征利、拒谏 [8]，以致天下怨谤也。某则以谓受命于人主，议法度而修之于朝廷，以授之于有司 [9]，不为侵官；举先王之政，以兴利除弊，不为生事；为天下理财，不为征利；辟邪说 [10]，难壬人 [11]，不为

拒谏。至于怨诽之多，则固前知其如此也。

　　人习于苟且非一日[12]，士大夫多以不恤国事、同俗自媚于众为善[13]。上乃欲变此，而某不量敌之众寡，欲出力助上以抗之，则众何为而不汹汹然[14]？盘庚之迁[15]，胥怨者民也[16]，非特朝廷士大夫而已。盘庚不为怨者故改其度：度义而后动[17]，是而不见可悔故也。

　　如君实责我以在位久，未能助上大有为，以膏泽斯民[18]，则某知罪矣；如曰今日当一切不事事[19]，守前所为而已，则非某之所敢知。无由会晤，不任区区向往之至[20]。

【题解】

　　司马谏议即司马光，字君实，当时他任右谏议大夫。在宋神宗熙宁三年（1070），司马光接连写给王安石三封信，反对他的变法。这篇政论文是王安石看过司马光的第二封信所写的复信，对司马光提出的劝告、责难，指责自己的罪状，归结为"侵官"、"生事"、"征利"、"拒谏"、"怨谤"，举出自己是"受命于主人"，"举先王之政"，"为天下理财"，"明辨是非"，驳斥了侵官、生事、征利、拒谏的指责。再就"天下怨谤"的根源加以揭露，义正辞严，针锋相对来加以驳斥。他们两人原本是老朋友，政见有分歧，他们各自不囿于友情的束缚而能直率表示自己的意见，反复争论，这是正常现象。作者写出这样简洁明快、说理透辟、充满真情实感的书信，是对历史负责任的表现。

【注释】

　　〔1〕本篇选自《临川先生文集》。《答司马谏议书》：已见题解。

　　〔2〕王安石（1021—1086）：字介甫，晚年号半山，临川（今属江西）人。著名的政治家、文学家。宋仁宗庆历二年（1042）进士。神宗熙宁二年（1069）参知政事，议行新法。此后在变法改革与反变法改革的争斗中，几起几落。晚年退居江宁（今江苏南京），远离政治斗争。著有《王临川集》。

　　〔3〕某：作者自称。　　启：陈述。

　　〔4〕强聒（guō郭）：絮絮叨叨，勉强反复地说。

〔5〕不蒙见察：不被谅解。

〔6〕略上报：简略地答复。

〔7〕冀：希望。　见恕：被谅解、宽恕。

〔8〕侵官：王安石变法曾设"制置三司条例司"总揽变法，司马光在给他的信中诬为侵官，亦即侵犯了原来主管国家财政的职权。　生事：多事。司马光指王安石派人到各地推行新法是生事扰民。　征利：司马光指王安石的青苗法等是与民争利。拒谏：拒绝规劝。

〔9〕有司：主管的官员。

〔10〕辟（pì屁）：驳斥。

〔11〕难（nàn男去声）：诘难。　壬（rén人）人：以花言巧语献媚的小人。

〔12〕苟且：得过且过，偷生。

〔13〕自媚于众：向众人讨好献媚。

〔14〕汹（xiōng兄）汹：哄闹。

〔15〕盘庚：商朝的一个国君。　迁：指盘庚回避水灾，迁都于亳（bó伯）。

〔16〕胥怨：相怨。

〔17〕度（duó夺）：动词，揣度。

〔18〕膏（gāo高）泽：恩惠。

〔19〕事事：前一字是动词，后一字是名词，即做事。

〔20〕不任：不胜。　区区：诚心诚意。　向往之至：仰慕到极点。书信中的客套语。

【译文】

安石启：昨天承蒙指教，私下认为跟您友好相处的日子已经很久了，而讨论政事往往意见不合，这是我们掌握的方法多有不同的缘故。虽想勉强絮叨，最终一定不会得到您的理解，所以简略地向您回报，不再一一为自己辩解。重新想到承蒙您一向对我厚待，对于来往争论的信不该卤莽，故今天具体说明我的道理，希望或许能得到您的谅解。

大概士子的争论，尤其看重名称和实际。名称和实际已经明确，天下的道理也就可以定了。今天您所以要指教我的，认为我"侵官"、"生事"、"征利"、"拒谏"，以至于说天下人

都在怨恨我。我则以为是接受了皇上的命令，议定法律制度，在朝廷上进行修正，交给主管官员去办，不是"侵官"；举出先王的政事，来兴利除弊，不是"生事"；为国家理财，不是"征利"；驳斥邪说，非难奸伪巧辩的小人，不是"拒谏"。至于怨恨诽谤的多，那是我本来就预料到的。

　　人们习惯于得过且过不是一天的事了，士大夫也多不体恤国家的政事而以迎合讨好众人为善。皇上想改变这种状况，而我又不考虑敌对的人有多少，想出力帮助皇上抵抗他们，那人们怎么会不哄闹呢？商王盘庚的迁都，抱怨的是老百姓，不仅仅是朝廷士大夫而已。盘庚不因为怨恨的人而改变他的法度，考虑认为合宜便行动，做得对了，也就没有什么可反悔的事了。

　　如果您指责我在位久了，没有能够帮助皇上大有作为，给人民以恩惠，那是我的罪过；如果说今天应当什么事也不做，只要守着以前所做的罢了，那不是我敢听命的。没有机会见面，对您不胜仰慕。

（冀　勤）

日　喻 [1]

苏　轼 [2]

　　生而眇者不识日 [3]，问之有目者。或告之曰："日之状如铜盘。"扣盘而得其声。他日闻钟，以为日也。或告之曰："日之光如烛。"扪烛而得其形。他日揣籥 [4]，以为日也。日之与钟、籥亦远矣，而眇者不知其异，以其未尝见而求之人也。

　　道之难见也甚于日[5]，而人之未达也，无以异于眇。达者告之，虽有巧譬善导，亦无以过于盘与烛也。自盘而之钟[6]，自烛而之籥，转而相之[7]，岂有既乎[8]！故世之言道者，或即其所见而名之，或莫之见而意之[9]，皆求道之过也。

　　然则道卒不可求欤？苏子曰："道可致而不可求[10]。"何谓致？孙武曰[11]："善战者致人，不致于人。[12]"子夏曰[13]："百工居肆以成其事[14]，君子学以致其道[15]。"莫之求而自至，斯以为致也欤？

　　南方多没人[16]，日与水居也，七岁而能涉，十岁而能浮，十五而能没矣。夫没者，岂苟然哉？必将有得于水之道者。日与水居，则十五而得其道；生不识水，则虽壮，见舟而畏之。故北方之勇者，问于没人，而求其所以没，以其言试之河，未有不溺者也[17]。故凡不学而务求道，皆北方之学没者也。

　　昔者以声律取士[18]，士杂学而不志于道[19]，今也以经术取士[20]，士知求道而不务学。渤海吴君彦律[21]，有志于学者也，方求举于礼部[22]，作《日喻》以告之。

【题解】

　　这是一篇精美别致的说明文，作者前后用了多种比喻，以生活中常见的事例，说明了求道必须依靠自己的认识和实践，否则就会闹出盲人识日的笑话，这是指认识；又必须像南方人那样熟习水性，常在水中锻炼掌握潜水本领，否则又会演出北方人潜水淹死的悲剧，这是指实践。

　　在这里，他又引了孙武、子夏的话，说明"道可致而不可求"。在认识道上，还要吸取前人的经验。苏轼写本文的目的，在于防止当时学习上的毛病：只是空讲道理，缺乏真切的认识和实践。文中主要举的两个例子，就说明真切认识和实践的必要。全文写得生动耐读，说理也深入浅出，发人深省。

【注释】

〔1〕本篇选自《苏轼文集》。

〔2〕苏轼（1037—1101）：字子瞻，号东坡居士，眉山（今属四川）人。宋仁宗嘉祐二年（1057）进士。著名文学家，诗、词、文都有很高造诣，并独具特色。他与父亲苏洵、弟弟苏辙，世人合称"三苏"。著有《苏东坡集》。

〔3〕眇（miǎo秒）：瞎，盲。

〔4〕龠（yuè月）：古代乐器，形同笛箫。

〔5〕道：古代哲学名词，指对于自然和社会的发展变化的总认识。

〔6〕之：到，至。下两句的"之"字同。

〔7〕相（xiāng香）：动词，比较。

〔8〕既：尽，止。

〔9〕意：推想，揣测。

〔10〕致：让它自来。

〔11〕孙武：春秋时齐国人，军事家，著有《孙子兵法》。

〔12〕致人，不致于人：调遣敌人，不让敌人来调遣自己，见《孙子·虚实》篇。

〔13〕子夏：卜商的字，春秋时卫国人，孔子弟子。

〔14〕肆：手工业作坊。

〔15〕学以致其道：通过学习使道自然懂得。语见《论语·子张》篇。

〔16〕没人：潜水的人。

〔17〕溺：淹没。

〔18〕声律：指诗赋。因诗赋讲求声调格律。唐宋皆以诗赋取士。

〔19〕杂学：泛指经书以外的繁杂学问。

〔20〕经术：泛指儒家的经典著作。北宋时期自王安石变法后，改用经义论策取士。应试者要通《易》、《诗》、《书》、《周礼》、《礼记》之外，兼及《论语》、《孟子》。

〔21〕渤海：郡名。今山东惠民一带。　吴彦律：名瑶，曾与苏轼唱和。

〔22〕礼部：官署名。科举以来，主管应试者考试，选拔人才的机关。

【译文】

生下来就瞎的人不知道太阳的样子，向看得见的人询问。有人告诉他说："太阳的形状像铜盘。"他敲敲盘，听到了声音。一天听到钟声，以为就是太阳。又有人告诉他说："太阳的光像烛光。"他摸摸蜡烛，知道了它的形状。一天摸到一支管状的乐器，以为就是太阳。太阳与钟和乐器相差得太远了，而瞎子不知道它们的不同，是因为他从未见过太阳而询问别人得到的。

那么道比太阳还要难于看见，而人们所以不认识道，与瞎子不认识太阳没有什么不同。那认识道的人把道告诉他，虽有巧妙的比喻善于教导，也无法超过盘和烛的比喻。由盘到钟，由蜡烛到乐器，辗转比较，还有完吗！所以世上说道的人，有的是就他所见的说那就是道，有的是没有见而揣测出来的道，这都是求道中的过失。

那么道是永远不可求的吗？苏先生说："道可遇而不可求。"什么是遇？孙武说："善战的人诱敌自己送上来，而不使自己被敌人引过去。"子夏说："所有的工匠要在做工的场所完成他们的活计，君子只能在学习中自然地懂得道。"道不要去寻求，它自己就会来，这是否就是所谓可遇呢？

南方多会潜水的人，天天与水在一起，七岁就会蹚水，十岁便能在水中浮起来，十五岁就能潜入水中了。那些会潜水的人难道是随便这样的呀？他们必须知道水性，天天与水在一起，十五岁就知道水性；生下来就不知道水的人，虽是壮汉，看见船也会害怕。所以北方的勇士，请教会潜水的人，只问他潜入水中的方法，按照他的话到河里去试验，没有不淹死的。所以说，凡是不通过自己去学习而专门去询求知识的，都像是北方勇士学潜水一样啊。

从前以诗赋考试录用士子，士子则学习庞杂而不专志学道，如今用经书考试录用士子，士子则只知道求道而不用力去

学。渤海吴君彦律，是有志于学习的人，他正在礼部应试，写了《日喻》来告诉他。

（冀 勤）

答谢民师书 [1]

苏 轼

近奉违 [2]，丞辱问讯 [3]，具审起居佳胜，感慰深矣。某受性刚简，学迂材下，坐废累年 [4]，不敢复齿缙绅。自还海北，见平生亲旧，惘然如隔世人，况与左右无一日之雅 [5]，而敢求交乎？数赐见临，倾盖如故 [6]，幸甚过望，不可言也。

所示书教及诗赋杂文 [7]，观之熟矣。大略如行云流水，初无定质，但常行于所当行，常止于所不可不止，文理自然，姿态横生。孔子曰：“言之不文，行而不远 [8]。”又曰：“辞达而已矣 [9]。”夫言止于达意，即疑若不文，是大不然。求物之妙，如系风捕影，能使是物了然于心者，盖千万人而不一遇也，而况能使了然于口与手者乎？是之谓辞达。辞至于能达，则文不可胜用矣。扬雄好为艰深之辞 [10]，以文浅易之说，若正言之，则人人知之矣。此正所谓雕虫篆刻者 [11]，其《太玄》、《法言》，皆是类也。而独悔于赋，何哉？终身雕篆，而独变其音节，便谓之经，可乎？屈原作《离骚经》 [12]，盖风、雅之再变者 [13]，虽与日月争光可也。可以其似赋而谓之雕虫乎？使贾谊见孔子，升堂有余矣 [14]，而乃以赋鄙之，至与司马相如同科，雄之陋如此比者甚众。可与知者道，难与俗人言也；因论文偶及之耳。欧阳文忠公言 [15]，文章如精金美玉，市有定价，非人所能以口舌定贵贱也。纷纷多言，岂能有益于左右，愧悚不已〔16〕！

所须惠力法雨堂两字〔17〕，轼本不善作大字，强作终不佳；又舟中局迫难写，未能如教。然轼方过临江〔18〕，当往游焉。或僧有所欲记录，当为作数句留院中，慰左右念亲之意〔19〕。今日至峡山寺〔20〕，少留即去。愈远，惟万万以时自爱。

【题解】

元符三年（1100）五月，苏轼由儋州内调，九月路过广州，谢民师就以所作诗文请苏轼指正，苏轼大加称赏。这是苏轼离开广州以后答复谢民师的第二封信，实则是一篇著名的文章作法论，代表了苏轼对创作的主张，对后世有很大影响。文章中对谢民师诗文的一些评语，如"行云流水"之论、"了然于心"之说以及对古人的若干评价，都集中体现了苏轼论文崇尚自然，强调自由表达的主张。如果与苏轼《文说》中的议论："吾文如万斛泉源，不择地而出"相参照，就可以发现苏轼论文主张的一致性，对我们很有启发。

【注释】

〔1〕本篇选自《苏轼文集》。 谢民师：名举廉，新淦（gàn）（今江西新干）人。元丰八年（1085）进士，后在广东为官。苏轼从南海回，谢以诗文与相往来。

〔2〕奉违：指与对方告别。

〔3〕亟（qì气）：屡次。 辱：谦词。

〔4〕坐废：因事贬职。

〔5〕左右：借对方近旁的人来称对方，犹您。

〔6〕倾盖如故：一见如故。两人乘车途中相遇，并车对语，彼此车盖相依而下倾。

〔7〕书教：指书启、谕告之类的官场应用文字。

〔8〕言之不文，行而不远：见《左传》襄公二十五年。

〔9〕辞达而已矣：见《论语·卫灵公》。

〔10〕扬雄：字子云，成都人。西汉思想家兼辞赋家。他模仿《周易》作

《太玄经》，模仿《论语》作《法言》。

〔11〕雕虫篆刻：扬雄《法言·吾子》："或问：吾子少而好赋？曰然。童子雕虫篆刻。俄而曰：壮夫不为也。"虫，指虫书；刻，指刻符，都是特异的字体，后世比喻词章小技。

〔12〕《离骚经》：即离骚，战国时代楚国的伟大诗人屈原所作。王逸注《楚辞》，称为《离骚经》。

〔13〕风、雅：《诗经》中诗体名称，后世借指《诗经》。

〔14〕使贾谊见孔子四句：《法言·吾子》："如孔氏之门用赋也，则贾谊升堂，相如入室矣。"即认为贾谊的赋不如司马相如。作者认为如果贾谊见到孔子，应该超过升堂，不能因为他作赋，便把他和司马相如相提并论。

〔15〕欧阳文忠公：宋代文学家欧阳修，文忠是他的谥号。

〔16〕愧悚（sǒng耸）：惭愧和恐惧。

〔17〕惠力法雨堂：惠力寺的法雨堂，寺在江西清江南二里。谢民师曾求苏轼给该寺的法雨堂题"法雨"二字扁额。

〔18〕临江：今江西清江。

〔19〕念亲之意：思念父母。谢民师似曾在该寺为其父母祈福。

〔20〕峡山寺：即广庆寺，在今广东清远县。

【译文】

近来与您离别，承蒙您屡次来信问候，详细地知道您的日常生活很好，深感安慰。我生性刚直简慢，学问迂阔，才质低下，因事废弃多年，不敢再居于士大夫的行列。自渡海北还，会见平生亲戚老友，怅惘地像不是同一时代的人，况且与您没有一天的交往，怎敢求您与我结交呢？几次蒙您见访，一见如故，欣幸之至，已超过我的希望，非言语所能形容。

您给我看的书启和诗赋杂文，已仔细拜读过了。大致像行云流水，本来没有定型，但常常行动于所应当行动，常常停止于不可不停止，文理自然，形成各种姿态。孔子说："语言不讲究文采，便难以传布得很远。"又说："语言能够达意罢了。"语言仅限于达意，就怀疑像文采不够，这是很不对的。

探求事物的妙处，就像系风捕影，能使这个事物在心里完全了解的，大概在千万人中也未必能找出一人，何况那能使这事物在口说和手写里都完全了解的呢？这叫做"辞达"。辞到了能够达，那么文章就尽够用了。扬雄喜好作艰深的文辞，用来掩饰浅近平易的说法，如果平实地说，就人人都知道了。这正是他所说的雕刻虫书和刻符的异体字一类，他所著的《太玄经》、《法言》，都是这一类。然而他自己却单单以作赋为雕虫篆刻，悔其少作，为什么呢？一辈子雕琢文字，而仅仅改变声韵，就称作是"经"，可以吗？屈原创作《离骚经》，大概是《风》、《雅》的再一次变化，即使与日月争光也可以。难道因为它像赋就说是雕虫小技吗？假使贾谊见到孔子，比升堂还要超过，扬雄却因贾谊作赋而轻视他，竟至把他和司马相如相提并论，扬雄的鄙陋像这样的很多。这些话只能对有智慧的人讲，难以同一般人说的；因为论文章偶然提到罢了。欧阳修先生认为文章如同精金美玉，市场上有固定的价格，并不是人们能用口舌随便评定高下的。拉杂说了这么多话，难道能对您有益？无限的惭愧、恐惧。

您要的惠力寺法雨堂的两个字，我本来不善于写大字，勉强写总不会好；又在船中狭窄，难以写字，不能遵照您的嘱咐。然而我将要经过临江，当去一游惠力寺。或许那里的僧众要让我写点什么留念，当为您写上几句话留在寺院内，用来安慰你追念先人的心意。今天到达峡山寺，稍作逗留就离开。我们相距愈远，希望千万随时爱护自己的身体。

（赵伯陶）

上枢密韩太尉书 [1]

苏 辙 [2]

太尉执事 [3]：辙生好为文，思之至深，以为文者，气之所形 [4]，然文不可以学而能 [5]，气可以养而致 [6]。孟子曰："我善养吾浩然之气 [7]。"今观其文章，宽厚宏博，充乎天地之间，称其气之小大 [8]。太史公行天下 [9]，周览四海名山大川，与燕、赵间豪俊交游 [10]，故其文疏荡 [11]，颇有奇气。此二子者，岂尝执笔学为如此之文哉？其气充乎其中，而溢乎其貌，动乎其言，而见乎其文，而不自知也。

辙生十有九年矣，其居家所与游者，不过其邻里乡党之人，所见不过数百里之间，无高山大野可登览以自广，百氏之书虽无所不读 [12]，然皆古人之陈迹，不足以激发其志气。恐遂汩没 [13]，故决然舍去，求天下奇闻壮观，以知天地之广大。过秦、汉之故都 [14]，恣观终南、嵩、华之高 [15]，北顾黄河之奔流，慨然想见古之豪杰；至京师 [16]，仰观天子宫阙之壮，与仓廪、府库、城池、苑囿之富且大也，而后知天下之巨丽；见翰林欧阳公 [17]，听其议论之宏辩，观其容貌之秀伟，与其门人贤士大夫游 [18]，而后知天下之文章聚乎此也。

太尉以才略冠天下，天下之所恃以无忧，四夷之所惮以不敢发，入则周公、召公 [19]，出则方叔、召虎 [20]，而辙也未之见焉。且夫人之学也，不志其大，虽多而何为！辙之来也，于山见终南、嵩、华之高，于水见黄河之大且深，于人见欧阳公，而犹以为未见太尉也。故愿得观贤人之光耀 [21]，闻一言以自壮，然后可以尽天下之大观而无憾者矣。

辙年少，未能通习吏事。向之来，非有取于斗升之禄，偶然得之，非其所乐。然幸得赐归待选 [22]，使得优游数年之间 [23]，将归益治其文，且学为政，太尉苟以为可教而辱教之，又幸矣。

【题解】

宋仁宗嘉祐二年（1057），苏辙十九岁，考中进士。又考制举，因批评仁宗，被列入下等。授商州军事推官，不就。时韩琦任枢密使，他写信求见，希望得到赏识。文中显示他的才学见识，谈到"文气"问题，先提孟子讲的养气，那是结合道德修养来培养正气。苏辙另外提出司马迁周览名山大川，与燕赵豪杰交游，这样来培养一种奇气，这种见解，跟孟子讲结合道德修养来养正气的不同，跟曹丕讲的文气，指作者的气质也不同，跟刘勰的养气，指体气的也不同；跟韩愈讲的"气盛言宜"讲气势的也不同。苏辙提出一种新的养气说。从这里显示他的学识和文章。这又同他要观天地之广大和贤人之光耀一致。最后说明自己想"益治其文，且学为政"，不在求官，更显示他的志趣。文章在委婉转折中，有秀杰之气。

【注释】

〔1〕本篇选自《栾城集》。　枢密：枢密使，执掌全国军政大权的官。韩太尉：韩琦，时任枢密院使，地位与汉唐的太尉相同，故称他为韩太尉。

〔2〕苏辙（1039—1112）：字子由，苏轼之弟。官至翰林学士、门下侍郎。辞官后居于许州，号颍滨遗老。文学成就稍次于苏轼，散文有自己的特点，也是唐宋八大家之一。著有《栾城集》。

〔3〕执事：办事人员。信中不直接称呼对方，是对他恭敬的表示。

〔4〕气：一种学问见识所养成的气质。　形：表现。

〔5〕文不可以学而能：文章要靠内在的学问识见才能写好，光靠学习技巧写不好。

〔6〕致：达到，得到。

〔7〕孟子：战国时的儒家大师孟轲，他和弟子合著《孟子》一书，他的话

见该书《公孙丑上》。 浩然之气：刚健博大的气势，即正气。

〔8〕称（chèn衬）：相称，符合。

〔9〕太史公：即司马迁，曾任太史令。他到过中国大多数地方。

〔10〕燕、赵：指春秋战国时的燕国、赵国地域，即今河北、山西等地。
豪俊：司马迁访问那里的豪杰，如田仁、董仲舒、徐乐等，都是燕赵间人。

〔11〕疏荡：疏放，跌荡。

〔12〕百氏：诸子百家。

〔13〕汩（gǔ古）没：沉没。

〔14〕秦、汉故都：秦都咸阳（今属陕西），西汉都长安（今属陕西），东汉
都洛阳（今属河南）。

〔15〕恣（zì自）：纵情。 终南：终南山，在今陕西西安以南。 嵩
（sōng松）：嵩山，在今河南登封以北。 华：华山，在今陕西华阴。

〔16〕京师：京城，指北宋汴京（今河南开封）。

〔17〕欧阳公：指欧阳修。

〔18〕门人贤士大夫：指欧阳修的门徒、朋友，如曾巩、梅尧臣、苏舜钦
等。

〔19〕周公：姬旦，周武王弟。 召公：姬奭，周文王庶子。两人协助武
王开国，辅佐成王治国。

〔20〕方叔：周宣王时的大臣，征伐狁、狁（北方少数民族）有功。 召
虎：周宣王时大臣，讨平淮夷有功。

〔21〕光耀：风采。

〔22〕待选：等待朝廷选拔。

〔23〕优游：优闲。

【译文】

太尉办事人员：辙生来喜欢作文，想得很深，认为文章是
气度的表现，然而文章不是可以学得成功，气度则可以修养得
来的。孟子说："我善于修养我的博大刚正之气。"现在看他
的文章，宽阔深厚、宏大广博，它的气度充满天地之间，与他
自己说的博大刚正之气是相称的。太史公走遍天下，周游饱览
海内的名山大河，与燕、赵间的豪杰交游，所以他的文章疏放

跌荡，颇有雄伟不凡的气概。这两位先生，哪里是曾经执笔学习过写这样文章的呢？那种博大刚正的气概充满了他们的胸中，自然会流露在他们的外貌上，表现在他们的言谈中，出现在他们的文章里，而他们自己并没有认识到这一点啊。

辙出生已有十九年了，我在家乡所交游的，不过是乡里邻居的人，所见到的也不过数百里之间的事，没有高山旷野可以攀登游览，以广自己的耳目，诸子百家的著作，虽然没有不读过，然而都是古人陈旧的事迹，不足以激发自己的志气。我怕遂即埋没，所以坚决地抛去，寻求天下的奇闻壮观，用来知道天地的广阔和博大。我经过了秦、汉时代的故都，纵情观赏了终南山、嵩山、华山的高大，北面看到黄河的奔腾东流，情绪激昂，想到了古代的豪杰；到了汴京，仰望皇宫阙门的壮观和粮食钱帛等仓库的丰盛，城墙、城河、园林、狩猎场等的广大，然后才知道天下有这等的巨大富丽。见到翰林欧阳修公，听他宏辩的议论，看到了他俊秀杰出的容貌，同他的门人和贤明的士大夫交往，然后才知道天下的文学之士都集中在这里啊。

太尉的雄才大略是天下最高的，天下人仰仗您才能够无忧无虑，四方的异域畏惧您才不敢轻举妄动，您在朝廷像周朝的周公、召公，您出外像周朝的方叔、召虎，而我还没有见到您啊。何况一个人的学问，如果不立志于一个高大的目标，虽见多识广又有什么用！辙这次来应试，于山见到了终南山、嵩山、华山的高大，于水见到了黄河的广大深远，于人见到了欧阳修公，但是还因为没有见到太尉，所以我很想看到您贤良的风采，听到您一句话作为对我最大的鼓励，然后可以算是看尽了天下的最可观的事而不再遗憾了。

辙年纪还轻，没能熟习做官的事。近时的来京，并非为取得几斗几升的俸禄，偶然得到了它，并不感到高兴。然而幸亏赐我回去等待选用，使我还能有几年闲散的日子，将要有益于学习文章，并且学习政务，太尉如果以为可教而屈尊见教的话，又是我的幸运了。

（冀 勤）

与王观复书 [1]

黄庭坚 [2]

庭坚顿首启：蒲元礼来 [3]，辱书，勤恳千万。知在官虽劳勚 [4]，无日不勤翰墨，何慰如之！即日初夏，便有暑气，不审起居何如？

所送新诗，皆兴寄高远 [5]。但语生硬不谐律吕 [6]，或词气不逮初造意时。此病，亦只是读书未精博耳。"长袖善舞，多钱善贾 [7]"，不虚语也！

南阳刘勰尝论文章之难云 [8]："意翻空而易奇，文征实而难工 [9]。"此语亦是。沈、谢辈为儒林宗主 [10]，时好作奇语，故后生立论如此。好作奇语，自是文章病。但当以理为主，理得而辞顺，文章自然出群拔萃。观杜子美到夔州后诗 [11]，韩退之自潮州还朝后文章 [12]，皆不烦绳削而自合矣。

往年，尝请问东坡先生作文章之法。东坡云："但熟读《礼记·檀弓》当得之 [13]。"既而取《檀弓》二篇读数百过，然后知后世作文章不及古人之病，如观日月也。

文章盖自建安以来好作奇语，故其气象衰茶 [14]。其病，至今犹在。唯陈伯玉、韩退之、李习之[15]，近世欧阳永叔、王介甫、苏子瞻、秦少游乃无此病耳[16]。

公所论杜子美诗，亦未极其趣。试更深思之，若入蜀下峡年月，则诗中自可见。其曰："九钻巴巽火，三蛰楚祠雷[17]。"则往来两川九年[18]，在夔府三年，可知也。恐更须改定，乃可入石。

适多病，少安之余，宾客妄谓不肖有东归之期，日日到门，疲于应接。蒲元礼来告行，草草具此。世俗寒温礼数，非公所望于不肖者，故皆略之。三月二十四日。

【题解】

这封信是宋哲宗元符三年（1100）三月二十四日黄庭坚给王观复的回信。这封信在中国古代文论中有相当的地位，信中强调文章与诗的创作"当以理为主，理得而辞顺"，探讨诗文创作的艺术规律外，也注意到了诗文的思想内容。信中所说的"理"，包括对人生、对客观世界的认识，相当于作品的思想性。信中指出王观复的诗有"语生硬不谐律吕"和文不逮意的缺点，实指作品的艺术性，信中认为读书精博是克服这些缺点的方法，好像话说得简单，其实这是针对王观复说的，不在于全面地讨论艺术创作的规律。讲到研究杜甫诗，要结合杜甫活动的年月来研究，也是结合王观复的研究文章说的。但这些议论，也可供参考。

【注释】

〔1〕本篇选自《豫章黄先生文集》。 王观复：名著，生平不详。他在阆中（在今四川）做官时，写信并寄所作诗文到戎州（四川宜宾县）向黄庭坚请教。

〔2〕黄庭坚（1045—1105）：字鲁直，号山谷道人、涪翁，洪州分宁（今江西修水）人。宋英宗治平四年（1067）进士，历官校书郎、著作郎，出知宣州、鄂州等地，谪涪州、宜州。为江西诗派一祖（杜甫）三宗（黄庭坚，陈师道，陈与义）之一，著有《豫章黄先生文集》。

〔3〕蒲元礼：成都人，作者年轻时即与他有交情。他这次来戎州见黄庭坚，

带来王观复的信。

〔4〕劳勚 (yì义)：劳苦。

〔5〕兴寄：用比兴手法，有所寄托。

〔6〕律吕：本指乐律，此处指诗歌格律。

〔7〕长袖善舞，多钱善贾 (gǔ古)：语出《韩非子·五蠹》，此处说明读书精博就会写好文章。

〔8〕南阳：当是南朝。 刘勰 (xié协)(465？—520？)：字彦和，南朝梁文论家，著有《文心雕龙》。

〔9〕意翻空二句：语出《文心雕龙·神思》，"难工"原作"难巧"，意思是想象中的意境容易出色，用具体语言表达时却难以做到精巧。

〔10〕沈、谢：沈约与谢朓，南朝齐、梁间著名文学家。

〔11〕杜子美：杜甫 (712—770)，字子美，巩县 (今属河南) 人。唐代大诗人，官至检校尚书工部员外郎。他曾于唐代宗大历元年 (766) 春天赴夔州 (今重庆奉节) 居住，此后写诗约460题。

〔12〕韩退之：见上韩愈文注。他曾于唐宪宗元和十四年 (819) 正月，以谏迎佛骨，贬潮州 (今广东潮安)，次年九月还朝。

〔13〕《礼记·檀弓》：《礼记》为儒家经典之一，汉人戴圣所编，《檀弓》是其中篇名，分上、下二篇。《檀弓》文，记事极精练。

〔14〕衰苶 (nié捏阳平)：衰疲。

〔15〕陈伯玉：陈子昂 (661—702)，字伯玉，梓州射洪 (今属四川) 人。唐初文学家，官至右拾遗。 李习之：李翱 (772—841)，字习之，陇西成纪 (今甘肃天水) 人。唐古文家，官至山南东道节度使。

〔16〕欧阳永叔：见上欧阳修文注。 王介甫：见上王安石文注。 苏子瞻：见上苏轼文注。 秦少游：秦观 (1049—1100)，字少游、太虚，号淮海居士，高邮 (今属江苏) 人。宋代词人，曾官秘书省正字。

〔17〕九钻二句：见杜甫《秋日荆南述怀三十韵》。"九钻巴火"，在四川巴州九次钻木取火，即在巴州住九年，"巴嘴火"，同"巴嘴火"，指栾巴曾噀酒为水，灭成都火，这是双关。"三蛰楚祠雷"，三年蛰居于巫山地区，蛰雷指惊蛰打雷。楚祠指楚王宫，即在巫山地区。

〔18〕两川：唐代剑南东道和剑南西道为东西两川。

【译文】

庭坚叩首说：蒲元礼来，劳您赐我书信，万分殷勤恳挚。

知道您虽然为官劳苦，没有一天不努力写作，欣慰之至！近日初夏，就有暑气，不知起居怎样？

您所送来的诗歌新作，都寄托高远。但语句生硬，音韵不和谐，有些诗的词语意味达不到开始创作时的意图。这些毛病，也只是读书不精罢了。"长袖善舞，多钱善贾"，不是空话！

南朝刘勰曾经论述文章的难写说："意象凭空构造容易奇巧，语言征实的难以巧妙。"这话也对。沈约、谢朓等人是文坛领袖，常常喜欢写一些奇丽的语句，所以后辈的立论这样。喜欢作奇语，自然是文章的毛病。但应当以说理为主，道理对，文辞通顺，文章自然就超出众人。看杜甫到夔州以后的诗作，韩愈从潮州到还朝后的文章，都不劳琢磨而自然切合。

前些年，曾经向东坡先生请教作文章的方法。东坡说："只需熟读《礼记·檀弓》，就能得到它。"随后拿《檀弓》上、下篇阅读了几百遍，然后知道后代人作文章不如古人的毛病所在，像观看日月一样清楚。

大概文章从建安以来喜欢作奇语，所以它的气象衰疲。它的毛病，至今还在。只有陈子昂、韩愈、李翱，近代欧阳修、王安石、苏轼、秦观才没有这一毛病。

您所讨论杜甫诗，也没有能够充分理解其中的旨趣。试着再深入思考它，比如他从入川和下三峡的年月，就在诗中可以见到。诗句说："九钻巴巽火，三蛰楚祠雷。"那他往来于东川、西川有九年，在巫山地区三年，可以知道。恐怕再需要改定，才可以刊刻传播。

我适逢多病，稍稍安定之后，宾客们又妄言我要起复东归的时日，天天到家门看望，应接感到疲惫。蒲元礼来向我辞

行，草率地写了这些。世俗间寒暄礼节，不是您所希望于我
的，所以都省略了。三月二十四日。

（赵伯陶）

跋傅给事帖^[1]

陆　游^[2]

　　绍兴初^[3]，某甫成童，亲见当时士大夫相与言及国事，
或裂眦嚼齿^[4]，或流涕痛哭。人人自期以杀身翊戴王室^[5]，
虽丑裔方张^[6]，视之蔑如也。卒能使虏消沮退缩，自遣行人
请盟^[7]。

　　会秦丞相桧用事^[8]，掠以为功，变恢复为和戎，非复诸
公初意矣。志士仁人，抱愤入地者，可胜数哉！今观傅给事与
吕尚书遗帖^[9]，死者可作，吾谁与归！

　　嘉定二年七月癸丑^[10]，陆某谨识。

【题解】

　　这篇短文从一个侧面反映了南宋时代的民族矛盾和朝廷内部的政治
斗争。语调慷慨激昂，寥寥短篇，言简意赅；以儿童时所见所闻写入文
中，真切感人，引人深思，洋溢着作者强烈的爱国主义精神。傅给事，
对金人有不共戴天的仇恨，正色立朝，讲究气节，是一位很有性格的正
直士大夫。文中的吕尚书与傅崧卿同时，两人都是建议抗击金兵的主战
派。陆游有一天见到傅崧卿与吕好问的遗帖，于是就写下了这样的一篇
感人至深的文章。

【注释】

　　〔1〕本篇选自《陆游集》。　　傅给事：名崧卿，字子骏，越州山阴（今浙

江绍兴）人。曾任浙东防御使、淮南东路宣抚使、给事中等职。有《溪风集》。

〔2〕陆游（1125—1210）：字务观，号放翁，越州山阴（今浙江绍兴）人。历任隆兴、夔州通判等官。他是宋代著名的爱国文学家，诗、词、文兼擅，著有《南唐书》、《剑南诗稿》、《渭南文集》等。

〔3〕绍兴：宋高宗年号（1131—1162）。

〔4〕裂眦（zì自）嚼齿：怒目而视，咬牙切齿，形容痛恨的样子。

〔5〕翊（yì义）戴：辅助、拥护。

〔6〕丑裔（yì义）：对金人带有仇视情绪的称呼。

〔7〕行人：指使者。

〔8〕秦丞相桧：秦桧（1090—1155），字会之，江宁（今江苏南京）人。绍兴年间两任宰相，主张对金议和，杀抗金名将岳飞，是南宋投降派代表人物。

〔9〕吕尚书：吕好问，字舜徒，寿州（今安徽寿县）人，南宋初为尚书右丞。

〔10〕嘉定二年七月癸丑：宋宁宗嘉定二年（1209）七月二十二日。

【译文】

宋高宗绍兴初年，我刚刚长成童年，亲眼看到当时士大夫互相谈到国事，有人怒目切齿，有人痛哭流涕。人人期望自己用牺牲生命来辅助王朝，虽然丑恶的敌人正在猖狂，却把他看得跟没有一样。终于能够使敌人气焰消改退缩，自行派遣使者来请求议和。

正当丞相秦桧当权，把这些拿去作为自己的功劳，改变收复失地为议和，不再是以前诸公开始的用意了。爱国的志士仁人，抱着怨愤而死的，可以数得过来吗！今天看傅给事与吕尚书的遗帖，如果死的可以活转来，我跟谁在一起呢！

嘉定二年七月二十二日，陆游谨记。

（赵伯陶）

正气歌序[1]

文天祥[2]

余囚北庭[3]，坐一土室。室广八尺，深可四寻[4]，单扉低小，白间短窄[5]，污下而幽暗[6]。当此夏日，诸气萃然；雨潦四集[7]浮动床几，时则为水气。涂泥半朝[8]，蒸沤历澜[9]，时则为土气。乍晴暴热，风道四塞，时则为日气。檐阴薪爨[10]，助长炎虐，时则为火气。仓腐奇顿，陈陈逼人，时则为米气。骈肩杂遝[11]，腥臊汗垢，时则为人气。或圊溷[12]，或毁尸，或腐鼠，恶气杂出，时则为秽气。叠是数气，当之者鲜不为厉，而余以孱弱俯仰其间[13]，于兹二年矣，无恙，是殆有养致然。然尔亦安知所养何哉？孟子曰："我善养吾浩然之气[14]。"彼气有七，吾气有一，以一敌七，吾何患焉！况浩然者乃天地之正气也。作《正气歌》一首。

【题解】

南宋祥兴元年（1278）的冬天，文天祥在广东海丰五坡岭被元军俘虏，次年十月被押解到元大都（今北京），囚于兵马司狱中的土室里。三年中，元人百计劝降，文天祥坚贞不屈，写下了许多充满爱国主义精神的诗文。《正气歌》长诗作于元至元十八年（1281），是其中最有名的一篇。这是《正气歌》的序文，与长诗相映生辉，感人至深。作者在记述了囚室中"七气"的恶劣条件后，以孟子所说的"浩然之气"为依归，认为它是"天地之正气"，有了浩然之气就能够抵御各种恶劣的条件。"以一敌七，吾何患焉！"体现了作者无所畏惧的爱国情怀。序文短小精悍，言简意赅地点明了《正气歌》长诗的主题思想，极富感染力量。

【注释】

〔1〕本篇选自《文山先生全集》。 正气歌：宋文天祥抗元，战败被俘，在狱中三年，誓死不屈，作《正气歌》三十韵，言志自勉，终于被杀。

〔2〕文天祥（1236—1283）：字履善，一字宋瑞，号文山，吉州吉水（今属江西）人。南宋文学家。著有《文山先生全集》。

〔3〕北庭：元京城大都，即今北京。

〔4〕可：大约。 寻：古代以八尺为一寻。

〔5〕扉：门。 白间：指未加油漆的窗。

〔6〕污（wū呜）下：低下。

〔7〕雨潦（lǎo老）：雨后积水。

〔8〕涂泥：雨后泥泞。 半朝：半个早上。

〔9〕蒸沤（òu怄）历澜：太阳光蒸发经过积水浸泡的泥土。

〔10〕檐阴薪爨（cuàn窜）：在屋檐下烧柴煮饭。

〔11〕骈（pián蹁）肩杂遝（tà踏）：人肩靠肩杂乱地挤在一起。

〔12〕圊（qīng青）溷（hùn诨）：厕所。

〔13〕厉：疾病。 孱（chán蝉）弱：虚弱。

〔14〕我善养吾浩然之气：见《孟子·公孙丑上》。浩然之气，正大刚直之气。

【译文】

　　我被囚在北庭，坐在一间泥房子里。房宽八尺，深约有四寻，门矮小，不施油漆的窗短小狭窄，低下昏暗。当这夏天，各种气味聚集：雨后积水从四面汇集，将床与桌几浮起，这时就形成水气。泥泞经过半个早上的蒸晒浸泡，这时就形成土气。刚一放晴，暴热难当，通风处四面堵塞，这时就形成日气。在屋檐下烧柴煮饭，加强了炎热的威虐，这时就形成火气。仓中腐烂的粮食堆积着，一阵阵扑人，这时就形成米气。人与人肩靠肩杂乱地挤在一起，发出汗垢的腥臊气味，这时就形成人气。有时是厕所，有时是腐败的尸体，有时是腐烂的老鼠，各种恶劣气味杂出，这时就形成秽气。几种恶气汇集到一

块，接触到的很少不生病的，我却以虚弱的身体生活在这中间，到现在已有两年了，没有生病，这大概是有修养才能如此啊。然而你又怎么知道所修养的是什么呢？孟子说："我善于培养我的至大至刚的浩然之气。"那些杂气有七种，我所培养的气只有一种，用一种气抵挡七种气，我又怕什么呢！何况那浩然之气是天地之间的正气呢。作《正气歌》一首。

（赵伯陶）

金 代

送秦中诸人引[1]

元好问 [2]

关中风土完厚 [3]，人质直而尚义，风声习气，歌谣慷慨，且有秦汉之旧。至于山川之胜，游观之富，天下莫与为比。故有四方之志者，多乐居焉。

予年二十许时，侍先人官略阳 [4]，以秋试留长安中八九月 [5]。时纨绮气未除，沉涵酒间，知有游观之美而不暇也。

长大来，与秦人游益多，知秦中事益熟，每闻谈周汉都邑，及蓝田鄠杜间风物 [6]，则喜气津津然动于颜间。

二三君多秦人，与余游，道相合而意相得也。常约近南山寻一牛田 [7]，营五亩之宅，如举子结夏课时 [8]，聚书深读，时时酿酒为具，从宾客游，伸眉高谈，脱屣世事 [9]，览山川之胜概，考前世之遗迹，庶几乎不负古人者。

然予以家在嵩前 [10]，暑途千里，不若二三君之便于归也。清秋扬鞭，先我就道，矫首西望，长吁青云。今夫世俗惬意事[11]，如美食大官，高赀华屋，皆众人所必争，而造物者之所甚靳 [12]，有不可得者。若夫闲居之乐，淡乎其无味，漠乎其无所得，盖自放于方之外者之所贪 [13]，人何所争，而造物者亦何靳耶？行矣诸君，明年春风，待我于辋川之上矣 [14]。

【题解】

这是一篇临别赠言，是为送诸友人归秦中所作的。文中说："予以

家在嵩前，暑途千里，不若二三君之便于归也。"这是说他从秦中回到河南登封，要走千里路远。不比秦中诸君家在秦中，回家方便。那末这文就是他在秦中送客之作。文章先赞美秦中风土之胜，再自述生平无限向往之情，三述对友人"先我就道"的美慕之意，结尾定约会秦中之时，在层次井然的叙述中流露出作者淡于仕途的心态，含蓄委婉，情深意长。文章中作者对田园生活的向往是出于真情的，并无矫揉造作之态，我们读至结句"明年春风，待我于辋川之上矣"，就觉得很洒脱飘然了。

【注释】

〔1〕本篇选自《遗山先生文集》。　秦中：在今陕西。　引：即序文。

〔2〕元好问（1190—1257）：字裕之，号遗山，太原秀容（今山西忻州）人。金宣宗兴定五年（1221）进士，由县令入翰林知制诰。入元不仕，以著述终。有《遗山集》、《中州集》、《壬辰杂编》。

〔3〕关中：即指今陕西地区。

〔4〕略阳：在今甘肃秦安东北。元好问自幼过继给叔父元格，元格至略阳为官，好问随往。

〔5〕秋试：科举时代举行乡试在秋天，故称。

〔6〕蓝田鄠（hù户）杜：蓝田、鄠、杜，在今西安附近的三个县名。

〔7〕南山：指今西安城南的终南山。　一牛田：养一头牛的土地，指一小块土地。

〔8〕结夏课：参加科举考试的文人在夏日会集同辈读书习文称"结夏课"。

〔9〕脱屣（xǐ徒）世事：比喻摆脱世事的困扰。屣，鞋。

〔10〕嵩（sōng松）前：嵩山之前，相当于现在的河南登封一带。

〔11〕惬（qiè切）意事：满意的事情。

〔12〕靳（jìn近）：吝惜。

〔13〕方之外：方域之外，世外，指不受世俗名教拘束。

〔14〕辋（wǎng往）川：水名。在陕西蓝田南山谷，唐王维曾建别墅于此。

【译文】

　　关中风俗良好，土地肥沃，人民质朴率直，崇尚义气，风气习俗，歌谣慷慨激昂，并且有秦汉的遗风。至于山川景物优美，游玩观览的地方众多，天下没有能与它相比的。所以有经营四方的雄心壮志的人，大都乐意居住在这里。

我二十岁左右时，侍候先父在略阳做官，因秋天乡试在长安住了八九个月。当时我富家子弟的习气没有消除，沉缅于饮酒中，知道有游赏的好处却又没有闲暇的时间。

长大后，与秦中人交游的更多，知道秦中的事物也更加熟悉，每次听到谈论周朝、汉代都城，以及蓝田、鄠、杜三地间风俗景物，就高兴得满面喜色。

几个友人大都是秦中人，与我交游，志同道合，情意相投。时常相约在靠近终南山的地方寻觅一小块田地，营建五亩的田园，如同参加科举的读书人结夏课时那样，聚集书本深入地阅读，时时准备器具酿酒，跟众宾客交游，扬眉舒意，高谈阔论，摆脱世事的困扰，饱览山川美丽的景色，考察前代的遗迹，才近乎不辜负古人。

然而我因家在嵩山之南，千里酷热的路途，不像你们几个人那样方便归去。清秋时骑马，比我先上路，我抬头向西望，对着青云长声叹息。今天那世俗的满意事情，如吃美食，作大官，多钱财，住华美的居室，都是一般人所必争的事，却是上天所很吝惜的，就有得不到的人。至于闲居的乐趣，清淡无味，对得不到很冷漠，大概是放纵世外的人追求的，人又争夺什么，而上天又吝惜什么呢？走吧诸位友人，明年春风中，请在辋川之上等待我吧。

（赵伯陶）

元 代

登西台恸哭记[1]

谢 翱 [2]

　　始，故人唐宰相鲁公开府南服[3]，余以布衣从戎[4]。明年，别公漳水湄[5]。后明年，公以事过张睢阳及颜杲卿所尝往来处[6]，悲歌慷慨，卒不负其言而从之游[7]，今其诗具在[8]，可考也。余恨死无以藉手见公[9]，而独记别时语，每一动念，即于梦中寻之。或山水池榭、云岚草木，与所别之处及其时适相类，则徘徊顾盼，悲不敢泣。

　　又后三年[10]，过姑苏。姑苏，公初开府旧治也[11]。望夫差之台而始哭公焉[12]。

　　又后四年[13]，而哭之于越台[14]。又后五年及今，而哭于子陵之台[15]。

　　先是一日，与友人甲乙若丙约，越宿而集[16]。午雨未止，买榜江涘[17]，登岸谒子陵祠[18]，憩池旁僧舍，毁垣枯甃[19]，如入墟墓。还，与榜人治祭具。须臾雨止，登西台，设主于荒亭隅，再拜跪伏，祝毕，号而恸者三，复再拜起。又念余弱冠时[20]，往来必谒拜祠下。其始至也，侍先君焉[21]。今余且老，江山人物，眷焉若失[22]。复东望，泣拜不已，有云从南来，滃泱浡郁[23]，气薄林木，若相助以悲者。乃以竹如意[24]，击石作楚歌招之曰：

魂朝往兮何极，暮来归兮关水黑 [25]，

化为朱鸟兮，有味焉食 [26]？

歌阕，竹石俱碎。于是相向感唶 [27]，复登东台，抚苍石，还憩于榜中。榜人始惊余哭，云："适有逻舟之过也，盍移诸？"遂移榜中流，举酒相属 [28]，各为诗以寄所思。薄暮，雪作风凛，不可留，登岸宿乙家，夜复赋诗怀古。明日，益风雪，别甲于江。余与丙独归，行三十里，又越宿乃至。其后甲以书及别诗来，言是日风帆怒驶，逾久而后济，既济，疑有神阴相，以著兹游之伟。余曰："呜呼！阮步兵死 [29]，空山无哭声且千年矣。若神之助，固不可知。然兹游亦良伟，其为文词，因以达意，亦诚可悲已。"

余尝欲仿太史公著"季汉月表"，如秦楚之际 [30]。今人不有知余心，后之人必有知余者。于此宜得书，故纪之，以附季汉事后。时，先君登台后二十六年也。先君讳某字某，登台之岁在乙丑云 [31]。

【题解】

公元1283年初，南宋著名的民族英雄文天祥英勇就义，他的死在全国广大爱国人士间曾引起极大的震动。谢翱曾是文天祥的部下，与他一起转战闽、粤、赣各地，二人结下了深厚的战斗友谊。宋亡以后，谢翱隐匿民间，元世祖至元二十八年（1291），他登西台哭祭文天祥，怀着无限悲痛的心情写下了这篇用血和泪凝成的文章。作者对文天祥的哀悼就是对宋王朝灭亡的哀悼，由于元统治者残酷的民族压迫，作者无法直抒情怀，只能用比较隐约的词句宣泄一己愤激、沉痛的情感，这反而更加深了文章的感染力，读来令人感动。

【注释】

〔1〕西台：在浙江桐庐富春山，与东台对峙，各高十余丈，下临富春江。

相传为东汉隐士严光（字子陵）登临游钓处。南宋文天祥英勇不屈就义后，谢翱登西台哭祭，写了这篇记。

〔2〕谢翱（áo 敖，1249—1295）：字皋羽，号晞发子，福安（今属福建）人。南宋末著名的爱国志士，宋亡后，以遗民身分继续反抗元朝的民族压迫。著书十五种，今传有《晞发集》。

〔3〕唐宰相鲁公：唐颜真卿，暗指文天祥。　开府南服：在南方建立府署。文天祥于宋端宗景炎元年（1276）七月，在南剑州（今福建南平）就任枢密使，都督诸路军马。

〔4〕以布衣从戎：文天祥起兵时，谢翱倾家资，率乡兵数百人参军。

〔5〕明年：景炎二年（1277）。　漳水湄：漳水边，漳水，赣江西源，在江西。

〔6〕后明年：帝赵昺祥兴元年（1278）。　公以事过张睢阳及颜杲卿所尝往来处：文天祥战败被俘，押解北上，经过睢阳、常山。张睢阳，唐代张巡，安史之乱时，他与许远同守睢阳（今河南商丘），城陷不屈死。颜杲（gǎo 槁）卿，安史之乱时，坚守常山（今河北正定），城陷骂敌而死。

〔7〕悲歌慷慨二句：文天祥经过睢阳、常山时，写了纪念的诗，慷慨悲歌。到了元朝大都，终于照他诗里说的不屈而死，跟张巡等一样。

〔8〕其诗：文天祥的诗，如《平原》、《睢阳》、《颜杲卿》。

〔9〕藉手：手中的凭藉，即死后没什么可以报告，意指抗元无功。

〔10〕又后三年：元世祖至元十九年（1282），文天祥于这年就义。

〔11〕开府旧治：宋恭帝德祐元年（1275），文天祥为浙西、江东制置使兼知平江府，即姑苏，今苏州。

〔12〕夫差之台：即姑苏台，春秋时吴王夫差的台，在姑苏山。

〔13〕又后四年：元世祖至元二十三年（1286）。为文天祥殉国后四年。

〔14〕越台：即越王台，春秋时越王勾践的台，在绍兴越王山。

〔15〕又后五年及今：元世祖至元二十八年（1291），即写作此记的时候。子陵之台：即严子陵钓台。

〔16〕甲乙若丙：据黄宗羲注，三人分别是吴思齐、严侣、冯桂芳。　越宿：过一夜，即第二天，是农历二月初九，为文天祥忌辰。

〔17〕江涘（sì四）：江边。

〔18〕子陵祠：严子陵祠在西台下，北宋范仲淹所建。

〔19〕甃（zhòu皱）：井壁，代指井。

〔20〕弱冠：旧时指男子二十岁行冠礼，表示成年。

〔21〕先君：指作者的父亲谢钥。

〔22〕眷（juàn倦）焉若失：顾望怀念，若有所失。

〔23〕渰浥（yǎn yì演亦）浡（bō勃）郁：云气湿润蕴积。

〔24〕竹如意：竹制的搔痒物。

〔25〕何极：何处停止，极，止。　关水黑：杜甫《梦李白》诗："魂来枫林青，魂返关塞黑。"

〔26〕化为朱鸟两句：朱鸟，南方七个星宿的总称。文天祥的灵魂朱鸟，有嘴向哪里去吃呢？意谓宋亡，不能为文天祥立祠致祭。

〔27〕感喟（jiè借）：感叹。

〔28〕相属（zhǔ嘱）：互相敬酒。

〔29〕阮步兵死：阮籍，字嗣宗，晋诗人。曾任步兵校尉。他躲避祸害，常醉酒。驾车不由径路，走不通就痛哭而返。

〔30〕仿太史公著"季汉月表"：司马迁著《史记》，中有《秦楚之际月表》，记述秦楚之际史事，作者欲仿作以记宋亡之际的史事。季汉，汉末，借指宋末。

〔31〕乙丑：谢翱曾随他父亲谢钥在宋度宗咸淳元年乙丑（1265）第一次登西台，与此次登台相距二十六年。

【译文】

起初，我的老朋友唐宰相鲁公，在南方建立府署，我以平民从军。第二年，我与公在漳水边分别。又一年后，公因变故经过张巡与颜杲卿曾经活动的地方，慷慨悲歌，最终没有辜负自己的誓言而是跟他们在一起，现在他的诗篇都在，可以考见。我恨死后没有可凭藉的东西来见公，仅记得我们上一次相别时的话语，每次想起，就会在梦中寻觅到那情境。有的山水、池塘、台榭和山中云气、草木，与相别时的地方和时间正好相似，就会徘徊顾盼，悲哀却又不敢哭泣。

又过了三年，经过苏州。是公最初开府治事的旧地。遥望着姑苏台，第一次为公死而痛哭。

又过了四年，在越王台哭公。又过了五年到今天，在子陵台哭公。

前一天，与友人甲、乙和丙相约，过一夜后相聚。中午雨

下不止，在江边雇船，上岸拜谒严子陵祠堂，在祠边的僧舍休
息。这里墙倒井枯，仿佛进入了坟墓。归来与船夫整理祭品。
一会儿雨停，登上西台，在荒亭角上设立了神主，跪伏再拜，
祝告毕，高声哭号了三次，又再拜，起来。又念及我二十岁
时，经过这里必然要到子陵祠下拜谒，第一次到此处，是跟随
父亲来的。现在我已年老，江山依旧，人物沦亡，顾望怀念，
若有所失。又向东望，哭泣拜伏不止，有云从西南飘来，湿润
浓重，水气逼近树木，仿佛相助悲伤。就用竹如意敲石头，用
《楚辞》的声调招魂道：

> 早晨魂魄飘去啊到哪里为止，
>
> 夜晚归来啊关塞水流都黑，
>
> 化成南方七宿的朱雀啊，
>
> 有嘴到何处去寻觅吃食？

歌唱完毕，竹如意和石头全都碎了。因此在这时相对感叹，又
登上东台，抚摸苍石，回到船中休息。船夫开始对我们的哭泣
吃惊，说："刚才有巡逻船驶过，何不离开这里？"便将船移
到河中，举杯相互敬酒，各人作诗来寄托思念。傍晚，天下
雪，风凛冽，不能久留。登岩在乙家留宿，夜间又作诗怀古。
第二天，风雪更大，在江边与甲相别。我与丙独自归去，走了
三十里，又经过一晚才到家。以后，甲寄来了书信和别时的诗
歌，信中说："这天风急，帆船急驶，过了很久才渡过河去，
已过河，怀疑有神暗中帮助，用来显示这次游历的壮伟。"我
说："哎！阮籍死后，空山没有哭声将近千年了，如果说有神
相助，确实不可知。然而这次游历也的确壮伟，为它所写的文
词，借来表达心意，也实在是可悲的。"

　　我曾经想仿照司马迁著一"汉末月表"，就像他写《秦楚

之际月表》，今天的人不知我的心思，后来的人必定有知道我的。在此时应该记录下来，所以写下来附在"汉末"事后。这时，是我随父亲登台以后的二十六年。父亲名某字某，他登台的年月在乙丑年。

（赵伯陶）

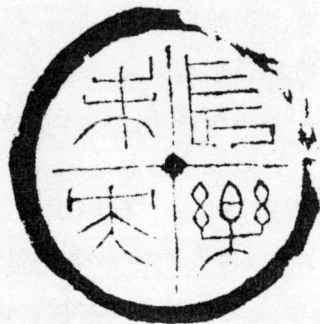

明 代

送东阳马生序[1]

宋 濂[2]

余幼时即嗜学,家贫无从致书以观[3],每假借于藏书之家,手自笔录,计日以还。天大寒,砚冰坚,手指不可屈伸,弗之怠。录毕,走送之[4],不敢稍逾约。以是人多以书假余[5],余因得遍观群书。既加冠[6],益慕圣贤之道,又患无硕师、名人与游[7],尝趋百里外,从乡之先达执经叩问[8]。先达德隆望尊,门人弟子填其室,未尝稍降辞色[9]。余立侍左右,援疑质理[10],俯身倾耳以请;或遇其叱咄[11],色愈恭,礼愈至,不敢出一言以复;俟其忻悦[12],则又请焉。故余虽愚,卒获有所闻。

当余之从师也,负箧曳屣[13],行深山巨谷中。穷冬烈风,大雪深数尺,足肤皲裂而不知[14]。至舍,四支僵劲不能动,媵人持汤沃灌[15],以衾拥覆,久而乃和。寓逆旅主人[16],日再食[17],无鲜肥滋味之享。同舍生皆被绮绣[18],戴朱缨宝饰之帽[19],腰白玉之环,左佩刀,右备容臭[20],烨然若神人[21]。余则缊袍敝衣处其间[22],略无慕艳意,以中有足乐者,不知口体之奉不若人也[23]。盖余之勤且艰若此。今虽耄老[24],未有所成,犹幸预君子之列,而承天子之宠光,缀公卿之后[25],日侍坐备顾问,四海亦谬称其氏名,况才之过于余者乎?

今诸生学于太学,县官日有廪稍之供[26],父母岁有裘葛之遗〔27〕，无冻馁之患矣〔28〕；坐大厦之下而诵诗书〔29〕，无奔走之劳矣；有司业、博士为之师〔30〕，未有问而不告、求而不得者也。凡所宜有之书，皆集于此，不必若余之手录、假诸人而后见也。其业有不精、德有不成者，非天质之卑，则心不若余之专耳，岂他人之过哉！

东阳马生君则，在太学已二年，流辈甚称其贤〔31〕。余朝京师〔32〕，生以乡人子谒余〔33〕，撰长书以为贽〔34〕，辞甚畅达；与之论辨，言和而色夷〔35〕。自谓少时用心于学甚劳，是可谓善学者矣。其将归见其亲也，余故道为学之难以告之。谓余勉乡人以学者，余之志也；诋我夸际遇之盛而骄乡人者〔36〕，岂知余者哉！

【题解】

这是作者为送别同乡晚辈马君则回乡探亲所写的赠言。马君则勤奋好学，已在太学读书两年，作者对他的书信文字和言谈举止都有好感，才写了这篇勉励的临别嘱咐。作者虽是长者，却不以教诲人的姿态出现，而是从自身写起：年少时嗜读如命，但得书和求师都不易，学习和生活都困苦。作者所以要写这些文字的用意，不是自夸，而是希望马生能珍惜自己已经得到的、条件优越的、太学生的学习生活，认真读书。因此作者恳切委婉的文字，对后人从事学习有积极意义。

【注释】

〔1〕本篇选自《宋学士文集》。　东阳：县名，在今浙江。　马生：马君则，是南京的太学（当时的大学）生。

〔2〕宋濂（1310—1381）：字景濂，浦江（今浙江义乌）人。明初散文家。明太祖聘任他负责纂修《元史》，当时朝廷关于诏谕、封赐的文章多由他写成。晚年辞官归家。著有《宋学士文集》。

〔3〕致书：得到书。

〔4〕走：跑，赶快之意。

〔5〕假：借。

〔6〕加冠：指二十岁。古时男子到二十岁，举行加冠礼，表示已经成人。

〔7〕硕（shuò朔）师：有名望的大师。　游：交游，来往。

〔8〕先达：有名望有地位的前辈。

〔9〕辞色：指言辞和脸色。

〔10〕援：援引。　质：质问。

〔11〕叱咄（chì duō斥多）：大声斥责。

〔12〕俟（sì四）：等到。

〔13〕箧（qiè妾）：书箱。　曳屣（yè xǐ夜喜）：拖拉着鞋。

〔14〕皲（jūn君）裂：皮肤因寒冻干燥而裂口。

〔15〕媵（yìng映）人：本指陪嫁之女，此指陪送自己上学的人。　沃灌：浇洗之意。

〔16〕逆旅：客店。

〔17〕日再食（sì四）：一日两餐。

〔18〕被：同"披"。　绮（qǐ乞）绣：绣有花色的丝织品。

〔19〕缨（yīng英）：穗子。

〔20〕容臭（xiù秀）：香袋。

〔21〕烨（yè页）然：光彩耀眼的样子。

〔22〕缊（yùn运）袍：以乱麻为絮的袍子。　敝衣：破衣裳。

〔23〕口体之奉：吃穿方面的供养。

〔24〕耄（mào茂）：古时称七十以上的老人为耄。

〔25〕缀（zhuì坠）：追随。　公卿：泛指大官。

〔26〕县官：指朝廷。　廪（lǐn凛）稍：公家供给的粮食。

〔27〕裘：皮衣。　葛：夏布衣服。　遗（wèi卫）：赠给。

〔28〕馁（něi哪上声）：饥饿。

〔29〕诗书：泛指经书。

〔30〕司业、博士：都是太学中的官名和老师。

〔31〕流辈：同辈。

〔32〕朝：君主召见臣子。

〔33〕乡人子：同乡的子弟。东阳与浦江同属金华府。　谒（yè业）：拜见。

〔34〕撰（zhuàn传）：写作。　贽（zhì至）：初次见面赠给长辈的礼物。

〔35〕夷：平易。

〔36〕诋（dǐ抵）：毁谤。

【译文】

我小时候就爱读书，家穷，没法得书来看，每次都向藏书家借书，亲手抄下来，按约定的日期送还。天大冷，砚池里的水冻成坚硬的冰，手指冻得僵硬，不能屈伸，并不放松抄写。抄完，赶忙送还，不敢超过约定时间。因此人家多把书借给我，我因此得以看遍多种书。到了二十岁时，更加敬慕圣贤的道理，又担忧没有与大师、名人交往，曾经赶到百里之外，手拿经书向乡里的前辈求教。前辈德高望重，学生挤满了屋子，他不曾稍稍放下严厉的语气神态。我站在旁边陪着，提疑问，问道理，躬身侧耳地请教；有时碰上他大声斥责，我的态度更恭敬，礼貌更周到，不敢回一句话；等到他高兴了，就又向他请教。所以我虽然愚笨，终于还是获得教益。

当我追随老师学习时，曾经背着书箱拖拉着鞋，走在深山大谷中。在深冬寒风中，大雪深数尺，脚上的皮肤冻裂了，自己也不知道。回到住处，四肢僵硬不能行动，侍者用热水给我浇洗，又用被子给我盖着，好久才暖和过来。我借住在客店里，一天吃两顿饭，没有鲜鱼肥肉和有滋味的食品可吃。住在一起的同学都穿着锦缎衣服，戴着镶宝石有红穗的帽子，腰上系着白玉环，左边有佩刀，右边有香袋，光彩耀眼如同神仙。我则穿着破絮袍旧衣裳处在他们中间，一点也不羡慕他们，因为我心中有足够的乐趣，不知道吃的和穿的都不如人家。我求学时的勤苦和艰难就是这样。如今我虽然年老了，没有什么成就，幸而置身在君子的行列中，受到皇上的恩宠，跟在高官的后面，每天侍候皇上坐着，准备询问，国内也谬误地提到我的名字，何况那些才能超过我的人呢？

今天诸位学生在太学里学习，公家每天都供给伙食，父母

每年还给冬衣夏衣，没有饥寒之忧；坐在大厦里诵读经书，没有奔波之苦；还有司业、博士作老师，有疑问没有不告诉的、有请求没有不满足的。凡是应当有的书，皆聚集在这里，不必像我的手抄、借人家的书才有书看啊。如果学业学得不精、品德有培养不好的，不是因为天资低下，就因为不像我专心罢了，难道还有别人的错吗？

东阳马君则，在太学已经学习两年，他的同学都说他才德兼备。我到京城来上朝，君则以同乡人的子弟来见我，写了封长信作见面礼，文辞流畅练达；与他辩论问题，言谈温和而态度平易。自己说小时候用心求学很劳苦，这可以说是善于学习的。他将回乡探望父母，我所以把过去求学的难处告诉他。如果说我是为了勉励同乡学习，这是我的心意啊；但如果攻击我是夸耀遭遇的烦多而在同乡面前骄傲自大，这哪里是了解我的人啊！

（冀　勤）

工之侨为琴 [1]

刘　基 [2]

　　工之侨得良桐焉，斫而为琴 [3]，弦而鼓之 [4]，金声而玉应 [5]，自以为天下之美也。献之太常 [6]。使国工视之 [7]，曰："弗古！"还之。

　　工之侨以归，谋诸漆工 [8]，作断纹焉 [9]；又谋诸篆工 [10]，作古窾焉 [11]；匣而埋诸土 [12]。期年出之 [13]，抱以适市 [14]。贵人过而见之，易之以百金 [15]，献诸朝。乐官传视，皆曰：

"希世之珍也！"

工之侨闻之，叹曰："悲哉，世也！岂独一琴哉？莫不然矣！而不早图之，其与亡矣[16]。遂去，入于宕冥之山[17]，不知其所终。

【题解】

这则寓言，讲同一张琴，当它以真面目出现时，被认为"弗古"，不被采纳；当它以假古董出现时，却被夸赞为"希世之珍"，在一今一古的对比中，对统治阶级真假不辨，是非不明的愚蠢和昏庸作了尖锐的讽刺和深刻的批判。这则寓言的主旨，主要是运用对比手法，让事实的本身来说话。但结尾的议论，"悲哉，世也！岂独一琴哉？莫不然矣！"则起到画龙点睛的作用，进一步点明黑白不分、真伪颠倒的世道，并借工之侨不愿与之同流合污，来表示作者自己在元末辞官，归隐青山的一段经历。

【注释】

〔1〕本篇选自《诚意伯文集·郁离子》。《郁离子》是寓言故事集。"郁"是文彩，"离"是光明，"郁离"是文明的意思。郁离子是作者假托人物。 工之侨：作者虚拟的人名。

〔2〕刘基（1311—1375）：字伯温，青田（今属浙江）人。协助明太祖平定天下，建立明朝。官至御史中丞，封诚意伯。他性情刚直，辞官后受左丞相胡惟庸陷害，忧愤而死。著有《诚意伯文集》。

〔3〕斫（zhuó浊）：砍削。

〔4〕弦：装上弦。 鼓：弹奏。

〔5〕金声而玉应：形容琴声悦耳动听。古代奏乐往往以钟发声，以磬收韵。

〔6〕太常：即太常寺，掌管礼乐的官署。

〔7〕国工：国内最优秀的乐师。

〔8〕谋：商量。 诸："之于"的合音。

〔9〕断纹：指残缺不全的花纹。

〔10〕篆（zhuàn撰）工：刻字工人。

〔11〕窾（kuǎn款）：通"款"。即款识，古代钟鼎上刻的文字。

〔12〕匣：装在匣子里。

〔13〕期（jī基）年：一周年。

〔14〕适：到。

〔15〕易：交换。　百金：一百两银子。

〔16〕亡：丧失，这里指丧失真诚而去作伪。

〔17〕宕冥（dàng míng荡明）：高远而幽深山间，这里作者虚拟的山名。

【译文】

　　工之侨得到一棵好的桐树，砍削后制成一张琴，装上弦弹奏起来，像钟声和磬声相应和，他自己认为这是天下最好的琴了。把它献给主管礼乐的官府。官府派全国最优秀的乐师去鉴定，说："不是古琴。"退还给了他。

　　工之侨把琴拿回家后，跟漆工商量，在琴上漆上些残缺不全的花纹；又和刻工商量，在琴上刻上些古老的文字。把琴装到匣子里，埋在泥里。过了一年，从泥里把琴挖出来，抱着它到市场去出售。有个显贵走过看见了，用一百两银子买了去，献给朝廷。乐官们传看，都说："这是世间少有的珍宝啊！"

　　工之侨听说后，感叹道："可悲啊，这个世道！难道仅仅是一张琴吗？没有不是这样的啊？如果不早作打算。要跟这个世道一样丧失真诚了。"于是离去，进入宕冥山，不知道他的结局。

（徐明翚）

养 狙 为 生[1]

刘　基

　　楚有养狙以为生者，楚人谓之狙公。旦日[2]，必部分众狙于庭[3]，使老狙率以之山中[4]，求草木之实[5]，赋什一以

自奉 [6]。或不给，则加鞭棰焉 [7]。群狙皆患苦之，弗敢违也。

一日，有小狙谓众狙曰："山之果，公所树与 [8]？"曰："否也，天生也。"曰："非公不得而取与？"曰："否，皆得而取也。"曰："然则吾何假于彼而为之役乎 [9]？"言未既 [10]，众狙皆寤 [11]。

其夕，相与伺狙公之寝 [12]，破栅毁柙 [13]，取其积，相携而入于林中，不复归。狙公卒馁而死 [14]。

郁离子曰："世有以术使民而无道揆者 [15]，其如狙公乎？惟而昏而未觉也；一旦有开之，其术穷矣 [16]。"

【题解】

这则寓言，通过狙公夺走众狙采集的野果，并鞭打众狙以及众狙奋起反抗，拿回狙公积蓄的果子，形象地揭露封建统治阶级对人民的压迫和剥削，歌颂人民的反抗行动，揭示了"官逼民反"的现实。

这则寓言在艺术上最大的特色是简洁朴素。真理本来就是朴素的，所以寓言的主体部分，仅是三句启发性的问话："山之果，公所树？""非公不得而取？""吾何假于彼而为之役？"这三句朴素的问话，即道出了萦绕在被压迫者心头长久的疑团，但又不敢想更不敢问，当"患苦"太深了，总有一天要觉醒的，所以小狙一经发问，"众狙皆寤"，显示出真理是容易被人接受的，并且会产生巨大的力量。众狙终于获得了自由，而狙公则"馁而死"。

【注释】

〔1〕本篇选自《诚意伯文集·郁离子》。 狙（jū居）：猴子。
〔2〕旦日：早晨。
〔3〕部分：布置安排。
〔4〕以：而。 之：到。
〔5〕实：果子。
〔6〕赋：征收。 什一：十分之一。 自奉：供养自己。
〔7〕棰（chuí垂）：鞭打。

〔8〕树：种植。　与：通"欤"，表疑问助词。

〔9〕假：借，凭藉。　役：使唤。

〔10〕既：尽，完。

〔11〕寤：通"悟"，醒悟。

〔12〕相与：共同。　伺（sì四）：侦察。

〔13〕栅（zhà乍）：栅栏。　柙（xiá狭）：同"匣"，柜子。

〔14〕卒：终于。　馁（něi内上声）：饥饿。

〔15〕术：手段。　使：役使。　揆（kuí奎）：法度。

〔16〕穷：穷尽。

【译文】

楚国有一个靠养猴子过活的人，楚国人叫他狙公。早上，一定在院子里安排众猴子，让老猴子带领它们到山里去采集野果，十分之一供自己享用。有的猴子不肯给，便用鞭子抽打。这群猴子给他害苦了，都不敢违抗。

一天，有一只小猴子对众猴子说："山里的果树，是狙公栽种的吗？"众猴回答说："不是，都是天生的。"小猴子又问："不是狙公就不能采吗？"众猴回答说："不是，谁都可以摘取。"小猴子又问："那么，我为什么要依靠他，替他服苦役呢？"话还没有说完，众猴都醒悟了。

这天晚上，它们等狙公睡着了，就弄破栅栏，毁坏柜子，拿着狙公积存的果子，一起跑到树林里去，再也不回来了。狙公终于饿死了。

郁离子说："世上用种种手段来奴役人民而不讲道义和法度的人，大概像狙公那样吧？只因人民一时还湖涂没有觉悟，一朝有人开导他们，那种手段就完结了。"

（徐明翚）

项脊轩志 [1]

归有光 [2]

项脊轩，旧南阁子也 [3]。室仅方丈，可容一人居。百年老屋，尘泥渗漉 [4]，雨泽下注 [5]；每移案顾视，无可置者。又北向，不能得日，日过午已昏。余稍为修葺 [6]，使不上漏；前辟四窗 [7]，垣墙周庭，以当南日，日影反照，室始洞然 [8]。又杂植兰桂竹木于庭，旧时栏楯 [9]，亦遂增胜 [10]。借书满架，偃仰啸歌 [11]，冥然兀坐 [12]，万籁有声 [13]，而庭阶寂寂 [14]，小鸟时来啄食，人至不去。三五之夜 [15]，明月半墙，桂影斑驳 [16]，风移影动，珊珊可爱 [17]。然予居于此，多可喜，亦多可悲。

先是庭中通南北为一，迨诸父异爨 [18]，内外多置小门墙，往往而是 [19]。东犬西吠，客逾庖而宴 [20]，鸡栖于厅 [21]。庭中始为篱，已为墙，凡再变矣。家有老妪 [22]，尝居于此 [23]。妪，先大母婢也 [24]，乳二世 [25]。先妣抚之甚厚 [26]。室西连于中闺 [27]，先妣尝一至。妪每谓予曰："某所，而母立于兹 [28]。"妪又曰："汝姊在吾怀，呱呱而泣 [29]；娘以指扣门扉 [30]，曰：'儿寒乎？欲食乎？'吾从板外相为应答。"语未毕，余泣，妪亦泣。

余自束发读书轩中 [31]。一日，大母过余曰："吾儿，久不见若影 [32]，何竟日默默在此，大类女郎也？"比去 [33]，以手阖门 [34]，自语曰："吾家读书久不效 [35]，儿之成，则可待乎？"顷之，持一象笏至 [36]，曰："此吾祖太常公宣德间执此

以朝〔37〕，他日汝当用之。"瞻顾遗迹〔38〕，如在昨日，令人长号不自禁〔39〕。

轩东故尝为厨〔40〕；人往，从轩前过。余扃牖而居〔41〕，久之，能以足音辨人。

轩凡四遭火，得不焚，殆有神护者〔42〕。

项脊生曰〔43〕："蜀清守丹穴〔44〕，利甲天下〔45〕，其后秦皇帝筑女怀清台〔46〕。刘玄德与曹操争天下〔47〕，诸葛孔明起陇中〔48〕。方二人之昧昧于一隅也〔49〕，世何足以知之？余区区处败屋中〔50〕，方扬眉瞬目〔51〕，谓有奇景，人知之者，其谓与坎井之蛙何异〔52〕？"

余既为此《志》，后五年，吾妻来归〔53〕，时至轩中，从余问古事，或凭几学书。吾妻归宁〔54〕，述诸小妹语曰："闻姊家有阁子，且何谓阁子也？"

其后六年，吾妻死，室坏不修。其后二年，余久卧病无聊，乃使人复葺南阁子，其制稍异于前〔55〕，然自后余多在外，不常居。

庭有枇杷树，吾妻死之年所手植也，今已亭亭如盖矣〔56〕。

【题解】

项脊轩是作者的书房。这一篇抒情散文便是记叙与这间小屋有关的人和事。作者先从项脊轩的环境写起，回忆了他的一家若干年中的生活变化：伯父和叔父的分家，母亲和祖母的旧事，结婚和丧妻的乐与忧。作者把抒情糅在叙事之中，充满了怀旧的感伤情调，十分动人。尤其是文中所写乳母、母亲、祖母的言谈话语，音容笑貌，贴切而生动；述说家中上上下下纷乱的日常生活，绘声绘色，极富生活情趣，给人一种亲切感。

【注释】

〔1〕本篇选自《震川先生集》。　项脊轩：作者的远祖归道隆，住在昆山的项脊泾。为了纪念他，固称书房为项脊轩。　志：记。

〔2〕归有光（1506—1571）：字熙甫，号震川，昆山（今属江苏）人。明嘉靖四十四年（1565）进士。官至南京大仆寺丞。为明代著名的散文家。著有《震川先生集》。

〔3〕阁子：小屋。

〔4〕渗漉（shèn lù 肾路）：自上面向下漏。

〔5〕雨泽：雨水。　注：指漏水。

〔6〕修葺（qì气）：修补整治。

〔7〕辟：开。

〔8〕洞然：明亮的样子。

〔9〕栏楯（shǔn 吮）：栏杆。直的叫栏，横的叫楯。

〔10〕增胜：增添光彩。

〔11〕偃仰：俯仰。

〔12〕冥然兀（wù勿）坐：默默地端坐着。

〔13〕万籁（lài赖）：大自然的一切声音。籁，孔穴里发出的声音。

〔14〕寂寂：无声。

〔15〕三五之夜：指阴历十五的夜里。

〔16〕斑驳：杂乱无章。

〔17〕珊珊：轻盈舒缓的样子。

〔18〕迨（dài代）：等到。　诸父：指伯父叔父。　异爨（cuàn窜）：分灶烧饭，指分家。

〔19〕往往：到处。

〔20〕庖（páo袍）：厨房。

〔21〕栖：停息。

〔22〕妪（yù育）：老妇。

〔23〕尝：曾经。

〔24〕先大母：称呼去世的祖母。

〔25〕乳：指喂奶。　二世：指父亲和自己。

〔26〕先妣（bǐ比）：称呼去世的母亲。

〔27〕中闺：指内室，女子的居处。

〔28〕而：同"尔"，你。

〔29〕呱（gū姑）呱：小孩哭声。

〔30〕门扉 (fēi飞)：门板。

〔31〕束发：指成童。古时八岁以上的孩子便把头发盘在头上。

〔32〕若：你。

〔33〕比去：临走时。

〔34〕阖 (hé禾)：同"合"，关闭。

〔35〕效：成效。

〔36〕象笏 (hù互)：上朝时手里拿的象牙手板。

〔37〕太常公：指归有光的外高祖父夏昶，字仲昭，官至太常寺卿。　宣德：明宣宗 (朱瞻基) 的年号 (1426—1435)。

〔38〕瞻顾：前后观看，看得很细。

〔39〕长号 (háo豪)：大哭。　禁 (jìn近)：止。

〔40〕故：指旧时，过去。

〔41〕扃牖 (jiōng yǒu坰友)：关闭窗户。

〔42〕殆 (dài代)：可能，或许。

〔43〕项脊生：作者自称。

〔44〕清：蜀地 (今属四川) 某寡妇的名字。　丹穴：产朱砂的矿。

〔45〕甲：首位，第一。

〔46〕秦皇帝：秦始皇。　女怀清台：是秦始皇为纪念蜀地寡妇清所筑的一座台，在今重庆长寿南。

〔47〕刘玄德：刘备的字。　曹操：字孟德。东汉末年的政治家、文学家。

〔48〕诸葛孔明：诸葛亮，字孔明。　陇中：应是"隆中"，诸葛亮隐居处，在今湖北襄阳西。

〔49〕昧 (mèi妹)：不为人知。　隅 (yú余)：角落。

〔50〕区区：渺小。这里是作者自谦之辞。

〔51〕瞬目：眨眼。

〔52〕坎 (kǎn砍) 井：浅井。坎，原作"埳"，同。

〔53〕来归：嫁过来。

〔54〕归宁：出嫁后回娘家探亲。

〔55〕制：规格。

〔56〕亭亭：挺立的样子。

【译文】

　　项脊轩，就是原来的那间小南屋。屋子仅有一丈见方，可容得下一个人居住。百年的老屋，尘灰和泥土都往下掉，雨水也往下流；常常要挪动桌子，看看四周却没有可以安置的地方。屋子朝北，不能照到阳光，每天一过中午屋里就暗了。我稍稍修理整治，使它不再漏雨落土。前面开了四个窗户，庭院里筑了围墙，对着南边射过来的日光；因为有阳光的反照，屋子里才明亮起来。又在庭院里夹杂地种植了兰花、桂花、竹子和树，旧时的栏杆，也增添了光彩。借了满书架的书，俯仰大声地吟唱，或是默默地端坐着，能听到自然界中的一切声音，而院子里的台阶上静静的，时常有小鸟来吃食，人过去也不飞走。每当十五那天的夜晚，明月照着半边墙壁，桂树的影子错杂散乱，风来影动，轻盈舒缓得可爱。然而我住在这里，有许多令人高兴的事，也有许多令人悲伤的事。

以前这院子南北相通是一个大院，等到叔伯们分家以后，里里外外砌了一些小门墙，到处都有。墙东的狗叫了，墙西的狗跟着也叫，客人来了要穿过厨房才能进餐厅入席，鸡就在大厅里休息。庭院里先是筑了些篱笆，后来砌了围墙，总共变过两次了。家里有个老妇，曾住在这里。老妇，是我已去世的祖母的婢女，她已经喂养过两代人。我死去的母亲待她挺好。这间小屋西通内室，我死去的母亲曾来过一次。老妇常常告诉我说："那个地方是你母亲站过的。"老妇又说："你姐姐在我怀里，哇哇地哭，你母亲用手指敲着门说：'孩子是不是冷了？是不是想吃了？'我就在门板外和她应答着。"话没说完，我哭了，老妇也哭了。

我从童年时就在这小屋里读书。一天，祖母来看我说："我的孩子，好久不见你的影子了，为什么整天地在这里不声不响的，很像女孩儿啦？"临走时，用手关上门，自言自语地

说："我们家读书的老是没有成效，这孩子的成就，可以有个盼头了吧?"过了一会儿，拿着一块象牙朝板来，说："这是我的祖父太常公宣德年间上朝用的，以后你也该用它。"看看这里遗留的痕迹，像在昨天那样，让人禁不住要大哭一场。

这屋子的东边过去曾经是厨房；人们到那里去，都从这间小屋前经过。我关着窗户住在里面，时间久了，能从脚步声分辨出是谁。

这间小屋总共遭四次火灾，却没有被烧毁，或许是有神在保佑的。

我说："巴蜀有个叫清的寡妇，她守着朱砂矿井，获利天下居第一位，后来秦始皇修筑女怀清台来纪念她。刘备与曹操争夺天下，诸葛亮是从隆中出山的。当寡妇清和诸葛亮在偏僻的地方不为人知的时候，世上怎么就知道他们呢? 我这个微不足道的人住在破屋里，当扬眉眨眼高兴的时候，说这里有奇特的景象，人们要是知道了，他们会说我与坐井观天的青蛙有什么两样呢?"

我写了这篇《志》，后五年，我的妻子嫁过来。她常到小屋里来，跟我问古代的事情，或者靠在几案上学写字。我的妻子回娘家，回来转告小姨子们的话说："听说姐姐家有阁子，什么叫阁子呀?"

这之后六年，我的妻子死了，小屋破了也没修理。又过了两年，我长期生病无聊得很，便让人重新修整小南屋，它的规格与以前稍有不同，然而自此之后我多在外面，不常住在这里。

庭院里有棵枇杷树，是我的妻子死的那年亲手栽的，如今已挺立着如同车盖了。

（冀 勤）

答茅鹿门知县二^[1]

唐顺之 ^[2]

熟观鹿门之文，及鹿门与人论文之书，门庭路径，与鄙意殊有契合；虽中间小小异同，异日当自融释，不待喋喋也^[3]。

至如鹿门所疑于我本是欲工文字之人而不语人以求工文字者，此则有说。鹿门所见于吾者，殆故吾也，而未尝见夫槁形灰心之吾乎^[4]？吾岂欺鹿门者哉！其不语人以求工文字者，非谓一切抹煞，以文字绝不足为也。盖谓学者先务，有源委本末之别耳。文莫犹人，躬行未得^[5]，此一段公案姑不敢论^[6]，只就文章家论之。虽其绳墨布置，奇正转折^[7]，自有专门师法，至于中一段精神命脉骨髓^[8]，则非洗涤心源，独立物表，具今古只眼者，不足以与此。今有两人，其一人心地超然，所谓具千古只眼人也，即使未尝操纸笔呻吟，学为文章，但直据胸臆，信手写出，如写家书，虽或疏卤^[9]，然绝无烟火酸馅习气^[10]，便是宇宙间一样绝好文字；其一人犹然尘中人也，虽其专专学为文章，其于所谓绳墨布置，则尽是矣，然翻来覆去，不过是这几句婆子舌头语，索其所谓真精神，与千古不可磨灭之见，绝无有也，则文虽工而不免为下格。此文章本色也。

即如以诗为喻，陶彭泽未尝较声律^[11]，雕句文，但信手写出，便是宇宙间第一等好诗。何则？其本色高也。自有诗以来，其较声律，雕句文，用心最苦，而立说最严者，无如沈约^[12]，苦却一生精力，使人读其诗，只见其捆缚龌龊^[13]，满

卷累牍，竟不曾道出一两句好话。何则？其本色卑也。本色卑，文不能工也，而况非其本色者哉！

且夫两汉而下，文之不如古者，岂其所谓绳墨转折之精之不尽如哉？秦汉以前，儒家者有儒家本色 [14]，至如老庄家有老庄本色 [15]，纵横家有纵横本色 [16]，名家、墨家、阴阳家皆有本色 [17]。虽其为术也驳，而莫不皆有一段千古不可磨灭之见。是以老家必不肯剿儒家之说，纵横必不肯借墨家之谈，各自其本色而鸣之为言。其所言者，其本色也。是以精光注焉，而其言遂不泯于世。唐宋而下，文人莫不语性命 [18]，谈治道，满纸炫然，一切自托于儒家。然非其涵养蓄聚之素，非真有一段千古不可磨灭之见，而影响剿说，盖头窃尾，如贫人借富人之衣，庄农作大贾之饰，极力装做，丑态尽露。是以精光枵焉 [19]，而其言遂不久湮废 [20]。然则秦汉而上，虽其老、墨、名、法、杂家之说而犹传，今诸子之书是也，唐宋而下，虽其一切语性命、谈治道之说而亦不传，欧阳永叔所见唐四库书目百不存一焉者是也 [21]。后之文人，欲以立言为不朽计者，可以知所用心矣。

然而吾之不语人以求工文字者，乃其语人以求工文字者也。鹿门其可以信我矣。虽然，吾槁形而灰心焉久矣，而又敢与知文乎？今复纵言至此，吾过矣，吾过矣。此后鹿门更见我之文，其谓我之求工于文者耶，非求工于文者耶？鹿门当自知我矣，一笑。

鹿门东归后，正欲待使节西上时得一面晤，倾倒十年衷曲；乃乘夜过此，不已急乎？仆三年积下二十余篇文字债，许诺在前，不可负约，欲待秋冬间病体稍苏，一切涂抹，更不敢计较工拙，只是了债。此后便得烧却毛颖 [22]，碎却端溪 [23]，兀然作一不识字人矣 [24]。而鹿门之文，方将日进，而与古人为徒未艾也 [25]。异日吾倘得而观之，老耄尚能识其用意处否耶 [26]？并附一笑。

【题解】

唐顺之在给茅坤的第二封信中，用汪洋恣肆的文笔阐述了自己的文学主张，不仅抨击了复古派抄袭古人、追求形式的文风，还抨击了唐宋派言性命治道并无切实体会的空话，提倡要有千古不可磨灭的本色语。虽是议论文，却写得通脱自然，妙趣横生。这与他自己主张的"直据胸臆，信手写出"的观点相合，体现了理论和实践的统一。作者认为仅仅知道文章的"绳墨布置"与"奇正转折"是远远不够的，强调写文章要有"真精神与千古不可磨灭之见"，这就是文章的本色问题。作者论文要讲究"涵养蓄聚之素"，即平常要注意道德修养与积累学问，这是根本的，不是讲究写作技巧、雕章琢句。有了根本的道德修养与学问积累，才有可能发出千古不可磨灭的见识。这个观点对于今天仍有一定的意义。

【注释】

〔1〕本篇选自《荆川先生文集》。　茅鹿门：茅坤（1512—1601），字顺甫，号鹿门，归安（今浙江吴兴）人。曾任青阳、丹徒知县。提倡唐宋派古文。编有《唐宋八大家文钞》。

〔2〕唐顺之（1507—1560）：字应德，一字义修，武进（今属江苏）人。嘉靖八年（1529）进士，官至右佥都御史。有《荆川先生文集》。

〔3〕喋（dié碟）喋：多言状。

〔4〕槁（gǎo稿）形灰心：身体像枯槁的树干，心灵像火灭后的死灰。意思是心情冷淡，对一切事物都无动于中。

〔5〕文莫犹人，躬行未得：《论语·述而》："子曰：'文，莫我犹人也。躬行君子，则吾未之有得。'"文辞，大约我和别人差不多。做躬行君子，我还没成功。

〔6〕公案：有纠纷的事情或问题。

〔7〕绳墨：木工的墨线，指作文的规律。　奇正：指文章作法的变化。

〔8〕精神命脉骨髓：比喻文章具有生命的独立见解。

〔9〕疏卤（lǔ鲁）：粗疏。

〔10〕烟火酸馅习气：诗文中的俗气和迂腐味道。

〔11〕陶彭泽：陶渊明，晋代诗人，曾任彭泽令。

〔12〕沈约：南朝梁著名文学家，提出音律上的四声八病之说。

〔13〕龌龊（wò chuò卧绰）：拘泥、局促。

〔14〕儒家：以孔子为代表的儒家学派，提倡仁义学说。

〔15〕老庄家：以老子、庄子为代表道家学派，宣扬道法自然。

〔16〕纵横家：战国时，苏秦、张仪等人为代表的纵横家学派，提倡合六国拒秦为合纵，连六国事秦为连横。

〔17〕名家：战国时，以公孙龙等人为代表的学派，提出白马非马等学说。墨家：春秋时代以墨翟为代表的学派，提倡兼爱非攻学说。　阴阳家：战国时，以邹衍为代表的提倡阴阳五行学说的学派。

〔18〕性命：宋明理学讲天性和天命。

〔19〕枵（xiāo消）焉：空虚。

〔20〕湮（yān烟）废：消灭、废除。

〔21〕欧阳永叔：欧阳修的话见《新唐书·艺文志序》。

〔22〕毛颖：毛笔。

〔23〕端溪：砚台。以端溪产砚而借代。

〔24〕兀然：浑然无知的样子。

〔25〕未艾：未止。

〔26〕老耄（mào帽）：古人以七十岁以上为耄。

【译文】

仔细阅读茅鹿门的文章和鹿门同他人讨论文章的书信，讲到入门和前进路数，与我的意见很有些相合；虽然其中也有小小的差异，以后自会融解消散，用不着去多说的。

至于鹿门怀疑我本是要求写好文章的人，却不把要求写好文章告诉人，这就有说法。鹿门所看到的我，恐怕只是过去的我，而没有看到形如槁木、心如死灰的我。我难道是欺骗鹿门的人吗！我不对人讲要求写好文章，不是说抹煞一切，认为文字绝不值得讲究的。大概是说学者先要致力的事，有主要和次要的分别罢了。文章，大约我和别人差不多，亲自实行未获成效，这一段纠纷姑且不敢讨论，只就文章家来讨论吧。虽然它的规矩布置、变化转折，自有师徒相传的专门技法，至于其中一段精神、命脉、骨髓，不是把内心洗净，独立在事物的外面，具有古今独特见解的人，就不够参与这事。现在有两个人，其中一个人心地高超，所说的具有千古独特见解的人，即使不曾拿纸笔吟诵，学作文章，但是直接根据胸中怀抱，随手写出，像写家信，虽然或者粗率，然而绝对没有俗气和迂腐气味，这就是天地间的一种绝妙的文字；其中一个人还是世俗中人，虽然他专心学写文章，他对于所说的文章规模布置，就都对了，然而翻来覆去，不过是这几句老婆子的口头话，求他所谓真精神和千古不可磨灭的见解，是绝对没有的，那文章技巧虽好，却不免是下等。这就是文章的本来面目。

就用诗来说吧，陶渊明不曾讲究音韵格律，雕章琢句，只是随手写出来，就是天地间第一等好诗了。为什么？它的本来面目高妙。自从有诗以来，对诗讲究音韵格律、雕章琢句，用心最苦并且立论最严格的，没有像沈约的，苦心拼上一生的精力，令人读他的诗，只能看到他束缚、拘泥、局促的弊病，满卷积篇，竟然没有说出一两句好话。为什么？它的本来面目低下。本来面目低下，文章就不能写好，又何况那些不是他本来面目的文章呢！

况且两汉以来，文章不如古人的，难道是所谓法则和转折的精妙不尽如从前了吗？秦、汉以前，儒家有儒家的本来面目，至于像老庄家有老庄家的本来面目，纵横家有纵横家的本来面目，名家、墨家、阴阳家也都各有他们的本来面目。虽然他们的学术杂乱，但没有一家不具有一种千古不可磨灭的见

解。因此，老庄家一定不肯袭用儒家的学说，纵横家一定不肯借用墨家的议论，各家都从自己的本来面目来发表议论。他们所说的，就是他们的本来面目。因此精华光采聚集，而他们的言论就不会在世间消失。唐、宋以来，文人没有不谈性命、谈治国道理的，满纸光彩耀眼，一切都将自己寄托于儒家的门下，然而并非他早有道德、学识的修养和积累，并非真有一种千古不可磨灭的见解，而是追随附和抄袭来的说法，改头换面，像穷人借穿富人的衣服，乡农作大商人的装饰，虽极力装扮，丑态尽露。所以他们的精华、光采空虚了，他们的言论也不久就消灭废除了。那么秦、汉以前，即使是老、墨、名、法、杂家的学说仍然流传，现在诸子的书就是。唐、宋以来，即使那一切说性命、谈治道的学说也不能流传，欧阳修所见的唐人四库书目今天已经百不存一了的就是。后代文人，想要以立言为不朽的考虑的，可以知道怎样用心了。

那么我的不对人讲怎样写好文章，正是对人讲怎样写好文章的，鹿门可以信任我了。虽是这样，我已很久形如槁木，心如死灰了，而又岂敢参与懂得写文章的道理呢？今天又毫无拘束地谈论到这些，我错了，我错了。此后鹿门再见到我的文章，是说我讲求写好文章呢，还是不讲求写好文章呢？鹿门应当自己知道我了，一笑。

鹿门东归后，正想等大驾西行时有一会面的机会，畅谈十年来的心事；却是乘夜到此地，不是太急吗？我三年中欠下了二十多篇文字债，答应在前，不能失信，想等到秋冬之际病体稍稍恢复，胡涂乱抹一番，更不敢计较文字的工拙，只是还债。此后就要将毛笔烧掉，将砚台打碎，浑然无知作一个不识字的人了。而鹿门的文章，正要每日有所进步，作古人的学徒未有止境。他日我倘能看到这些文章，老头子还能识别出其中用意的地方吗？并附上以供一笑。

（赵伯陶）

报刘一丈书^[1]

宗　臣 ^[2]

数千里外，得长者时赐一书 ^[3]，以慰长想，即亦甚幸矣；何至更辱馈遗 ^[4]，则不才益将何以报焉。书中情意甚殷，即长者之不忘老父，知老父之念长者深也。至以"上下相孚 ^[5]、才德称位"语不才，则不才有深感焉。夫才德不称，固自知之矣；至于不孚之病，则尤不才为甚。

且今世之所谓孚者何哉？日夕策马 ^[6]，候权者之门。门者故不入，则甘言媚词，作妇人状，袖金以私之。即门者持刺入 ^[7]，而主者又不即出见。立厩中仆马之间 ^[8]，恶气袭衣裾 ^[9]，即饥寒毒热不可忍，不去也。抵暮则前所受赠金者出，报客曰："相公倦 ^[10]，谢客矣。客请明日来。"即明日，又不敢不来。夜披衣坐，闻鸡鸣，即起盥栉 ^[11]，走马抵门 ^[12]。门者怒曰："为谁？"则曰："昨日之客来。"则又怒曰："何客之勤也！岂有相公此时出见客乎？"客心耻之，强忍而与言曰："亡奈何矣 ^[13]，姑容我入。"门者又得所赠金，则起而入之。又立向所立厩中 ^[14]。幸主者出，南面召见，则惊走匍匐阶下 ^[15]。主者曰："进！"则再拜，故迟不起，起则上所上寿金 ^[16]。主者故不受，则固请；主者故固不受，则又固请。然后命吏内之 ^[17]，则又再拜，又故迟不起，起则五六揖，始出。

出，揖门者曰："官人幸顾我〔18〕！他日来，幸亡阻我也！"门者答揖，大喜奔出。马上遇所交识，即扬鞭语曰："适自相公家来，相公厚我，厚我！"且虚言状。即所交识，亦心畏相公厚之矣。相公又稍稍语人曰："某也贤！某也贤！"闻者亦心计交赞之。此世所谓"上下相孚"也，长者谓仆能之乎？

前所谓权门者，自岁时伏腊一刺之外〔19〕，即经年不往也。间道经其门〔20〕，则亦掩耳闭目，跃马疾走过之。若有所追逐者，斯则仆之辄衷〔21〕，以此常不见悦于长吏〔22〕，仆则愈益不顾也。每大言曰："人生有命，吾惟守分尔已！"长者闻此，得无厌其为迂乎？

乡园多故〔23〕，不能不动客子之愁。至于长者之抱才而困，则又令我怆然有感〔24〕。天之与先生者甚厚，亡论长者不欲轻弃之，即天意亦不欲长者之轻弃之也，幸宁心哉〔25〕！

【题解】

这是一篇书信体的议论文，作者就刘一丈来信所说的"上下相孚"，生发开去，大发议论。但作者别具匠心，用形象思维的描绘，用近于漫画化的艺术手法，勾勒了多幅画面：向门者献媚，站立厩中，披衣夜坐，匍匐阶下，强献寿金等，把干谒者和奸相严嵩令人作呕的丑态刻画得惟妙惟肖，入木三分。

文章运用对比的手法也极为成功，"两两相较"，清浊异质。干谒者"甘言媚词，作妇人状"，"饥寒毒热不可忍，不去"，"惊走匍匐阶下"，"再拜，故迟不起"，"起则五六揖"，"扬鞭语曰"，"且虚言状"；而作者每年仅例会"伏腊一刺外"，"经年不往"，即使过奸相门，也"掩耳闭目，跃马疾走"，既显示出自己刚正不阿的品格，也对照出干谒者的卑劣和无耻。

【注释】

〔1〕本篇选自《宗子相集》。　报：答复。　刘一：即刘玠，字国珍，号墀

石，是宗臣父宗周的老友。刘一，排行第一；丈指长辈。

〔2〕宗臣（1525—1560）：字子相，兴化（今属江苏）人。嘉靖二十九年（1550）进士。历任刑部、吏部主事。宗臣为人刚正，敢针砭时弊，得罪奸相严嵩，被流放到福建。后以御倭寇功，任提学副使，病死于任上，年仅三十六岁。著有《宗子相集》。

〔3〕长者：长辈。

〔4〕辱：谦逊的说法，屈辱对方。　馈遗（kuì wèi愧畏）：赠送礼物。

〔5〕孚：信任。

〔6〕日夕：早晨晚上，指一天到晚。　策马：用马鞭赶马。

〔7〕刺：名帖，名片。

〔8〕厩（jiù救）：马棚。

〔9〕裾（jū居）：衣襟。

〔10〕相公：指宰相，即严嵩。

〔11〕盥栉（guàn zhì灌质）：洗脸梳头。

〔12〕走马：骑着马快跑。

〔13〕亡（wú无）：同"无"。

〔14〕向：以前。

〔15〕惊走：惊慌地向前跑。　匍匐（pú fú蒲伏）：伏在地上。

〔16〕寿金：奉献的银子，这里指行贿。寿，以金帛赠人。

〔17〕内：同"纳"。

〔18〕官人：对看门人讨好的称呼。　幸：希望。　顾：照顾。

〔19〕岁时：一年的四季。　伏腊：伏，夏天伏日；腊，冬天腊日。伏腊是两个重大节日。　一刺：投一张名片。

〔20〕间（jiàn舰）：间或，偶尔。　道经：路过。

〔21〕褊（biǎn扁）衷：心胸狭隘。实指自己的耿介态度。

〔22〕长（zhǎng掌）吏：上司。

〔23〕故：事变，灾祸，指倭寇侵扰事。

〔24〕怆（chuàng创）然：悲伤的样子。

〔25〕宁心：安心。

【译文】

　　几千里以外，时常得到前辈的一封信，用来安慰了我长久的思念，就也很幸运了。何况更劳赠送礼物，那么我将用什么

来报答呢？信中情意十分深厚。这是长辈没有忘记老父亲，可知老父亲的想念长辈的深切。

至于用"上司下属要互相信任，才能品德要与职位相称"的话来劝勉我，那我就有深切感触。才德不能相称，我本来就知道了；至于上下不信任的毛病，就以我为更加严重。

况且当今世上所谓信任又是什么呢？一天到晚赶着马恭候在权贵的门上，看门的故意不让进去，就用甜言蜜语学做妇人的样子，从衣袖里递过银子，偷偷地送给看门的。即便看门的拿着名片进去，主人又不立刻出来接见。站在马棚里的仆人和马匹之间，臭气冲着衣服，即使挨饿受冻或中暑不可忍受，也不肯离开。等到傍晚，那个早先收受银子的人出来，回报他说："相公疲倦，谢绝会客了，客人请明天来吧。"到明天，又不敢不来。夜里披着衣服坐着，听鸡叫就起来梳洗。赶着马跑到府门。看门的发怒道："是谁？"便说："昨天的客人来到。"就又发怒道："客人怎么这样勤快呀！难道相公这时候能出来接见客人吗？"客人心里也觉得受到了羞辱，勉强忍耐着对看门的说："没有办法呀，姑且让我进去。"看门的又得了他送的银子后，就起身放他进去。又站在昨天站过的马棚边。幸而主人出来，朝南坐着召见他。便慌慌张张跑上前去，趴在台阶下面。主人说："进来！"便拜了又拜，故意迟迟不起身。起身后就献上进见的银子。主人故意不肯接受。便再三请求。主人故意坚持不肯接受，便再一次坚决请求。主人然后才吩咐差官收下。就又拜，又故意迟迟不起身。起身后又作了五六个揖才退出来。出来便向看门的作揖道："官人希望你照顾我，以后再来，希望不要阻挡我呀。"看门的还礼作揖，他大喜奔出。在马背上遇到熟识的人，就扬起马鞭说："刚从相公府上来，相公厚待我，厚待我！"并且夸张地描摹情状。即便和他相识的人，也因相公厚待他而心里敬服了。相公又稍微对人说："某人好，某人好。"听的也心领神会交口称赞。这就是世上所说的上下信任。长辈说我能够这样做吗？

前面所讲到的权贵家，一年四季中在伏天腊日投一张名片外，就整年也不去的。偶尔经过他家门前，也就捂住耳朵，闭上眼睛，快马加鞭跑过去，像是有什么人追赶似的。这是我的怪脾气，因此长期不会得到上司的喜欢，我就更加不顾。往往说大话："人的一生是由命运决定的，我只是守着本分罢了。"长辈听了，能不讨厌我的迂腐吗？

家乡多事变，长辈的不能不触动我这远离家乡人的忧愁。至于有才能而无法施展，就又让我感到悲伤。上天赋予您德行才智，不论长辈不愿轻易抛弃它，就是上天也是不愿长辈轻易抛弃它的，希望安心啊！

（徐明翚）

狱中上母书[1]

夏完淳[2]

不孝完淳，今日死矣，以身殉父，不得以身报母矣。痛自严君见背[3]，两易春秋。冤酷日深，艰辛历尽。本图复见天日，以报大仇，恤死荣生[4]，告成黄土[5]。奈天不佑我，钟虐先朝[6]。一旅才兴，便成齑粉[7]。去年之举[8]，淳已自分必死，谁知不死，死于今日也！斤斤延此二年之命，菽水之养无一日焉[9]。致慈君托迹于空门[10]，生母寄生于别姓[11]，

一门漂泊，生不得相依，死不得相问。淳今日又溘然先从九京〔12〕，不孝之罪，上通于天。

呜呼！双慈在堂，下有妹女，门祚衰薄〔13〕，终鲜兄弟。淳一死不足惜，哀哀八口，何以为生？虽然已矣，淳之身，父之所遗；淳之身，君之所用。为父为君，死亦何负于双慈？但慈君推干就湿〔14〕，教礼习诗，十五年如一日；嫡母慈惠，千古所难。大恩未酬，令人痛绝。慈君托之义融女兄〔15〕，生母托之昭南女弟〔16〕。

淳死之后，新妇遗腹得雄，便以为家门之幸；如其不然，万勿置后。会稽大望〔17〕，至今而零极矣。节义文章，如我父子者几人哉？立一不肖后如西铭先生〔18〕，为人所诟笑，何如不立之为愈耶？呜呼！大造茫茫〔19〕，总归无后，有一日中兴再造，则庙食千秋，岂止麦饭豚蹄不为馁鬼而已哉〔20〕？若有妄言立后者，淳且与先文忠在冥冥诛殛顽嚚〔21〕，决不肯舍！

兵戈天地，淳死后，乱且未有定期。双慈善保玉体，无以淳为念。二十年后，淳且与先文忠为北塞之举矣〔22〕。勿悲勿悲！相托之言，慎勿相负。武功甥将来大器〔23〕，家事尽以委之。寒食、盂兰〔24〕，一杯清酒，一盏寒灯，不至作若敖之鬼〔25〕，则吾愿毕矣。新妇结褵二年〔26〕，贤孝素著，武功甥好为我善待之，亦武功渭阳情也〔27〕。

语无伦次，将死言善。痛哉痛哉！人生孰无死，贵得死所耳，父得为忠臣，子得为孝子，含笑归太虚，了我分内事。大道本无生，视身若敝屣〔28〕。但为气所激，缘悟天人理。恶梦十七年，报仇在来世。神游天地间，可以无愧矣。

【题解】

1645年，清兵南下松江，夏完淳随同其父夏允彝参加抗清斗争。失败后，夏允彝投水殉国。次年春天，夏完淳被鲁王封为中书舍人，再参加抗清斗争，失败后，于1647年7月被清兵逮捕，关在南京狱中，9月即英勇就义，年方十七岁。这封信即在南京狱中所写，沉痛之中大义凛然，既有气壮山河的英雄气概，又有细腻委婉的儿女情长。文章字字血泪，愤激之情溢于言表，强烈的爱国情怀昭如日月，激昂慷慨，感人至深。虽然抗清思想与忠君观念结合在一起，这是时代局限，但仍可从中感受到他的强烈的爱国主义精神。

【注释】

〔1〕本篇选自《夏完淳集》。　狱中上母书：夏完淳抗清失败，被捕后关在南京狱中写的信。

〔2〕夏完淳（1631—1647），字存古，号小隐，华亭（今上海松江）人。十四岁即随父夏允彝抗清，三年后兵败被俘，不屈而死。有《夏完淳集》。

〔3〕严君见背：父亲去世。

〔4〕恤（xù序）死荣生：对死难的人进行抚恤，使活着的人感到光荣。

〔5〕告成：报告成功。　黄土：指父墓。

〔6〕钟虐：降祸。　先朝：指明朝。

〔7〕一旅才兴：指顺治三年（1646），夏完淳与陈子龙等起兵抗清。　便成齑（jī鸡）粉：指被清军击败。齑粉，粉末。

〔8〕去年之举：1646年，夏完淳参加抗清军队，兵败逃窜于民间。

〔9〕菽（shū叔）水之养：旧时指供养父母。菽，豆。水，汤。

〔10〕慈君：作者嫡母盛氏，夏允彝死，她削发为尼。　空门：佛门。

〔11〕生母：作者生身之母陆氏，为夏允彝侧室，夏氏死，她寄居于亲戚家。

〔12〕溘（kè刻）然：忽然。　九京：代指坟墓。

〔13〕门祚（zuò作）衰薄：家门的福分浅。

〔14〕推干就湿：比喻母亲抚育子女的劳苦。

〔15〕义融女兄：作者姐姐夏淑吉，号义融。

〔16〕昭南女弟：作者妹妹夏惠吉，号昭南。

〔17〕会稽大望：指会稽郡的夏姓大族。

〔18〕西铭先生：指张溥，号西铭，复社领袖，生前无子，死后钱谦益代他

立嗣。

〔19〕大造：造物主，指天。

〔20〕庙食：享受庙祭。　麦饭豚（tún屯）蹄：面食猪蹄，指简单的祭品。馁鬼：死后无子孙祭祀礼称馁鬼。

〔21〕先文忠：作者父亲夏允彝，死后谥文忠。　诛殛（jí吉）顽嚚（yín银）：杀死愚蠢而顽固的人。

〔22〕二十年后：指死后投胎为人，二十岁成人。　北塞之举：出兵北伐。

〔23〕武功甥：作者的外甥侯檠，字武功。

〔24〕寒食、盂兰：寒食节在清明前一天或两天，此时民间有祭扫坟墓之俗。盂兰盆会为农历七月十五日，佛家超度亡魂日。

〔25〕若敖之鬼：没有后代的饿鬼。若敖，楚国令尹子文是若敖氏，他死时，怕自己没有后代，做鬼要挨饿。

〔26〕结褵（lí离）：结婚。

〔27〕渭阳情：指甥舅之情，典出《诗经·渭阳》："我送舅氏，曰至渭阳。"

〔28〕敝屣（xǐ喜）：破的鞋。

【译文】

不孝顺的完淳，今天将要死了，以身殉父，不能以身报答母亲的恩情了。自从父亲去世，悲痛已有两年。冤仇惨痛日益加深，经历了无数的艰辛困苦。本来打算再见天日，用来报君父大仇，抚恤死去的人，使活着的人得到荣宠，用成功的消息告慰先人于地下。无奈上天不保佑我们，一切灾祸都集加给明朝。一支军队才起来，就被击散。去年的行动，完淳已自料必死，谁知没有死，反而死在今天呢！仅仅延续这两年的生命，没有一天供养母亲。致使我的嫡母削发为尼，归于佛门，我的生母寄居在异姓亲戚家中，一家子漂泊在外，活着的不能相互依靠，死的不能得到慰问。完淳今天又忽然要追随先父于地下了，不孝的罪过，上达于天。

哎！两位母亲尚在，下面只有姐妹们，家门衰微，福分浅薄，没有兄弟。完淳一死不值得怜惜，悲惨的八口人，靠什么过活呢？虽然完了，完淳的身体，是父亲的遗存；完淳的身体，要为国君使用。为了父亲，为了君主，死去又有什么对不起两位母亲呢？但嫡母辛劳地抚育我，教导我学习礼义和诗歌，十五年就同一天；这样慈惠的嫡母，是千古难得的。大恩惠未报，令人悲痛极了。嫡母就托咐给义融姐姐，生母就托咐给昭南妹妹了。

完淳死后，新妇生下的如果是男孩，就是家门的幸运；如果不是这样，千万不要抱养别的孩子为后。会稽郡的夏姓大族，到如今已零落到极点了。节义文章像我父子的有几个人啊？如果立一不肖做后代，像西铭先生那样，被旁人所诟骂、耻笑，还不如不立后更好些么？哎！老天无知，终归没有后代，到那一天国家复兴，就会享受千年的庙祭，岂止是仅有麦饭和猪蹄而不做饿鬼罢了啊？倘有妄言为我立后的，完淳与先父在阴曹诛杀那愚顽的人，决不肯放过他！

到处在打仗，完淳死后，战乱没有安定的日期。两位母亲好好保重身体，不要把完淳挂在心上。二十年后，完淳与先父就要起兵北伐了。不要悲伤，不要悲伤！相托的话，千万不要违背。武功外甥将来必成大才，家事可全托给他。寒食节、盂兰盆会时，有一杯清酒，点一盏孤灯，不致于作饿鬼，那我就满足了。新妇成婚二年，贤惠孝顺一直很有名声，武功甥代我好好地对待她，也是武功的甥舅情分。

话已无条理次序，人快死的时候，说的话是善意的。悲痛啊悲痛！人生谁能不死，重在死得其所罢了。父亲成为忠臣，儿子成为孝子，含笑归天，完成我分内的事。天道本来是没有

生死的，把身体看作破鞋子；人的生命只是由气激变，因此我
悟出天和人的道理。十七年的生命如一场恶梦，报仇要留待来
生。灵魂在天地间游荡，可以无愧了。

（赵伯陶）

清 代

原 君[1]

黄宗羲[2]

　　有生之初，人各自私也，人各自利也；天下有公利而莫或兴之，有公害而莫或除之。有人者出，不以一己之利为利，而使天下受其利；不以一己之害为害，而使天下释其害。此其人之勤劳，必千万于天下之人。夫以千万倍之勤劳，而己又不享其利，必非天下之人情所欲居也。故古之人君，量而不欲入者，许由、务光是也[3]；入而又去之者，尧、舜是也[4]；初不欲入而不得去者，禹是也[5]。岂古之人有所异哉？好逸恶劳，亦犹夫人之情也。

　　后之为人君者不然。以为天下利害之权皆出于我，我以天下之利尽归于己，以天下之害尽归于人，亦无不可。使天下之人，不敢自私，不敢自利，以我之大私为天下之公。始而惭焉，久而安焉。视天下为莫大之产业，传之子孙，受享无穷。汉高帝所谓"某业所就，孰与仲多"者[6]，其逐利之情，不觉溢之于辞矣。此无他，古者以天下为主，君为客，凡君之所毕世而经营者，为天下也；今也以君为主，天下为客，凡天下之无地而得安宁者，为君也。是以其未得之也，屠毒天下之肝脑，离散天下之子女，以博我一人之产业，曾不惨然，曰："我固为子孙创业也。"其既得之也，敲剥天下之骨髓，离散天下之子女，以奉我一人之淫乐，视为当然，曰："此我产业之花息也[7]。"然则为天下之大害者，君而已矣！向使无君，人

各得自私也，人各得自利也。呜呼！岂设君之道固如是乎？

古者天下之人爱戴其君，比之如父，拟之如天，诚不为过也。今也天下之人，怨恶其君，视之如寇仇，名之为独夫[8]，固其所也。而小儒规规焉以君臣之义无所逃于天地之间，至桀、纣之暴，犹谓汤、武不当诛之，而妄传伯夷、叔齐无稽之事[9]。乃兆人万姓崩溃之血肉，曾不异夫腐鼠！岂天地之大，于兆人万姓之中，独私其一人一姓乎！是故武王，圣人也；孟子之言[10]，圣人之言也。后世之君，欲以如父如天之空名禁人之窥伺者，皆不便于其言，至废孟子而不立[11]，非导源于小儒乎？

虽然，使后之为君者，果能保此产业，传之无穷，亦无怪乎其私之也。既以产业视之，人之欲得产业，谁不如我？摄缄縢，固扃鐍[12]，一人之智力，不能胜天下欲得之者之众，远者数世，近者及身，其血肉之崩溃在其子孙矣。昔人愿世世无生帝王家[13]，而毅宗之语公主，亦曰："若何为生我家！"[14]痛哉斯言！回思创业时，其欲得天下之心，有不废然摧沮者乎？是故，明乎为君之职分，则唐、虞之世，人人能让，许由、务光非绝尘也；不明乎为君之职分，则市井之间，人人可欲，许由、务光所以旷后世而不闻也。然君之职分难明，以俄顷淫乐，不易无穷之悲，虽愚者亦明之矣！

【题解】

本文对古代设立君主的本意和君主的职责以及后来君主的罪恶进行了论述。对两者作了比较，认为："古者以天下为主，君为客，凡君之所毕世而经营者，为天下也；今也以君为主，天下为客，凡天下之无地而得安宁者，为君也。"尽管作者对古代君主的产生和作用的认识，有一定的局限，然而对于后世君主的抨击与批判却是鲜明和尖锐的。他矛头直指封建最高统治者，站在时代的前列，具有强烈的民主精神和现实斗争意义，为清末的维新运动和革命作了思想和理论上的准备。文章观点鲜明，逻辑性强，有极大的说服力，是一篇很好的政论文。

【注释】

〔1〕本篇选自《明夷待访录》。

〔2〕黄宗羲（1610—1695）：字太冲，号南雷，又号梨洲，余姚（今属浙江）人。曾参加鲁王朱以海的抗清政权。入清拒征召，隐居著述，有《明儒学案》、《宋元学案》、《南雷文定》、《明夷待访录》等著作。

〔3〕许由、务光：传说中人物。许由是尧时高士，尧要将君位让给他，他逃到箕山耕田去了。务光是商代高士，汤以天下让他，他负石自沉于水。

〔4〕入而又去之者：指尧把君位让给舜，舜把君位让给禹。

〔5〕不得去者：指禹把君位传给子。

〔6〕某业所就，孰与仲多：我的家业成就，同老二相比，谁多呢？这是刘邦做了皇帝，对他父亲说的话。见《史记·高祖本纪》。

〔7〕花息：利息。

〔8〕视之如寇仇：《孟子·离娄下》："君之视臣如草芥，则臣视君如寇仇。" 独夫：众叛亲离的暴君，《尚书·泰誓下》："独夫受（纣）。"指纣王。

〔9〕伯夷、叔齐：相传是殷朝贵族孤竹君的二子，曾叩马劝谏周武王，请他不要伐纣。

〔10〕孟子之言：《孟子·梁惠王下》："齐宣王问曰：'汤放桀，武王伐纣，有诸？'孟子对曰：'于传有之。'曰：'臣弑其君可乎？'曰：'贼仁者谓之贼，贼义者谓之残。残贼之人，谓之一夫。闻诛一夫纣矣，未闻弑君也。'"

〔11〕废孟子而不立：明太祖朱元璋见到《孟子》里有"草芥"、"寇仇"的话，下诏撤掉孔庙里孟子配享的牌位。见《明史·钱唐传》。

〔12〕摄缄縢（jiān téng间腾），固扃鐍（jiōng jué坰决）：捆紧绳子，用锁锁牢。语出《庄子·胠箧》。

〔13〕愿世世无生帝王家：南朝宋顺帝被迫禅位于萧道成时说："愿后身生生世世勿复生天王王家。"见《资治通鉴》卷一五三。

〔14〕毅宗之语公主：毅宗指明崇祯帝朱由检，公主指朱由检女长平公主。李自成陷北京，崇祯帝在宫中曾对长平公主说："汝何故生我家？"用剑砍伤了公主。

【译文】

　　在开始有人类的时候，人们各自只管自己的事，只为自己谋利益；天下有利于公众的事，没有人兴办它，有妨害公众的事，没有人废除它。有这样一个人出来，不以自己的利益为利，而是让天下人都受到利益；不以妨害自己的事为害，而是让天下人都免除灾害。这样的人所付出的勤劳，必然是天下人的千万倍。付出千万倍的勤劳，而自己却又不能享受到利益，就人情而论，必然不是天下人所愿意做的。所以古代对待"君主"这样的地位，考虑了而不愿意就君位的，许由、务光就是；已经就了君位而又放弃的，尧和舜就是；开始不愿意就君位而终于无法放弃的，禹就是。难道古代的人有什么不同吗？喜好安逸，厌恶劳作，也如同一般人的情感。

　　后世作君主的人不这样，认为操纵天下利益与祸害的权力都出于我，我把天下的利益都给自己，把天下的祸害都给别人，也没有什么不可以的。让天下的人，不敢顾到自己的事，不敢顾到自己的利益，把我的私利当作天下的公利。开始时还有些羞惭，时间久了就安心了。把天下看作是自己莫大的产业，传给子孙，无穷无尽地享受。汉高祖刘邦所说的"我的家业成就，同老二相比，谁多呢"一席话，他那追逐利益的情态，于不觉之中充分表现在言语里了。这没有别的原因，古代的人以天下为主，君主为次，凡是君主一辈子所经营的，为的是天下人啊。现在是以君主为主，以天下为次，凡是天下没有一个地方得到安宁的，是为君主啊。因此当他没有得到天下的时候，不惜使天下人民肝脑涂地，让天下人的子女离散，用来换取我一个人的产业，竟然不觉得惨痛，说："我本来是为子孙创业啊。"当他已经得到天下了，就敲骨吸髓地剥削天下人，让天下人的子女离散，用来供我一个人淫乐，看作是应当这样的，说："这是我产业生出的利息。"那么成为天下人的大祸害的，是君主罢了！假使没有君主，人们各自只管自己的事，只为自己谋利益了。哎！难道设立君主的道理原来是这样吗？

古代天下的人爱戴他们的君主，把他比作父亲，把他看作天，实在不过分。现在天下的人，怨恨厌恶他们的君主，把他看作贼寇仇人，称他是独夫，原是罪有应得。然而那些鄙陋的儒生拘谨地认为君臣的伦理关系普天下都存在，无法逃避，至于像夏桀、商纣的暴虐，还说商汤、周武不应当诛杀他们，却虚妄地传说伯夷、叔齐那样没有根据的事情。使千千万万老百姓被屠杀的血肉，竟然与腐烂的老鼠无异！难道以天地之大，在千千万万的百姓中，独独偏爱那一人一姓吗！因此周武王，是圣人；孟子的话，是圣人的话。后世的君主，想要用"君王如父如天"的空话禁止他人偷伺的，都感到孟子的话对自己不利，甚至废除孟子在文庙中的牌位，不是发端于鄙陋的儒生吗？

虽是这样，假使后世作君主的，果然能够保持他的产业，无穷无尽地传下去，就也无怪乎他把天下当作私产。既然将天下当作产业来看，他人想得到这份产业，哪个人不像我？将这产业紧紧地捆好，牢牢地锁起来，但一个人的智力，总敌不过天下想得到这份产业的多数人，远的不过几代，近的就在自身，那血肉横飞的惨祸就要报应在他的子孙身上了。从前宋顺帝"但愿世世不要投生在帝王家里"的话，明崇祯帝对他女儿长平公主也说："你为什么生在我家！"悲痛啊，这些言语！回想当初创业时，那极想得到天下的心情，还有不灰心丧气的吗？因此，明白了作君主的职责，那么唐尧、虞舜时代，人人

都能辞让，许由、务光并非超绝尘世；不明白作君主的职责，就是在下层社会中间，也人人希望得到，这是许由、务光所以在后世再没有听到过的原因。然而君主的职责难以明白，以短时间的荒淫享乐抵不上无穷的悲痛，即使是愚蠢的人也会明白的了！

（赵伯陶）

广宋遗民录序[1]

顾炎武 [2]

子曰："有朋自远方来，不亦乐乎？[3]"古之人学焉而有所得，未尝不求同志之人。而况当沧海横流、风雨如晦之日乎[4]？于此之时，其随世以就功名者固不足道，而亦岂无一二少知自好之士？然且改行于中道，而失身于暮年，于是士之求其友也益难。而或一方不可得，则求之数千里之外；今人不可得，则慨想于千载以上之人。苟有一言一行之有合于吾者，从而追慕之，思为之传其姓氏而笔之书。呜呼，其心良亦苦矣！

吴江朱君明德 [5]，与仆同郡人 [6]，相去不过百余里，而未尝一面。今朱君之年六十有二矣，而仆又过之五龄，一在寒江荒草之滨，一在绝障重关之外 [7]，而皆患乎无朋。朱君乃采辑旧闻，得程克勤所为《宋遗民录》而广之 [8]，至四百余人，以书来问序于余，殆所谓一方不得其人，而求之数千里之外者也。其于宋之遗民，有一言一行或其姓氏之留于一二名人之集者，尽举而笔之书，所谓今人不可得，而慨想于千载以上之人者也。

余既鲜闻[9]，且耄矣[10]，不能为之订正，然而窃有疑焉：自生民以来，所尊莫如孔子，而《论语》、《礼记》皆出于孔氏之传，然而互乡之童子，不保其往也[11]；伯高之赴，所知而已[12]；孟懿子、叶公之徒，问答而已[13]；食于少施氏而饱，取其一节而已[14]。今诸系姓氏于一二名人之集者，岂无一日之交而不终其节者乎？或邂逅相遇而道不同者乎？固未必其人之皆可述也。然而朱君犹且眷眷于诸人，而并号之为遗民，夫亦以求友之难而托思于此欤？庄生有言[15]："子不闻越之流人乎？去国数日，见其所知而喜；去国旬月，见所尝见于国中者喜；及期年也，见似人者而喜矣。"余尝游览于山之东西、河之南北二十余年，而其人益以不似。及问之大江以南，昔时所称魁梧丈夫者，亦且改形换骨，学为不似之人；而朱君乃为此书，以存人类于天下，若朱君者，将不得为遗民矣乎？因书以答之。吾老矣，将以训后之人，冀人道之犹未绝也。

【题解】

这篇序写于清康熙十八年（1679），表现了作者威武不屈的民族气节。"地下相烦告公姥，遗民犹有一人存。"（《悼亡》）明亡以后，作者始终不向清廷低头，保持遗民节操。这篇序借用《庄子》中的话，原话中的"似人"指好像同乡人，顾炎武把"似人"作为人，把"不似人"作为不像人，用来指斥那些不能坚持气节的明代士大夫，表示了强烈的不满。序中说："及问之大江以南，昔时所称魁梧丈夫者，亦且改形换骨，学为不似之人。"所讽刺的就是那些明末的变节遗民，愤激之情，溢于言表。全文借事相发，涵义深刻，极富教育意义。

【注释】

〔1〕《广宋遗民录》：明代程敏政著《宋遗民录》，清初朱明德加以扩充，

作《广宋遗民录》。

〔2〕顾炎武（1613—1682）：初名绛，明亡后改名炎武，字宁人，号亭林，昆山（今属江苏）人。明亡不仕，坚决反清，以遗民自居。著有《亭林文集》、《日知录》、《天下郡国利病书》等。

〔3〕子曰：孔子说的两句话，出自《论语·学而》。

〔4〕沧海横流：海水到处泛滥，比喻社会动荡不安。 风雨如晦：出自《诗经·郑风·风雨》，这里形容暗无天日的时代。

〔5〕吴江：县名，今属江苏。 朱明德：字不远，明末吴江人，少治经义之学，明亡隐居。

〔6〕同郡：昆山、吴江，明清时同属江南苏州府，故称同郡。

〔7〕绝障重关：边远险阻地区。当时作者定居于陕西华阴友人王宏撰宅。

〔8〕程克勤：名敏政，休宁（今属安徽）人。成化二年（1466）进士，官至礼部右侍郎。著有《宋遗民录》、《篁墩集》、《明文衡》等。

〔9〕鲜闻：寡闻。

〔10〕耄（mào帽）：古人以八十、九十为耄，这里指年老。

〔11〕互乡之童子：出自《论语·述而》。孔子接见互乡（地名）的童子，只取他有上进心，而不保证他过去作为是好的。

〔12〕伯高之赴：出自《礼记·檀弓》。孔子听到伯高死的消息而哭他，只是由于与他相识而已。

〔13〕孟懿子：鲁国大夫，姓仲孙，名何忌。《论语·为政》有孟懿子问孝一节。 叶（shè社）公：楚国叶县尹，字子高，他曾向子路问过孔子的为人，见《论语·子路》。

〔14〕食于少施氏而饱：少施，复姓。孔子曾在少施氏那里吃过饱饭，见《礼记·杂记下》。

〔15〕庄生有言：引文见《庄子·徐无鬼》。

【译文】

孔子说："有朋友从远方来，不也快乐吗？"古代的人学习有了心得，没有不寻求志向相同的人。何况正当是社会动乱、暗无天日的时代呢！在这种时代，那些随波逐流寻求功名的人原本不值得说，难道没有一两位稍稍知道洁身自爱的人？然而还有的在中途改变行为，在晚年变节投降，因此士子寻找朋友更难。有时在一处找不到，就要到数千里外去寻求；在今天的人中找不到，就感叹地想到千年以上的古人中去寻求。如果有一言一行与我的主旨相同，就要去追思羡慕他，想为他传名而写成书。哎，他的用心的确很劳苦了！

吴江朱先生明德，与我是同郡人，相距不过一百多里，却没有见过一面。现在朱先生的年纪已经六十二岁了，而我的年纪又超过他五岁，两人一个住在寒江荒草的水边，一个住在边远险阻的关外，都苦于找不到朋友。朱先生于是收集编辑旧时的传闻，得到程克勤所著的《宋遗民录》加以扩充增补，达到四百余人，写信来求我作序，大约就是所说的在一处寻求不到朋友，就要到数千里以外去寻求的。他对于宋代的遗民，有一言一行或在一两本名人集子中出现过姓名的人，都要写入书中，这就是所谓在今天的人中找不到，就感慨地想到千年以上的古人中去寻求友人了。

我既寡闻，并且又老了，不能帮助他订正，然而私下心里又有所疑问。自有人类以来，没有比孔子更受人们尊敬的了，《论语》、《礼记》都出自孔子的传人之手，然而孔子接见互乡的童子，只取他当时有上进心，而不在乎他的过去；孔子听到伯高死的消息而哭他，不过是与他相识而已；孟懿子、叶公这些人，只是与孔子有问答罢了；孔子曾在少施氏那里吃过饱饭，《礼记》不过取它这一节罢了。现在于一两本名人集子中出现过姓名的人，难道没有仅是一日的交往但没有保持晚节的人吗？或者只是偶然遇见而志向不同的人吗？本来那些人未必都有可以称述的。但是朱先生仍然深切怀念这些人，并且称他们为遗民，也是因为寻求朋友的困难而寄托在这里吗？庄子说过："你没有听说越国流亡的人吗？离开本国几天，看见自己

认识的人就高兴；离开本国十天一月，看见在本国曾经见过的人就高兴；离开本国一年时，看见像同乡人就高兴了。"我曾经在山东、山西与河南、河北游览过二十多年，所见的人越发不像同乡人。等到问及长江以南，从前被称为魁梧大丈夫的，也尚且改变形貌，换了骨头，学得成为不像人了；朱先生于是编著这部书，用来保存在天下的人类，像朱先生这样的人，将要不能称为遗民了吗？因此写下来回答他。我老了，将要用它来教训后来的人，希望为人之道仍不会绝迹。

（赵伯陶）

马伶传[1]

侯方域[2]

马伶者，金陵梨园部也[3]。金陵为明之留都，社稷、百官皆在[4]，而又当太平盛时，人易为乐。其士女之问桃叶渡、游雨花台者[5]，趾相错也。梨园以技鸣者，无论数十辈。而其最著者二，曰兴化部，曰华林部。一日，新安贾合两部为会[6]，遍征金陵之贵客文人，与夫妖姬静女，莫不毕集。列兴化部于东肆，华林部于西肆。两部皆奏《鸣凤》，所谓椒山先生者[7]。迨半奏，引商刻羽，抗坠疾徐[8]，并称善也。当两相国论河套[9]，而西肆之为严嵩相国者曰李伶[10]，东肆则马伶。坐客乃西顾而叹，或大呼命酒，或移坐更近之，首不复东。未几更进，则东肆不复能终曲。询其故，盖马伶耻出李伶下，已易衣遁矣。马伶者，金陵之善歌者也，既去，而兴化部又不肯辄以易之，乃竟辍其技不奏，而华林部独著。

去后且三年，而马伶归。遍告其故侣，请于新安贾曰："今日幸再为开宴，招前日宾客，愿与华林部更奏《鸣凤》，奉一日欢。"既奏，已而论河套，马伶复为严嵩相国以出，李伶忽失声，匍匐前称弟子。兴化部是日遂凌出华林部远甚。其夜，华林部过马伶曰："子，天下之善技也，然无以易李伶。李伶之为严相国至矣，子又安从授之而掩其上哉？"马伶曰："固然，天下无以易李伶；李伶即又不肯授我。我闻今相国昆山顾秉谦者[11]，严相国俦也[12]。我走京师，求为其门卒三年。日侍昆山相国于朝房[13]，察其举止，聆其言语，久乃得之。此吾之所为师也。"华林部相与罗拜而去。马伶名锦，字云将。其先西域人[14]，当时犹称"马回回"云。

侯方域曰：异哉，马伶之自得师也。夫其以李伶为绝技，无所于求，乃走事昆山，见昆山犹之见分宜也。以分宜教分宜，安得不工哉？呜呼！耻其技之不若，而去数千里，为卒三年；倘三年犹不得，即犹不归尔。其志如此，技之工又须问耶？

【题解】

在封建社会里，"倡优"是被人轻贱的，侯方域写了《李姬传》与《马伶传》。一位是名妓，一位是演员。这在当时是很难得的。写李香君，因为她和当时南明的政治有关，还比较可以理解；写马伶，与政治无关，还为他作传，更为难得。从这里，显出侯方域的见解来。他对于演技的看重，对于戏剧艺术的看重，对于戏剧艺术从哪儿去学习可以深造自得的看重，这更显示出他的卓识。

这篇传，先从当时的太平盛世写起，写出大会演的背景。再写两次演出。抓住要害，即演严嵩，论河套，写出观众的态度、马伶的遁去，非常扼要而有力。写第二次演出，用"李伶忽失声，匍匐前称弟子"，写法完全不同，极为有力。最后表现了封建时代一位艺人刻苦追求技艺

的精神，反映了生活实践与舞台实践的关系问题。最后画龙点睛地点出："其志如此，技之工又须问耶？"

【注释】

〔1〕本篇选自《壮悔堂文集》。 马伶：明代天启时南京的戏剧演员，名字见于本传。

〔2〕侯方域（1618—1655）：字朝宗，号雪苑，商丘（今属河南）人。入清中乡试副榜。有《壮悔堂文集》、《四忆堂诗集》。

〔3〕金陵梨园部：南京的戏班子。梨园，本是唐玄宗时演员学习演唱的处所，后借指戏班子。

〔4〕留都：旧京。明太祖以南京为京城，明成祖迁都北京，南京成为旧京，保留原有的一套制度，所以还有社稷坛和百官。

〔5〕桃叶渡：在南京秦淮河与青溪合流处。 雨花台：在今南京城南，中华门外。两处都是南京名胜。

〔6〕新安贾（gǔ古）：新安的商人。新安，今安徽歙（shè射）县。

〔7〕鸣凤：《鸣凤记》为明王世贞所作传奇，演杨继盛弹劾严嵩事。 椒山：杨继盛，字仲芳，号椒山，南京兵部右侍郎，劾严嵩被害。

〔8〕迨（dài代）：等到。 引商刻羽：引，延长。刻，刻画。商羽，五音中的二音，这里指演奏。 抗坠疾徐：指声音扬抑快慢。

〔9〕两相国论河套：《鸣凤记》第六出，河套在绥远南部黄河弯曲处，其地为鞑靼所占领，两相国指夏言与严嵩，夏言力主收复河套，为严嵩所诬陷，被杀。

〔10〕严嵩：字惟中，分宜（今属江西）人。弘治间进士，官至太子太师，谋害忠良，后被罢免。

〔11〕顾秉谦：昆山（今属江苏）人，明万历进士，天启间任礼部尚书，魏忠贤党，后削职为民。

〔12〕俦（chóu愁）：同类。

〔13〕朝房：等候朝见皇帝的处所。

〔14〕西域：古代对玉门关以西地区的总称。

【译文】

马伶这个人，属于金陵的戏班子。金陵是明朝的留都，皇家的社稷坛与百官都在，又正当天下太平的兴盛时代，人们容易寻欢作乐。那里的士人妇女探访桃叶渡、游赏雨花台的，脚趾相互交错。戏班子里以技艺出名的，大约有几十个。其中最为著名的是两个班子，一个叫兴化部，一个叫华林部。有一天，新安大商人邀集两部来会演，全部邀请金陵的文人贵客和美妇、淑女，没有不全来的。安排兴化部在东戏场，华林部在西戏场。两戏场都演《鸣凤记》，演所谓杨椒山先生的故事。演唱到一半，曲调的婉转刻画，唱腔的抑扬快慢，都很成功。当演到夏言、严嵩两位大学士争论河套时，在西戏场扮演严嵩相国的叫李伶，在东戏场扮演严嵩的是马伶。观众于是向西看并且赞叹，有的人大声呼叫拿酒来，有的人将座位移近西戏场，头再不向东看。没有多久再往下演唱，东戏场已经不能将剧演完。查问原因，原来马伶因为比不上李伶而感到羞耻，已经换装逃跑了。马伶是金陵善于演唱的演员，既已走了，兴化部又不肯随便换人，于是竟停止了演出，而华林部声名独著。

离开后将近三年，马伶回来了。他遍告兴化部的旧同伴，向新安大商人请求说："现在希望再开一次宴会，邀请上次的宾客，愿意与华林部再演《鸣凤记》，敬献一天的欢乐。"演出后，一会儿到了争论河套，马伶再次扮演严嵩相国出场，李伶忽然不自主地发出叹服声，爬着向前对马伶口称弟子。兴化部这一天便远远超过了华林部。这天夜里，华林部的人去看马伶道："您，演技是天下优秀的，但难以超过李伶。李伶扮演严相国已到了顶点了，您又从哪里得到传授而超过他呢？"马伶说："诚然，天下人无从超过李伶；李伶又不肯传授我演技。我听说现在的大学士昆山顾秉谦这个人，与严嵩相国同类。我跑到京师，请求在他门下当差役三年。每天在等候朝见的地方侍奉昆山相国，考察他的举止，聆听他的言语，很久才学得像

他。这就是我的老师。"华林部的人围对马伶，致敬而去。马伶名锦，字云将。他的祖先是西域人，当时还称他"马回回"。

侯方域说：奇怪啊，马伶自己找到了老师。他认为李伶的扮演已成绝技，没有办法学到，就去侍奉顾秉谦，见到顾秉谦就仿佛见到严嵩。向严嵩来学扮演严嵩，哪能不惟妙惟肖啊？哎！以演技不如人家为耻，而到数千里之外，当了三年差役；如果三年还学不到，就还不会归来。他有这样的志气，演技的精妙又何须再问呢？

（赵伯陶）

左忠毅公逸事[1]

方　苞[2]

先君子尝言[3]，乡先辈左忠毅公视学京畿[4]，一日，风雪严寒，从数骑出微行[5]。入古寺，庑下一生伏案卧[6]，文方成草。公阅毕，即解貂覆生[7]，为掩户。叩之寺僧，则史公可法也[8]。及试，吏呼名至史公，公瞿然注视[9]，呈卷，即面署第一。召入，使拜夫人，曰："吾诸儿碌碌，他日继吾志者，惟此生耳。"

及左公下厂狱[10]，史朝夕狱门外。逆阉防伺甚严[11]，虽家仆不得近。久之，闻左公被炮烙[12]，旦夕且死，持五十金，涕泣谋于禁卒，卒感焉。一日，使史更敝衣，草屦，背筐，手长镵[13]，为除不洁者，引入，微指左公处。则席地倚墙而坐，面额焦烂不可辨，左膝以下，筋骨尽脱矣。史前跪抱公膝而鸣咽。公辨其声而且不可开，乃奋臂以指拨眦[14]，目光如炬，怒曰："庸奴！此何地也？而汝来前！国家之事糜烂至此。老夫已矣，汝复轻身而昧大义[15]，天下事谁可支拄者！不速去，无俟奸人构陷[16]，吾今即扑杀汝！"因摸地上刑械作投击势。史噤不敢发声，趋而出。后常流涕述其事以语人，曰："吾师肺肝，皆铁石所铸造也！"

崇祯末[17]，流贼张献忠出没蕲、黄、潜、桐间[18]，史公以凤庐道奉檄守御[19]。每有警，辄数月不就寝，使壮士更休[20]，而自坐幄幕外。择健卒十人，命二人蹲踞而背倚之，漏鼓移[21]，则番代[22]。每寒夜起立，振衣裳，甲上冰霜迸落，铿然有声。或劝以少休，公曰："吾上恐负朝廷，下恐愧吾师也。"

史公治兵，往来桐城，必躬造左公第[23]，候太公、太母起居[24]，拜夫人于堂上。

余宗老涂山[25]，左公甥也。与先君子善，谓狱中语，乃亲得之于史公云。

【题解】

这篇文章写左光斗生前的几件逸事，精于选材，长于细节描写，写得可歌可泣，光彩照人。左公冒风雪严寒，微行察访于古寺，当看过书生的文稿后，"解貂覆生"，怕他受寒；"为掩户"，怕他吹风；"叩之寺僧"，写左公不肯叫醒他，写出了左公的爱才。"吾诸儿碌碌，他日继吾志者，唯此生耳。"则画龙点睛地写出了左公大公无私，为国选材的崇高品质。这一解二掩三叩的细节，将左公形象写得栩栩如生。

左公在狱中，受酷刑，"面额焦烂"，"左膝以下，筋骨尽脱"，"目不能开"，这时还怒斥史为"庸奴"，表现出大义凛然的气概，使人感动。

这篇文章的不足之处，是作者不写史坚决抗清，而写他积极镇压农民起义军。

【注释】

〔1〕本篇选自《方望溪先生全集》。 左忠毅公：左光斗（1575—1625），字遗直，桐城（今属安徽）人。万历进士。官至左金都御史。因弹劾宦官魏忠贤三十二条斩罪，被陷下狱，受酷刑而死。福王时追谥忠毅。 逸事：指未记入史传中的事迹。

〔2〕方苞（1668—1749）：字灵皋，号望溪，桐城（今属安徽）人。桐城派的创始人。他讲究文章的"义法"，主张"有物"、"有序"。"有物"，则文章要有思想内容，即是"义"；"有序"，则文章要有条理，即是"法"。他还主张"雅洁"，认为只有清真雅洁，谨严朴素的文章，才算是好文章。著有《方望溪先生全集》。

〔3〕先君子：对去世父亲的尊称，指作者的父亲方仲舒。

〔4〕视学：古代称考官为视学，这里指主持考试。 京畿（jī基）：京城管辖的地区。

〔5〕从数骑：几个骑马的随从跟着。 微行：穿着平民衣服出行。

〔6〕庑（wǔ五）：廊下小屋。 生：指书生。

〔7〕解貂：脱下貂皮外衣。

〔8〕史可法（1601—1645）：字宪之，祥符（今河南开封）人。崇祯时进士。清兵入关后，明福王在南京即位，史可法为兵部尚书大学士（即宰相），镇守扬州，城破殉难，谥忠烈。

〔9〕瞿然：吃惊而注视的样子。

〔10〕厂狱：由太监掌管的监狱，在北京东安门外，亦称东厂。

〔11〕逆阉（yān烟）：叛逆的太监，这里指魏忠贤。 防伺：防范看守。

〔12〕炮烙（páo luò袍洛）：用烧红的铁来炙烧犯人的一种酷刑。

〔13〕手长镵（chán缠）：手拿铲子。镵，一种有铁柄的铁器，类似铲子。

〔14〕眦（zì字）：眼眶。

〔15〕昧（mèi妹）：不明事理。

〔16〕俟（sì寺）：等待。 构陷：编造罪名来陷害。

〔17〕崇祯：明思宗年号（1628—1644）。

〔18〕流贼：旧时对农民起义军的蔑称。 张献忠（1606—1647）：明末农民起义领袖。1644年在成都称帝，建大西国，1647年初被清兵杀害。蕲（qí齐）、黄、潜、桐：今湖北蕲春、黄冈、安徽潜山、桐城一带。

〔19〕凤庐道：管辖凤阳府、庐州府一带的长官。道，道员，是一道的长官。

〔20〕更休：轮流休息。

〔21〕漏鼓移：指过了一段时间。漏，古时用滴水计时的器具。鼓，打更的鼓。

〔22〕番代：轮流代替。

〔23〕躬造：亲临。 第：府第，住宅。

〔24〕太公、太母：指左光斗父母。 候起居：请安问好。

〔25〕宗老：同一宗族的老前辈。 涂山：方苞族祖父的号，名文。

【译文】

先父曾经说：同乡前辈左忠毅公在京城担任主考，一天，刮着风，下着雪，天气很冷，他带着几个骑马的随从，扮成平民出行。来到一座古庙，廊下小屋中，有个书生趴在书桌上睡觉，文章刚写好草稿。左公看完，就脱下貂皮外衣盖在书生身上，又给他关好门。向寺里和尚打听，原来他就是史可法。到考试，吏人唱名叫到史可法，左公惊喜地注视着；到送上考卷，就当面批定第一名。把他召到家里，拜见夫人，说："我的几个儿子都平庸无能，将来能继承我志愿的，只有这个书生了！"

到左公被关进东厂监狱，史可法每天早晚等在狱门外。逆贼太监防范看守得极其严密，就是家里的仆人也不能接近。过了很久，听说左公受到烙铁烧烫的酷刑，死在旦夕。史可法拿了五十两银子，哭泣地请求看牢房的帮忙，看牢房的受到感动。一天，叫史可法换上了破旧的衣服，穿上草鞋，背上筐，拿着铲子，装作打扫垃圾的人，领了他进去，暗地指点一下左公的位置。就见他靠着墙在地上坐着，脸额烧得焦黑腐烂，无法辨认，左腿膝盖以下，筋骨都全脱落了。史可法向前跪下，

抱着左公的膝盖哭泣。左公辨别出哭声，但是眼睛却睁不开，于是用力抬起手臂，用手指拨开眼眶，目光像火炬，发怒道："没用的奴才！这是什么地方？你却前来！国家政事腐败到这个样子，老夫完了，你再轻身不明事理，天下事靠谁来支撑？还不快离开，不要等奸人来陷害，我现在就打死你！"于是摸着地上的刑具，作出要投击的姿势。史可法闭口不敢出声，赶快跑了出去。后来经常痛哭着对人讲起这件事，说："我老师的肝肺，都是铁石所铸成的！"

崇祯末年，流寇张献忠出没在蕲春、黄冈、潜山、桐城之间。史公以凤庐道长官的身分奉命去防守。每次得到警报，常常几个月不睡觉，让战士轮流休息，而自己却坐在帐篷外面。挑选十个身体健壮的士兵，让两人蹲着，史公靠在他们背上，过一更，就换两个人。每当寒夜，站起来抖动衣裳，战袍铁片上的冰霜迸落，发出清脆的声音。有人劝他稍稍休息，史公说："我对上恐怕辜负朝廷，对下恐怕愧对老师啊！"

史公整顿军队，往来经过桐城时，一定亲自到左公家里，向左公的父母请安，在堂上拜见左夫人。

我族中的老前辈方涂山，是左公的外甥。同先父交好，他说关于监狱中的话，是他亲自从史公那里听说的。

（徐明翚）

梅 花 岭 记(节选) [1]

全祖望 [2]

　　顺治二年乙酉四月 [3]，江都围急 [4]，督相史忠烈公知势不可为 [5]，集诸将而语之曰："吾誓与城为殉，然仓皇中不可落于敌人之手以死，谁为我临期成此大节者 [6]？"副将军史德威慨然任之 [7]。忠烈喜曰："吾尚未有子，汝当以同姓为吾后，吾上书太夫人 [8]，谱汝诸孙中 [9]。"

　　二十五日，城陷。忠烈拔刀自裁 [10]，诸将果争前抱持之，忠烈大呼德威，德威流涕不能执刃，遂为诸将所拥而行。至小东门，大兵如林而至 [11]。马副使鸣骒、任太守民育及诸将刘都督肇基等皆死 [12]。忠烈乃瞠目曰 [13]："我史阁部也 [14]。"被执至南门，和硕豫亲王以先生呼之 [15]，劝之降，忠烈大骂而死。

　　初，忠烈遗言："我死，当葬梅花岭上。"至是，德威求公之骨不可得，乃以衣冠葬之。或曰，城之破也，有亲见忠烈青衣乌帽 [16]，乘白马，出天宁门投江死者 [17]，未尝殒于城中也 [18]。自有是言，大江南北，遂谓忠烈未死。已而英、霍山师大起 [19]，皆托忠烈之名，仿佛陈涉之称项燕 [20]。吴中孙公兆奎以起兵不克 [21]，执至白下 [22]，经略洪承畴与之有旧 [23]，问曰："先生在兵间，审知故扬州阁部史公果死耶，抑未死耶？"孙公答曰："经略从北来，审知故松山殉难督师洪公果死耶，抑未死耶？"承畴大恚 [24]，急呼麾下驱出斩之 [25]。呜呼！神仙诡诞之说 [26]，谓颜太师以兵解 [27]，文少保亦以悟大

光明法蝉蜕[28]，实未尝死。不知忠义者圣贤家法[29]，其气浩然[30]，常留天地之间，何必出世入世之面目[31]？神仙之说，所谓"为蛇画足"[32]。即如忠烈遗骸，不可问矣。百年而后，予登岭上，与客述忠烈遗言，无不泪下如雨，想见当日围城光景，此即忠烈之面目，宛然可遇[33]，是不必问其果解脱否也；而况冒其未死之名者哉！

【题解】

全祖望这篇记，是记史可法死难的情况，说明作者为了表扬忠烈，亲自登上梅花岭，访问那里的人，谈论史可法殉难的事。虽事隔百年，一谈起这事，人们无不掉泪。可见史可法的殉难，感人至深。作者亲自去访问，所以写得真切动人，同时还访查到若干可歌可泣之事，也以传记的形式写下来。这篇记还记了史可法死后，英、霍山师大起，说明史可法的殉难精神感动了人民纷纷起义，可以说精神不死。再讲了孙兆奎回答洪承畴的话，说明在人们眼里，史可法的忠烈，远远胜过洪承畴的屈辱苟活。最后的议论，更宣扬史可法的精神不死，表扬忠烈的精神，具有感人的力量。原文后面还记述钱烈女死后亦葬在岭上的事，因与史可法无关，故删去。

【注释】

〔1〕本篇选自《鲒埼（jié qí节奇）亭集》。 梅花岭：在江苏扬州广储门外，因岭上种满梅花而得名。抗清明将史可法殉难后葬在这里，所以成为有名的地方。

〔2〕全祖望（1705—1755）：字绍衣，号谢山，浙江鄞县（今属浙江）人。清乾隆元年（1736）进士。著名史学家。写了许多表扬先烈的文章。有《鲒埼亭集》。

〔3〕顺治：清世祖的年号。 二年乙酉：1645年。

〔4〕江都：扬州府治。 围：指清豫亲王多铎围困扬州。

〔5〕督相史忠烈公：即史可法，见《左忠毅公逸事》注〔6〕。史可法以兵部尚书、大学士的身分督师扬州，故称他为督相。

〔6〕临期：到时候。 大节：指为国而死的节操。

〔7〕史德威：平阳（今属山西临汾）人。

〔8〕太夫人：指史可法的母亲。

〔9〕谱：写在家谱里。

〔10〕自裁：自杀。

〔11〕大兵：指清兵。

〔12〕副史：按察副史。　马鸣騄：陕西襄城人。　太守：这里指知府。
任民育：山东济宁人。　都督：武官名。　刘肇基：辽东人。皆英勇殉难。

〔13〕瞠（chēng撑）目：瞪着眼看。

〔14〕史阁部：史可法自称。明代称大学士为阁部。

〔15〕和硕豫亲王：清太祖努尔哈赤之子，名多铎，封和硕豫亲王。攻破扬
州，清灭明福王弘光政权。

〔16〕青衣乌帽：黑色的平民衣帽。

〔17〕天宁门：扬州北城的一个门。

〔18〕殒（yǔn允）：死亡。

〔19〕英、霍山师：皖北义士冯宏图等起兵于霍山（今安徽霍山南），张福
寰等起兵于英山（今湖北英山东），皆假借史的名义抗清。

〔20〕陈涉之称项燕：《史记·陈涉世家》里说，陈涉起义抗秦时，曾以楚
国名将项燕的名义号召群众起义。

〔21〕吴中：旧时称苏州为吴中。　孙兆奎：字君昌，吴江举人。

〔22〕白下：南京的别称，因旧时南京有白下城。

〔23〕经略：官名，兵权比总督大。　洪承畴：字亨九，福建南安人。任
蓟辽总督，与清军战于松山（今辽宁凌海南），后败降清，任七省经略，驻江宁。
他初降清时，误传殉难，崇祯皇帝亲自设坛在北京祭奠。所以下文有"故松山殉
难督师"语。

〔24〕恚（huì惠）：恨，怒。

〔25〕麾（huī辉）下：旗帜下，部下。

〔26〕诡诞：怪异荒诞。

〔27〕颜太师：指唐朝的颜真卿，官至太子太师。李希烈叛乱，唐朝派他去
劝谕，被杀。《太平广记》说，他被害后十五年，仆人又在洛阳见到他，传说借
兵刃解脱躯壳成仙。

〔28〕文少保：指文天祥。传说他在狱中遇道人授大光明出世法，即被杀头
后可以成仙。　蝉蜕：即蝉脱去的皮，比喻解脱。

〔29〕家法：指历代圣贤人的道德规范。

〔30〕浩然：光明正大的意思。

〔31〕出世入世。指脱离世俗和活在世上。

〔32〕为蛇画足：即画蛇添足，比喻节外生枝。

〔33〕宛然：仿佛。

【译文】

顺治二年四月，江都被围危急，督相史可法知道局势不可能扭转，召集众将军对他们说："我发誓与城一道去死，但是在慌乱中不可落在敌人手里死去，谁能到时候为我完成这个大节呢？"副将军史德威慷慨地答应愿当此任。史可法高兴地说："我还没有儿子，你当因同姓作为我的后嗣，我写信告诉母亲，把你记入家谱的孙辈里面。"

二十五日，江都城被攻破。史可法拔刀自杀，将军们果然争着上去抱住他，史可法大声喊德威，德威哭着不能拿刀，便被将军们簇拥着走了。到了小东门，清兵如树林密布而来。副使马鸣騄、太守任民育和都督刘肇基等都死了。史可法瞪着眼睛说："我是史阁部。"被捉到南门，和硕豫亲王称他先生，劝他投降，史可法大骂而被处死。

先前，史可法有遗言说："我死了，要葬在梅花岭上。"到了这时，德威找寻史可法的遗骨却没有找到，便用他的衣帽代他葬在梅花岭上。有人说，城被攻破的时候，有人亲眼看见史可法青衣黑帽，骑着白马，跑出天宁门投江死了，没有死在城中。自从有了这个传言，长江南北就都说史可法没有死。不久，英山、霍山的义军纷纷起来，都假托史可法的名义，好像陈涉用项燕的名义起义。苏州的孙兆奎因为起兵不胜，被捉到南京去，洪承畴经略与他是老朋友，问他道："先生在兵营里，确实知道以前扬州阁部史公真的死了，还是没有死呢？"孙先生回答说："经略从北方来，你确实知道以前松山遇难的督师洪公是真的死了，还是没有死呢？"承畴非常气愤，急忙叫部下把他赶出去杀了。唉！神仙荒诞的说法，说颜真卿被兵刃解脱成仙，文天祥也因为通晓大光明出世法而解脱成仙，其实未曾死。不知道忠义是圣贤的家法，它的气势正大刚健，长期留存在天地之间，何必说出世入世呢？所谓成仙的说法，可说是"画蛇添足"了。就如史可法的遗体，不可再问了。百年之后，我登上梅花岭，同客人讲史可法的遗言，没有不泪下如雨的，想到当时围城的情景。这就是史可法的面貌，仿佛可以看到，不必问他果真是解脱还是没有，更何况假托他的名字而说他没有死啊！

（冀　勤）

书鲁亮侪[1]

袁　枚[2]

己未冬[3]，余谒孙文定公于保定制府[4]。坐甫定，阍启[5]："清河道鲁之裕白事[6]。"余避东厢，窥伟丈夫年七十许，高眶，大颡[7]，白须彪彪然[8]；口析水利数万言。心异之，不能忘。后二十年，鲁公卒已久，予奠于白下沈氏[9]，纵论至于鲁，坐客葛闻桥先生曰[10]：

鲁字亮侪，奇男子也。田文镜督河南[11]，严，提、镇、司、道以下[12]，受署惟谨，无游目视者。鲁效力麾下。

一日，命摘中牟李令印[13]，即摄中牟[14]。鲁为微行[15]，大布之衣，草冠骑驴入境。父老数百扶而道苦之，再拜问讯，曰："闻有鲁公来替吾令，客在开封知否？"鲁谩曰："若问

云何〔16〕?"曰:"吾令贤,不忍其去故也。"又数里,见儒衣冠簇簇然谋曰:"好官去可惜,伺鲁公来,盍诉之?"或摇手曰:"咄!田督有令,虽十鲁公奚能为?且鲁方取其官而代之,宁肯舍己从人耶?"鲁心敬之而无言。至县,见李貌温温奇雅。揖鲁入,曰:"印待公久矣!"鲁拱手曰:"观公状貌、被服,非豪纵者,且贤称噪于士民,甫下车而库亏何耶?"李曰:"某,滇南万里外人也,别母,游京师十年,得中牟,借俸迎母。母至,被劾,命也!"言未毕,泣。鲁曰:"吾暍甚〔17〕,具汤浴我!"径诣别室,且浴且思,意不能无动。良久,击盆水誓曰:"依凡而行者,非夫也!"具衣冠辞李,李大惊曰:"公何之?"曰:"之省。"与之印,不受;强之曰:"毋累公!"鲁掷印铿然,厉声曰:"君非知鲁亮侪者!"竟怒马驰去。合邑士民焚香送之。

至省,先谒两司告之故〔18〕。皆曰:"汝病丧心耶?以若所为,他督抚犹不可,况田公耶?"明早诣辕〔19〕,则两司先在。名纸未投,合辕传呼鲁令入。田公南向坐,面铁色,盛气迎之,旁列司、道下文武十余人,睨鲁曰:"汝不理县事而来,何也?"曰:"有所启。"曰:"印何在?"曰:"在中牟。"曰:交何人?"曰:"李令。"田公干笑,左右顾曰:"天下摘印者宁有是耶?"皆曰:"无之。"两司起立谢曰:"某等教饬亡素〔20〕,至有狂悖之员。请公并劾鲁,付某等严讯朋党情弊,以惩余官!"鲁免冠前叩首,大言曰:"固也。待裕言之:裕一寒士,以求官故,来河南。得官中牟,喜甚,恨不连夜排衙视事。不意入境时,李令之民心如是,士心如是,见其人,知亏帑故又如是〔21〕。若明公已知其然而令裕往,裕沽名誉,空手归,裕之罪也。若明公未知其然而令裕往,裕归陈明，请公意旨，庶不负大君子爱才之心与圣上以孝治天下之意。公若以为无可哀怜，则裕再往取印未迟。不然，公辕外官数十，皆求印不得者也，裕何人，敢逆公意耶！"田公默然。两司目之退，鲁不谢，走出，至屋霤外[22]；田公变色下阶，呼曰："来！"鲁入跪。又招曰："前！"取所戴珊瑚冠覆鲁头，叹曰："奇男子！此冠宜汝戴也。微汝[23]，吾儿误劾贤员。但疏去矣，奈何！"鲁曰："几日？"曰："五日。快马不能追也。"鲁曰："公有恩，裕能追之。裕少时能日行三百里；公果欲追疏，请赐契箭一枝以为信[24]！"公许之，遂行。五日而疏还，中牟令竟无恙，以此鲁名闻天下。

先是，亮侪父某为广东提督，与三藩要盟[25]。亮侪年七岁，为质子于吴[26]。吴王坐朝，亮侪黄袂衫[27]，戴貂蝉侍侧[28]。年少豪甚，读书毕，日与吴王帐下健儿学嬴越勾卒、掷涂赌跳之法[29]，故武艺尤绝人云。

【题解】

袁枚在这篇文章中，借田文镜的口，称鲁亮侪为"奇男子"，表现了由衷的敬佩。又以虎虎有生气的笔触，细致入微的细节描写，为我们勾勒出一位能微行察访、尊重民意的清代下级官吏形象。李令"借俸迎母"，情有可原。加上李令在中牟深得民心，鲁亮侪才要保护他。但他也经过一番思想斗争，从"且浴且思"到"击盆水誓"、"怒马驰去"，几个细节描写就将鲁亮侪写活。

写鲁亮侪回到省城以后，写两司，写田文镜，写鲁亮侪，这里写出了极为紧张的气氛，突出了鲁亮侪的勇敢无畏和伸张正义的性格，也突出了田文镜的威严和终于服善的性格，突出了两司取媚上官的性格，极为生动感人。结尾的倒叙，也很精彩。

【注释】

〔1〕本篇选自《小仓山房诗文集》。 鲁亮侪（chái柴）：名之裕，湖北麻城人。官至直隶清河道，署布政使。疏浚黄河南道七百余里，在官多政绩。

〔2〕袁枚（1716—1797）：字子才，号简斋，又号随园老人，钱塘（今浙江杭州）人。乾隆三年（1738）进士，曾官溧水、江宁等地知县，三十三岁即致仕。为诗倡性灵说，著有《小仓山房诗文集》、《随园诗话》等。

〔3〕己未：清乾隆四年（1739）。

〔4〕孙文定公：名嘉淦（gàn赣）（1683—1753），字锡公，号懿斋，太原（今属山西）人。康熙间进士，官至吏部尚书，协办大学士，谥文定。 保定制府：直隶总督衙门。

〔5〕阍（hūn昏）：门，指守门人。

〔6〕清河道：清河道员，管辖保定、正定、易州、冀州、赵州、深州、定州，兼管这一道的水利工程。

〔7〕颡（sǎng嗓）：额。

〔8〕彪彪然：有光彩的样子。

〔9〕白下：今南京。

〔10〕葛闻桥：名祖亮，南京人。乾隆时进士，官礼部主事。

〔11〕田文镜：汉军正黄旗人。雍正间官至河南、山东总督，为政严厉苛刻。

〔12〕提：提督，一省军事长官。 镇：镇台，镇守一地的总兵，次于提督。 司：有布政司，掌时政、民政；按察司，掌刑狱；提学司掌学政。 道：有分巡道，位在知府上。

〔13〕中牟：县名，今属河南。

〔14〕摄：代理。

〔15〕微行：穿便服出去。

〔16〕若：你们。

〔17〕暍（yē椰）：受暑热。

〔18〕两司：指布政司和按察司的长官。

〔19〕辕：辕门，指总督衙门。

〔20〕教饬（chì赤）：教诫、整顿。

〔21〕帑（tǎng躺）：古代指府库或府库里的钱财。

〔22〕霤（liù遛）：屋檐。

〔23〕微：非。

〔24〕契箭：令箭。

〔25〕三藩要盟：三藩以势力胁迫为盟誓。三藩，清初封明降将吴三桂、耿精忠、尚可喜为平西王、平南王、靖南王，称三藩。

〔26〕质子：作人质。　吴：即吴三桂。

〔27〕黄袂衫：黄马褂。

〔28〕貂蝉：古代武官帽子上的饰物。

〔29〕嬴（yíng莹）越勾卒：秦国、越国传下的军队阵法。　掷涂赌跳：用泥块相掷，比赛跳跃，泛指武技。

【译文】

己未年的冬天，我到保定总督衙门去拜见孙文定公。刚刚坐定，守门人报告："清河道鲁之裕报告公事。"我到东厢房回避，看到一位七十岁左右的魁梧男子，高眼眶，阔前额，白胡须有光彩；嘴里分析水利说了很多话。心里感奇异，不能忘记他。二十年后，鲁公已亡故很久，我到南京沈家去祭奠，畅谈谈到了鲁公，坐客中葛闻桥先生说：

鲁字亮侪，是个奇男子。田文镜做河南总督，很严厉，提督、总兵、司、道以下的官员奉命守职，极其谨慎，晋见时，连眼睛都不敢随便观看。鲁亮侪在他手下办事。

一天，总督命他去中牟县摘取李县令的印，就代理中牟县令职务。鲁亮侪便装出行，穿粗布衣服，戴草帽，骑着驴进入县境。几百位老人搀扶着在路上喊苦，又揖拜问讯，回言说："听说有鲁公来代替我们县令，客人您在开封知道吗？"鲁亮侪随便说："你们问这干什么？"回答说："我们的县令贤明，不忍心让他离去的缘故。"又行数里，看见穿戴儒生衣冠的人聚拢在一起商议道："好官离去可惜，等鲁公来，何不向他申诉？"有人摇手说："嘿！田总督有命令，虽有十位鲁公又能干什么呢？况且鲁公正要取代李令的官职，难道肯于放弃自身利益听从别人的劝告吗？"鲁亮侪心中佩服他们却不说话。到

县衙后，看见李县令，相貌温和，特别文雅。他作揖请鲁亮侪入衙，说："官印等待您很久了！"鲁拱手说："看您的相貌、穿戴，不是追求豪华的人，并且好官的名声在士民中叫得很响，刚上任，官库银子就亏空，为什么呢？"李回答说："我是云南万里之外的人，告别母亲，旅居京城十年，得到中牟县令的官职，借了官俸来迎接母亲。母亲到了，就被弹劾，是我命不好啊！"话没说完，就哭了。鲁亮侪说："我受暑热极了，请准备热水让我洗澡！"直接到了另一间房中，一边洗浴，一边思考，心里不能不感动。过了很久，拍着盆里的水发誓说："按照通常的办法做的不是大丈夫！"于是穿戴好衣冠向李告辞，李大惊说："您上哪里？"回答说："到省里。"李给鲁亮侪官印，不接受；勉强给他说："不要连累您！"鲁亮侪丢了官印，铿地一声，厉声说："您不是知道我鲁亮侪的人！"竟骑着奔驰的马而去。全县的士人百姓烧香送他。

　　到省后，先晋见按察、布政两司长官，把回来的缘故告诉他们。两司都说："你患了精神病了吗？以你所干的事，别的督抚都不行，何况田公啊？"第二天早晨，鲁亮侪到总督衙门，两司长官已先到了。名帖还没有投上，全衙门传呼"鲁令"晋见。田文镜向南坐着，面色铁青，气呼呼地迎候鲁亮侪，旁边站着司、道以下文武官员十几人，斜眼看鲁亮侪说："你不处理县中事务，却回来，为什么？"回答道："有所呈报。"问："官印在哪里？"回答："在中牟县。"问："交给哪个人了？"回答："李县令。"田文镜干笑着对他左右的官员说："天下有这样去摘印的吗？"都回答道："没有。"两司长官站起来告罪说："我们平时没有教诫，以至产生狂妄不遵命令的属员。请您一并将鲁弹劾，把鲁交给我们严加审讯其中结党营私的弊病，以惩戒其他官员！"鲁将帽子脱下向前叩头，大声说：
"理当如此。请等我说明：我本是一个贫寒的人，因为求官的
缘故，来到河南。得到中牟县令这一官职，非常高兴，恨不能
连夜升堂办事。想不到入县境时，李令的深得人心是这样，深
得士心是这样；见到他本人，知道了他亏空官府库银的原因又
是这样。如果明公已经知道他这样而命令我去，我沽名钓誉，
空手回来，那是我的罪过。如果明公不知道他这样而命令我
去，我回来向您讲明，请示您的意旨，希望不辜负大人爱惜人
才之心和当今皇上以孝治天下的用意。您如果认为没什么可以
哀怜的，那么我再去摘印还不迟。不是这样，您衙门外面有几
十位官员，都是求官还没有得到的人，我是什么人，怎敢违背
您的命令啊！"田文镜默然无语。两司官长使眼色让鲁亮侪退
下。鲁亮侪不告谢，走出，到了屋檐外面；田文镜脸色变了，
走下台阶招呼说："回来！"鲁进屋跪下，田又招呼他说：
"往前！"取自己所戴的珊瑚顶官帽戴在鲁亮侪的头上，赞叹
道："奇男子！这顶帽子适合你戴。不是你，我几乎错误地弹
劾了好官。然而奏疏已送上了，怎么办？"鲁亮侪说："几天
了？"回答："五天，快马也追不上了。"鲁亮侪说："您对我
有恩惠，我能追回奏疏。我年少时能够每日行走三百里；您果
真想追回奏疏，请赐给我一枝令箭作凭证！"田公允许了他，
鲁亮侪就去，五天后将奏疏追回。中牟县令竟没有事，因此，
鲁亮侪名闻天下。

在此事以前，亮侪的父亲官广东提督，被三藩以势力胁迫
盟誓。亮侪年纪七岁，就到吴三桂那里作了人质。吴三桂坐朝
时，亮侪穿黄马褂戴着有貂蝉饰物的帽子，在旁侍奉。到年轻
时，很有豪气，读完书，每天与吴三桂帐下的军人学习用兵作

战的阵法和投泥块、赌跳高的方法，所以他的武艺超出众人很多。

（赵伯陶）

登泰山记 [1]

姚鼐 [2]

泰山之阳 [3]，汶水西流 [4]；其阴 [5]，济水东流 [6]。阳谷皆入汶 [7]，阴谷皆入济 [8]。当其南北分者，古长城也 [9]。最高日观峰，在长城南十五里。

余以乾隆三十九年十二月 [10]，自京师乘风雪 [11]，历齐河、长清 [12]，穿泰山西北谷，越长城之限 [13]，至于泰安。是月丁未 [14]，与知府朱孝纯子颍由南麓登 [15]。四十五里，道皆砌石为磴 [16]，其级七千有余。泰山正南面有三谷 [17]。中谷绕泰安城下，郦道元所谓环水也 [18]。余始循以入，道少半，越中岭，复循西谷，遂至其巅。古时登山，循东谷入，道有天门。东谷者，古谓之天门溪水，余所不至也。今所经中岭及山巅，崖限当道者 [19]，世皆谓之天门云。道中迷雾冰滑，磴几不可登。及既上，苍山负雪，明烛南天 [20]。望晚日照城郭，汶水、徂徕如画 [21]，而半山居雾若带然 [22]。

戊申晦，五鼓 [23]，与子颍坐日观亭，待日出。大风扬积雪击面。亭东自足下皆云漫 [24]。稍见云中白若摴蒱数十立者 [25]，山也。极天云一线异色 [26]，须臾成五彩。日上正赤如丹 [27]，下有红光动摇承之 [28]，或曰，此东海也。回视日观以西峰，或得日或否 [29]，绛皓驳色 [30]，而皆如偻 [31]。

亭西有岱祠[32]，又有碧霞元君祠[33]。皇帝行宫在碧霞元君祠东[34]。是日，观道中石刻，自唐显庆以来[35]，其远古刻尽漫失。僻不当道者，皆不及往。

山多石，少土。石苍黑色，多平方，少圆。少杂树，多松，生石罅[36]，皆平顶[37]。冰雪，无瀑水，无鸟兽音迹。至日观数里内无树，而雪与人膝齐。

桐城姚鼐记。

【题解】

这篇游记作者先勾勒泰山的轮廓，再述登山途中的景物，接着详写在日观亭看日出，最后写归途所见以及游山印象。主次分明，繁简得体，结构谨严。其中看日出是文章的中心，描绘日出时瞬息万变，气象万千的景色——云、山、海、日互相照映的奇观，刻画得惟妙惟肖，叹为观止。它的好处还在于写出泰山周围的环境，南北的河流，东面的大海，周围的山脉，古代的长城等，这里显示作者掌握了有关泰山的丰富知识，写得简明扼要，这就是作者主张考据、词章相结合的写法。

这篇游记的语言极为简洁精练，如写登山前的旅途，连用"乘"、"历"、"穿"、"越"等动词，极为真切。"苍山负雪"，把山都写活了。结尾写山间的自然景色，三"多"三"少"的对照，一"有"三"无"的对比，纯用短语，简洁到不能减去一个字的地步。

【注释】

〔1〕本篇选自《惜抱轩文集》。 泰山：五岳之一，在山东中部。主峰玉皇顶，在泰安北。

〔2〕姚鼐（nài耐，1731—1815）：字姬传，室名惜抱轩，桐城（今属安徽）人。乾隆进士，官至刑部郎中。中年辞官，先后主讲梅花、钟山、紫阳、敬敷诸书院，达四十年。清代著名古文家，桐城派主要作家。提出义理、考据、辞章三者相互为用的主张。著有《惜抱轩全集》。辑有《古文辞类纂》等。

〔3〕阳：山的南面。

〔4〕汶水：即大汶河，发源于山东莱芜东北的原山，流经泰安。

〔5〕阴：山的北面。

〔6〕济水：又称沇水，发源于河南济源西的王屋山，东流山东，今故道为黄河所占。作者作此文时，还看到济水。

〔7〕阳谷：指泰山南面山谷中的水流。

〔8〕阴谷：指泰山北面山谷中的水流。

〔9〕古长城：指战国时齐国修筑的长城。

〔10〕乾隆三十九年：1774年，姚鼐时年四十三岁。　以：在。

〔11〕乘：趁。这里是"冒着"的意思。

〔12〕齐河、长清：均为山东县名，在济南西。

〔13〕限：阻隔。

〔14〕丁未：农历二十八日。

〔15〕朱孝纯：字子颖，乾隆时进士，当时任泰安知府。能诗画，为姚鼐推崇。　麓（lù路）：山脚。

〔16〕磴（dèng邓）：石台阶。

〔17〕三谷：指东、西、南三天门各东、西、中溪。

〔18〕郦道元：北魏郦道元在《水经注·汶水》中说："又合环水，水出泰山南溪。"

〔19〕崖限：山崖如门槛。

〔20〕烛：作动词用，照耀。

〔21〕徂徕（cú lái 殂来）：山名，在泰安城东南四十里。

〔22〕居：停留。

〔23〕戊申：二十九日。　晦：农历每月最后一天，这月是小月。　五鼓：五更天。

〔24〕云漫：云雾弥漫。

〔25〕樗蒱（chū pú 出菩）：古代一种类似骰子的赌具。云雾中带雪的山峰，远看似骰子一样成白色的小点。

〔26〕极天：天边。

〔27〕正赤如丹：纯红如朱砂。

〔28〕承：接。

〔29〕或否：指有的山没有阳光。

〔30〕绛：红色，指被太阳照耀的山峰。　皓（hào浩）：白色，指未被太阳照耀的山峰。　驳：掺杂。

〔31〕偻（lǚ吕）：弯身曲背。

〔32〕岱祠：祭礼泰山之神东岳大帝的庙宇。

〔33〕碧霞元君：传说是东岳大帝的女儿。

〔34〕行宫：皇帝出巡时所住的宫室。

〔35〕显庆：唐高宗李治的年号（656—661）。

〔36〕石罅（xià下）：石缝。

〔37〕皆平顶：全是平顶松。

【译文】

泰山的南边，汶河向西流；北边，济水往东流。南边山谷里的水都流入汶河，北边山谷里的水都流入济水。在南北山谷分界的地方，是古代的长城。最高的日观峰，位于长城南面十五里的地方。

我在乾隆三十九年十二月，从京城冒着风雪，经过齐河县、长清县，穿过泰山西北部的山谷，越过长城的界限，到达泰安。这月二十八日，和知府朱孝纯字子颖的从南面山脚登山。四十五里的山路全是用石头砌成的。台阶有七千多级。泰山正南面有三座山谷，中谷的水绕过泰安城下，就是郦道元所说的环水。我开始是沿着它进山的，路走了一小半，越过了中岭，再沿着西谷走，就到了山顶。古时候登山，是沿着东谷进去的。路上有天门。东谷，古时候叫做天门溪水，我是走不到的。现在所经过的中岭和山顶，凡是有高崖横在路上的，世人都称它为天门。路上云雾迷漫，冰滑，石阶几乎不能攀登。到登上山顶以后，只见青山驮着白雪，亮光照耀着南边的天空。望夕阳映照城墙，汶河、徂徕山像幅山水画，而在山腰间，停留着的雾像条带子一样。

二十九日月底，五更时候，和子颖坐在日观亭，等待太阳出来。大风把积雪卷了起来，扑打在人们的脸上，亭子的东边，在脚下都是云雾迷漫。隐隐约约地看到云雾中有几十个像

骰子一样白色的东西，是山峰。天边极远处的云，形成一条不
同颜色的线，一会儿就变成了五彩。太阳升起时，红得像朱砂
一样，下面还有红光摇荡地托着，有人说，这就是东海。回头
看日观亭以西的山峰，有的被阳光照射着，有的还没有，红白
相映，色彩驳杂，都像弯着腰的样子。

日观亭西边有一座东岳大帝庙，还有碧霞元君庙。皇帝的
行宫就在碧霞元君庙的东边。这一天，观看了路上石刻，都是
从唐朝显庆以后的，那些年代更远一点的石刻，已经模糊消失
了，在偏僻的地方，不在路上的，都来不及去看了。

山上石头多，泥土少。石头青黑色，大多是平方的，圆的
少。杂树少，松树多，生长在石缝里，都是平顶的。有冰雪，
没有瀑布，没有鸟兽的声音和踪迹。到日观峰几里内没有树
木，雪深到齐人的膝盖。

桐城姚鼐记。

（徐明羿）

经旧苑吊马守真文序 [1]

汪　中 [2]

岁在单阏 [3]，客居江宁城南 [4]，出入经回光寺，其左有
废圃焉。寒流清泚 [5]，秋菼满田 [6]，室庐皆尽，唯古柏半生，
风烟掩抑，怪石数峰，支离草际 [7]。明南苑妓马守真故居也。
秦淮水逝 [8]，迹往名留。其色艺风情，故老遗闻，多能道者。
余尝览其画迹，丛兰修竹，文弱不胜，秀气灵襟 [9]，纷披楮
墨之外 [10]。未尝不爱赏其才，怅吾生之不及见也。夫托身乐

籍[11]，少长风尘，人生实难，岂可责之以死？婉娈倚门之笑[12]，绸缪鼓瑟之娱[13]，谅非得已。在昔婕妤悼伤[14]，文姬悲愤[15]，矧兹薄命[16]，抑又下焉。嗟夫！天生此才，在于女子，百年千里，犹不可期，奈何锺美如斯，而摧辱之至于斯极哉！

余单家孤子，寸田尺宅，无以治生。老弱之命，悬于十指。一从操翰[17]，数更府主[18]。俯仰异趣，哀乐由人。如黄祖之腹中[19]，在本初之弦上[20]。静言身世，与斯人其何异？只以荣斯二乐[21]，幸而为男，差无床箦之辱耳[22]！江上之歌，怜以同病[23]，秋风鸣鸟，闻者生哀[24]。事有伤心，不嫌非偶。

【题解】
　　这篇文章，用骈文来抒发一种悼古伤今的感情，写得富有文彩，又具有真挚的感情。既悼念一位才华出众的一代名妓，又感伤自己的身世。作者感叹自己幼年丧父，难以为生；又长期过着一种寄人篱下、哀乐由人的幕僚生活。用一代名妓自比，一种同病相怜的感情油然而生，就写下了这篇文章。唐代白居易《琵琶行》既感伤一位年老色衰的歌女的沦落，也悲悼自身的命运，"同是天涯沦落人，相逢何必曾相识"，正是借他人酒杯，浇自己心中的块垒。与《琵琶行》稍有不同的是，这篇文章与马守真算是异代同悲，萧索凄凉的意绪，饰以优美的文辞，更增加了文章的感人力量。

【注释】
　　〔1〕本文是《经旧苑吊马守真文》的序。　旧苑：明代南京官妓聚居处，近秦淮河武定桥。　马守真（1548—1604）：字玄儿，号湘兰，明万历间名妓，能诗，善画兰竹，有诗二卷。
　　〔2〕汪中（1745—1794）：字容甫，江都（今江苏扬州）人。出身孤苦。为文取法汉魏六朝。毕沅总督两湖，聘入幕。所撰骈文，为时传诵。著有《述学》

六卷。

　　〔3〕单阏（chán yān 蝉焉）：太岁在卯的年分，即乾隆四十八年癸卯（1783）。

　　〔4〕江宁：今江苏南京。

　　〔5〕清泚（cǐ 此）：清澈。

　　〔6〕菘（sōng 松）：白菜。

　　〔7〕支离：分散。

　　〔8〕秦淮：河名。源出江苏溧水东北，流经南京城东南，横贯城中，西北流入长江。

　　〔9〕灵襟：灵巧的心思。

　　〔10〕楮（chǔ 楚）：纸。

　　〔11〕乐籍：古代妓乐人员单编一项户籍，妓女也入乐籍。

　　〔12〕婉娈（luán 峦）：柔媚、娆好。　倚门之笑：指妓女倚门卖笑。

　　〔13〕绸缪：情思缠绵。　鼓瑟：为客人弹瑟。

　　〔14〕婕妤（jié yú 洁于）悼伤：汉代班婕妤失宠于汉成帝，作赋自伤。

　　〔15〕文姬悲愤：汉蔡琰（yǎn 掩）曾被俘到南匈奴十二年，后为曹操赎归，她感伤离乱，作《悲愤诗》。

　　〔16〕矧（shěn 审）：况且。

　　〔17〕操翰：执笔。

　　〔18〕府主：幕府主人。

　　〔19〕黄祖之腹中：黄祖是汉末江夏太守，祢衡为他草拟文书，黄祖满意地对他说："处士，此正得祖意，如祖腹中所欲言。"（见《后汉书·祢衡传》）指为人作文，善推测人意。

　　〔20〕本初之弦上：汉末袁绍攻打曹操，叫陈琳草拟檄文。袁绍失败，陈琳降曹，曹操问陈琳为什么在檄文中骂他父祖，陈回答说："矢在弦上，不可不发。"（见《北堂书抄》卷一○三）指为人作文，不得不这样。

　　〔21〕荣期二乐：《列子·天瑞》记述荣启期自言有三乐，作了人为一乐，得为男二乐，长寿为三乐。

　　〔22〕床箦（zé 责）：床席。床箦之辱指卖淫。

　　〔23〕江上之歌：即河上之歌。《吴越春秋·阖闾内传》载，伍子胥引用河上之歌说："同病相怜，同忧相救。"

　　〔24〕秋风鸣鸟：桓谭《新论·琴道》："但闻飞鸟之号，秋风鸣条，则伤心矣。"

【译文】

年在癸卯，作客住在江宁城的南部，进出经过回光寺，它的左面有一片荒废的菜园。清澈的水流带着寒意，白菜长满菜地，房屋都没有了，只有半枯半活的古柏，掩映在风烟之中，几块耸立的怪石，分散在草边，是明代南苑的妓女马守真的故居。秦淮河的流水不断逝去，她的踪迹虽成过去，名声却传留下来。她的容貌、才艺、风度与情致，老人留下的传闻，大多数人都能讲的。我曾经观赏过她的绘画手迹，丛兰修竹，非常文雅柔婉，清秀的风度、灵妙的胸襟，洋溢于纸墨之外。未尝不喜爱欣赏她的才艺。我生得晚，见不着她是一生的遗憾。她寄身于乐籍，自小生长在风月尘世，人生实在艰难，怎么可以用为贞节而死去责备她呢？柔媚地倚门卖笑，缠绵地弹奏琴瑟娱悦客人，料想也是迫不得已。从前班婕妤作赋自伤，蔡文姬作诗悲愤，何况她这样的薄命女子，还又低微呢！哎！天生这样的人才，在于一位女子，就是百年之久、千里之远，也难遇到，为什么像这样把美好的素质集中在她的身上，却又摧残和侮辱她到这样极点呢！

我是平民家庭中的孤儿，没有田地房产，难以为生。一家老小的生活，全靠自己的双手支撑。自从为人执笔当幕僚，多次更换府主。举动不合自己的志趣，悲哀和高兴都要听从别人。办文书恰如要写出黄祖心中的所想，又要成为袁绍搭在弓弦上的箭。静静地思想自己的身世，与这个人又有什么不同呢？只是因为有荣启期所说的第二乐，幸运是个男人，多亏没有卖淫的侮辱罢了！正如河上之歌所唱的，因为同病，所以相怜，听到秋风鸣鸟，就会产生悲哀的意绪。同是一样伤心事，就不应当嫌恶跟她的身份不尽相同了。

　　　　　　　　　　　　　　　　　　　　（赵伯陶）

病 梅 馆 记 [1]

龚自珍 [2]

江宁之龙蟠 [3]，苏州之邓尉 [4]，杭州之西溪 [5]，皆产梅。或曰：梅以曲为美，直则无姿；以欹为美 [6]，正则无景 [7]；梅以疏为美，密则无态。固也。此文人画士，心知其意，未可明诏大号 [8]，以绳天下之梅也 [9]；又不可以使天下之民，斫直、删密、锄正，以夭梅、病梅为业以求钱也 [10]。梅之欹、之疏、之曲，又非蠢蠢求钱之民，能以其智力为也。有以文人画士孤癖之隐 [11]，明告鬻梅者 [12]，斫其正，养其旁条；删其密，夭其稚枝；锄其直，遏其生气，以求重价，而江、浙之梅皆病。文人画士之祸之烈至此哉！

予购三百盆，皆病者，无一完者。既泣之三日，乃誓疗之，纵之，顺之，毁其盆，悉埋于地，解其棕缚，以五年为期，必复之全之。予本非文人画士，甘受诟厉 [13]，辟病梅之馆以贮之。呜呼！安得使予多暇日 [14]，又多闲田，以广贮江宁、杭州、苏州之病梅，穷予生之光阴以疗梅也哉 [15]！

【题解】

病梅馆是龚自珍贮养梅花的地方，这些梅花实际上是苏杭一带民间精心培植的盆景，文人画家多欣赏它。而作者却指这些人工造成的或曲或弯的梅花为病梅，因为它们为人力所致，改变了原来的自然形象。这正像社会上的人才在当时统治者的长期束缚下，遭受压抑和扭曲，得不到发展一样。作者有感于此，便借病梅隐喻他反对文化统治、扼杀人才、束缚人性的思想。他主张梅花应按照本来的样子生长，不必去"斫直、删密、锄正"，从而抒发了他对个性解放的渴望。这些思想在当时是有进步意义的。

【注释】

〔1〕本文选自《定盦文集》。　病梅馆：是龚自珍贮养各种剪裁改造的梅花盆景处。

〔2〕龚自珍（1792—1841）：字瑟（sè瑟）人，号定盦，仁和（今浙江杭州）人。清道光九年（1829）进士，做过礼部主事等小官。他看到清朝政事的腐败，想进行改革，提倡经世致用的学问，给后来资产阶级改良主义者以深刻影响。著有《定盦文集》。

〔3〕江宁：府名，府治在今南京。　龙蟠（pán盘）：龙盘里，在今南京清凉山下。

〔4〕邓尉：邓尉山，在今苏州西南。因汉代邓尉隐居于此而得名。山多梅树，有"香雪海"之称。

〔5〕西溪：在今杭州灵隐山西北。多梅树。

〔6〕攲（qī七）：倾斜，歪斜。

〔7〕景：同"影"。

〔8〕明诏大号：明白地提倡，大声宣扬。

〔9〕绳：木匠用的墨线，指矫改。

〔10〕夭：早死。

〔11〕癖（pǐ痞）：怪僻的脾气。　隐：隐衷。

〔12〕鬻（yù玉）：卖。

〔13〕诟（gòu购）厉：辱骂。

〔14〕安得：怎能。

〔15〕穷：用尽，耗尽。

【译文】

江宁的龙蟠里，苏州的邓尉山，杭州的西溪，都出产梅花。有人说：梅花的枝干以弯曲为美，挺直便没有风姿；以歪斜为美，端正便没有影子可赏；以疏朗为美，稠密便没有形态。本是这样。这是文人画家自己心里明白的意思，不能明白提倡大声宣扬，用它来矫正天下的梅花；又不能让天下种植梅花的人，斫掉那直的、剪去那密的、锄掉那正的，以促梅早

死、受病为职业来挣钱啊。梅花枝干的歪斜、疏朗、弯曲，又不是那些愚蠢而贪财的人用他们的智慧所能做到的。有人把文人画家孤癖的隐衷，明白告诉卖梅的人，砍掉那端正的，培养那旁边的枝条；剪去那密的，让嫩枝早早死去；锄掉那直的，阻止它的生气来求得高价，所以江、浙一带的梅花都有病。文人画家的祸害竟然厉害到这种地步啊！

　　我买了三百盆梅花，都是有病的，没有一盆完好的。已经为它们哭了三天，便发誓要医治它们，放纵它们，顺着它们，毁掉它们的盆子，全埋在地里，解去捆绑的棕绳，用五年的期限，一定恢复它们，保全它们。我本来不是文人画家，甘愿受到他们的辱骂，开辟出一个病梅馆来贮藏它们。唉！怎么能使我有更多的空闲时间，又有更多的空闲土地，来大量收容江宁、杭州、苏州的病梅，耗尽我毕生的时间来疗治病梅啊！

（冀　勤）